Chelsea Cain

Chelsea Cain a toujours été fascinée par le macabre. À dix ans, alors qu'elle organise des cérémonies funèbres pour animaux domestiques, elle est profondément marquée par le tueur en série qui sévit dans sa région, le Green River Killer. Des années plus tard, elle devient journaliste. Et un soir, enceinte, elle commence à écrire *Au cœur du mal* (Fleuve Noir, 2008), le premier livre à mettre en scène sa redoutable tueuse en série, vendu dans plus de quinze pays et au cinéma. Elle est aussi l'auteur de *L'étreinte du mal* (Fleuve Noir, 2009) et *Les héritiers du mal* (Fleuve Noir, 2010).
Chelsea Cain vit actuellement à Portland, aux États-Unis, avec son mari et sa fille.

Retrouvez toute l'actualité de l'auteur sur
www.chelseacain.com

LES HÉRITIERS
DU MAL

DU MÊME AUTEUR
CHEZ POCKET

AU CŒUR DU MAL
L'ÉTREINTE DU MAL
LES HÉRITIERS DU MAL

CHELSEA CAIN

LES HÉRITIERS DU MAL

Traduit de l'américain
par Jean-Pierre Roblain

Fleuve Noir

Titre original :
EVIL AT HEART

Le papier de cet ouvrage est composé de fibres naturelles, renouvelables, recyclables et fabriquées à partir de bois provenant de forêts plantées et cultivées durablement pour la fabrication du papier.

ISBN : 978-2-266-20694-5

Pour la fantastique Eliza Mohan
qui continue de se montrer digne de son nom.

1

Les toilettes, sur l'aire de repos de l'autoroute I-84 qui longe la Columbia et borde l'Oregon au nord, étaient répugnantes. Répugnantes même pour des toilettes d'autoroute. Les carreaux de faïence blanche des murs disparaissaient sous les graffitis ; le papier-ìtoilette et les essuie-mains, arrachés de leurs distributeurs, jonchaient le sol de béton, les portes de deux cabines, à moitié dégondées, pendaient bizarrement et l'odeur si particulière des escaliers de parking, mélange unique d'urine et de ciment, flottait dans l'air.

À vingt-cinq kilomètres des toilettes les plus proches, il avait fallu qu'ils atterrissent sur une aire de repos vandalisée par des voyous. Mais elles n'avaient pas le choix. Amy posa les mains sur ses hanches et regarda sa fille de onze ans.

— Allez, Dakota, viens.

La gamine écarquilla ses grands yeux bleus.

— J'irai pas là-dedans.

Ça avait été ainsi durant tout le voyage. Ils étaient partis, comme chaque été depuis que Dakota était toute petite, rendre visite à la famille d'Erik à Hood River. La fillette avait toujours adoré cette balade. Mais cette année, elle avait passé son temps à envoyer des textos et à écouter son iPod. Si Dakota n'avait pas joué les pestes depuis deux jours, peut-être Amy se serait-elle montrée plus compréhensive.

— Tu n'as qu'à t'accroupir au-dessus de la cuvette.

La gamine se mordit la lèvre, laissant une auréole de gloss rose sur ses incisives.

— C'est dégueulasse !

— Tu veux que j'aille voir si c'est mieux chez les hommes ?

— Pas question, répliqua Dakota en rougissant.

— Tu as dit que t'avais envie.

En fait, après avoir refusé d'aller aux toilettes au restaurant où ils s'étaient arrêtés pour déjeuner, Dakota n'avait pas tardé à hurler que sa vessie allait éclater et, que si cela arrivait, elle s'en servirait d'argument pour réclamer un statut de mineure émancipée aux termes de la loi de Californie. Amy n'avait jamais entendu parler de cette foutue loi, mais ça paraissait sérieux. C'est ainsi qu'elles s'étaient retrouvées sur cette aire de repos au milieu de nulle part.

On frappa à la porte.

— Qu'est-ce que vous fichez là-dedans, les filles ? cria Erik.

Ils n'étaient plus qu'à vingt minutes de chez sa belle-sœur et Amy savait que s'ils ne se remettaient pas en route, Erik allait péter les plombs. Depuis un bon moment, il avait les mains blanches à force de serrer le volant. À qui voulait-elle faire croire ça ? C'est plutôt elle qui allait péter les plombs.

— Les toilettes ne lui plaisent pas.

— Elle n'a qu'à sortir et faire derrière un arbre.

— Papa !

Amy ouvrit la porte de la dernière cabine. Elle était plus propre que les autres, ou du moins pas aussi dégoûtante. Papier-toilette dans le distributeur, pas d'excréments en vue, c'était déjà ça.

— Et celle-ci, ma chérie ?

Dakota s'approcha d'un pas hésitant et regarda dans la cuvette.

— Il y a un truc dans l'eau, dit-elle en tendant mollement un doigt vers le liquide rosâtre qui baignait le fond du trône.

Amy n'avait pas le temps d'expliquer à sa fille l'effet de la betterave sur la couleur de l'urine. Elle fit demi-tour et alla attendre sa fille près des lavabos.

— Tire la chasse.

Elle entendit l'eau couler et sentit la tension qui lui emprisonnait les épaules se relâcher quelque peu. Ils ne tarderaient pas à reprendre la route. La sœur d'Erik aurait ouvert une bouteille en les attendant. Elle avait toujours une bonne raison d'ouvrir une bouteille.

— M'man ?

— Quoi encore ?

Amy se retourna et vit sa fille dans la cabine, porte grande ouverte, blême, le regard vide, les poings serrés. Les toilettes débordaient, l'eau passait par-dessus le bord de la cuvette et formait une flaque qui avançait, comme mue par un courant. Quelque chose tourbillonnait au milieu, une chose veinée de rouge, quasiment semblable à du sang menstruel. Amy se demanda une seconde si Dakota ne venait pas d'avoir ses règles.

L'eau sanguinolente dégoulinait le long de la cuvette blanche, se répandait sur le sol, s'insinuait sous les tennis de la gamine et s'approchait de l'endroit où se tenait une Amy pétrifiée.

Il y avait quelque chose dans les toilettes, quelque chose qui était remonté à la surface de l'eau pour s'arrêter au bord de la cuvette. Un morceau de chair, de chair crue, comme si un détraqué avait dépouillé un rat avant de le noyer. Il resta un moment coincé là, puis tomba sur le sol avec un bruit mat, glissa sur la flaque, effleura le pied de Dakota et disparut dans la cabine voisine.

La gamine hurla et se précipita dans les bras de sa mère sans même se retourner lorsque son iPod lui échappa des mains et alla s'écraser au pied de la cuvette en soulevant une gerbe d'eau.

Amy se força à ravaler le flot de salive qui montait dans sa gorge et réprima un haut-le-cœur. Ce n'était pas un rat. Assurément pas un rat.

— Maman ?

— Oui, ma chérie ?

L'iPod continuait de fonctionner, le son métallique d'une chanson pop s'échappait des écouteurs blancs à demi immergés. Puis, soudain, il se tut.

— J'ai plus envie de faire pipi.

2

Le détective Henry Sobol récupéra le scellé dans le lavabo des toilettes. Quatre morceaux de chair, dont trois repêchés dans la cuvette, luisaient sous le plastique transparent. Plus lourdes qu'elles n'y paraissaient, violacées, presque noires, les tranches aux bords déchiquetés semblaient avoir été découpées avec un couteau-scie. Dans un coin du sac en plastique, le sang et l'eau mélangés formaient un triangle de jus rose. Rien à voir avec la viande aseptisée, charnue et appétissante emballée dans un film alimentaire au supermarché. On avait tué pour obtenir cela. Ou bien quelqu'un avait voulu faire des brochettes avec un animal renversé sur la route.

— Dites-moi encore une fois où vous avez trouvé ça.

Le *state trooper*[1] qui avait prévenu Henry se tenait à ses côtés, son chapeau Smokey Bear à la main. Les néons des toilettes donnaient à sa peau des reflets ver-

1. Chaque État possède sa propre police dotée d'un uniforme qui lui est propre également. Celui de la police de l'Oregon passe pour être plutôt ridicule. *(Toutes les notes sont du traducteur.)*

dâtres. Il désigna une cabine ouverte d'un mouvement de tête.

— Dans les chiottes. J'ai reçu un appel au 911, des gens avaient vu du sang dans les toilettes. Je suis venu, j'ai mis la main et voilà ce que j'ai trouvé…

Henry se dit que ce n'étaient peut-être pas les néons. Le flic était vert parce qu'il avait l'estomac retourné. Il déglutit et parvint à articuler :

— Le légiste pense qu'il s'agit d'une rate.

Le médecin dévisagea Henry et hocha légèrement la tête. Il portait un tee-shirt DaKine et un short cargo. Il avait la peau burinée comme tous les habitants de Hood River, tannée par des heures de windsurf, de snowboard et de tous les sports qu'ils pratiquaient là-bas.

Henry gratta son crâne rasé.

— Ça ne ressemble pas à une rate.

Claire Masland apparut, son insigne doré suspendu au bout d'un cordon autour du cou. Deux heures plus tôt, dans l'appartement d'Henry, elle était beaucoup plus légèrement vêtue.

Le légiste porta les mains à ses hanches.

— Pardon, soyons clairs, dit-il en mimant le geste de hacher. Il s'agit d'une rate qui a été découpée et fourrée dans les toilettes.

Henry reposa le paquet sanguinolent dans le lavabo.

C'était ainsi depuis deux mois, depuis que l'Artiste, Gretchen Lowell, s'était échappée. La Brigade spéciale travaillait vingt-cinq heures sur vingt-quatre sans négliger le moindre indice. La première fois, il leur avait fallu dix ans pour l'arrêter. À présent, ils savaient à quoi elle ressemblait, les effectifs avaient été doublés, pourtant Henry n'était pas certain qu'ils parviendraient un jour à la capturer. Ils perdaient trop de temps à suivre des fausses pistes. Un suicide par noyade, une fusillade à North Portland, quoi qu'il se passe, les gens imaginaient y voir l'œuvre de Gretchen.

Henry savait qu'il s'agissait d'hystérie collective. Gretchen n'avait pas de victime type. Elle prétendait avoir tué deux cents personnes. Elle avait été condamnée pour vingt-six meurtres et en avait avoué une vingtaine d'autres lorsqu'elle était en prison. Hommes, femmes, Noirs ou Blancs, peu lui importait. Gretchen était une tueuse en série avec laquelle tout le monde avait sa chance. Elle était mégalo aussi et laissait toujours sa signature.

Claire s'éloigna d'un pas nonchalant. Henry pensait déjà à retourner chez lui. *Co-ed Confidential* passait sur Cinemax à 23 heures et Claire avait promis de le regarder avec lui. Il se racla la gorge.

— C'est une histoire de gamins. Ils ont acheté ce truc chez le boucher, histoire de flanquer la trouille à quelqu'un.

— Peut-être, répondit le légiste, mais je n'affirmerai rien avant d'avoir examiné tout ça au labo ; en tout cas, la taille correspond bien à un organe humain.

Le *state trooper* serra son chapeau un peu plus fort.

— On a pensé qu'il valait mieux vous appeler.

Gretchen avait prélevé la rate de plusieurs de ses victimes. Parfois avant, parfois après les avoir tuées. Mais elle laissait des cadavres dans son sillage, pas des organes.

— Ce n'est pas Gretchen, affirma Henry. Ça ne colle pas. Ni corps ni signature, c'est pas son style.

— Henry, regarde par ici, lança Claire.

Il se tourna vers elle. Elle se tenait devant le mur d'en face, au-delà des cabines. Le sol était inondé et il dut naviguer entre les flaques en évitant de salir ses santiags noires flambant neuves, tout en regardant le reflet de sa grande carcasse dans l'eau. Arrivé près de Claire, il leva les yeux.

Les graffitis étaient récents. Des divagations écrites au crayon ou gravées avaient été recouvertes par d'épais traits rouges, le même dessin reproduit à l'infini. Henry sentit les poils de sa nuque se hérisser et ses épaules se contracter.

— Putain de merde !

— Il faut prévenir Archie, dit doucement Claire.

Le flic s'avança, pataugeant dans les flaques avec ses rangers.

— Archie Sheridan ?

Archie avait dirigé la Brigade spéciale créée pour traquer l'Artiste. Il était devenu le policier le plus célèbre de l'État. Pour le meilleur ou pour le pire.

— J'ai entendu dire qu'il était en traitement à l'hôpital, dit le légiste.

En traitement à l'hôpital, pensa Henry, *bel euphémisme*.

— Officiellement, il est en disponibilité jusqu'à ce que le psy en décide autrement.

— Il faut que tu l'appelles, insista Claire.

Henry porta de nouveau son regard sur le mur. Des centaines de minuscules cœurs rouges, parfaitement dessinés, sans doute au feutre. Ils recouvraient tout, effaçaient tout. Le cœur était la signature de Gretchen. Elle le sculptait sur chacune de ses victimes. Elle en avait sculpté un sur la poitrine d'Archie.

Et à présent elle était de retour.

3

L'heure des visites était passée depuis longtemps dans le service psychiatrique du Centre médical Providence quand Henry emprunta l'ascenseur à l'arrière du bâtiment pour gagner une petite salle d'attente. La porte menant aux chambres était fermée à clé. Sur une table, à côté du téléphone, le registre des visiteurs et une pile de brochures pour *Al-Anon*[1]. Henry ne signa pas le registre, personne ne le signait jamais. Il décrocha. Au bout d'un moment, l'infirmière de garde répondit :

— Puis-je vous aider ?

Le ton peu amène démentait les paroles. Henry ne reconnut pas la voix. Il ne connaissait pas le personnel de nuit.

— Police. Je m'appelle Henry Sobol. Je viens voir Archie Sheridan.

Un long silence s'ensuivit.

— Ne quittez pas.

1. Association d'aide aux alcooliques.

Quelques minutes plus tard, la porte sonna et s'entrouvrit. Une femme aux traits fatigués, vêtue d'une blouse et d'un cardigan péruvien apparut.

— Je ne vous laisse entrer que parce qu'il a accepté de vous voir, dit-elle avec un sourire pincé.

— Je connais le chemin. Je viens ici trois fois par semaine.

— Je vous accompagne quand même.

Il n'y avait pas de télé dans les chambres, mais des échos *d'Animal Planet* résonnaient dans le couloir. Le poste de la salle de repos des infirmières était toujours branché sur cette chaîne, Henry ignorait pourquoi.

Au début, l'endroit l'avait choqué. Éclairage au néon, lino au sol, malades vêtus de pyjamas d'hôpital verts. On ne pouvait poser le regard nulle part sans être ramené au suicide : les patients portaient des chaussettes pour éviter qu'ils se pendent avec leurs lacets ; les sacs-poubelle étaient en papier afin qu'ils ne puissent tenter de s'étouffer avec, les couverts en plastique au cas où ils auraient voulu se planter un couteau dans une carotide ou une jugulaire ; des feuilles métalliques faisaient office de miroir, si jamais ils avaient voulu s'ouvrir les veines avec un morceau de verre. Aucune prise électrique dans les chambres, aucun fil pouvant servir de nœud coulant.

Archie avait déjà affronté Gretchen à deux reprises et avait chaque fois failli y laisser la vie. Il était accro aux antalgiques et elle avait bouleversé son psychisme. Henry savait plus que tout autre qu'il avait besoin d'une cure de désintoxication et d'une bonne analyse. Ce qu'il n'avait pas prévu, c'était que son ami, une fois à l'hôpital, ne voudrait plus en sortir.

L'infirmière de nuit accompagna Henry dans la chambre.

Le compagnon de chambre d'Archie, obèse et abruti par les somnifères, ronflait comme un sonneur. Il semblait à tout moment sur le point de succomber à une apnée du sommeil, le genre de chose qui risquerait de vous rendre fou si vous ne l'étiez déjà.

L'applique au-dessus du lit d'Archie était allumée et, assis sur les draps immaculés, sa tête aux boucles brunes calée par le mince oreiller plié en deux, il lisait une épaisse biographie. Depuis un mois, il avait acquis le droit de porter ses propres vêtements, pantalon en velours, pull-over et chaussons. Il avait maigri et, de loin, il ressemblait à l'homme qu'Henry avait rencontré quinze ans plus tôt, séduisant et respirant la santé. Intact.

De plus près, les rides sur son front et autour de ses yeux racontaient une tout autre histoire.

Il posa son regard noir sur Henry qui se sentit bizarrement mal à l'aise. L'affect d'Archie avait changé et son ami ignorait si c'était l'effet des médicaments dont on le bourrait, ou le fait de s'être shooté aux antalgiques pendant deux ans et d'avoir été sevré. Il paraissait plus vieux, plus calme. Parfois Henry avait du mal à croire qu'il n'avait que quarante ans.

— Qu'est-ce qui se passe ?

Henry jeta un coup d'œil à la caméra installée au plafond. L'idée d'être surveillé comme un prisonnier le troublait quelque peu. Il approcha une chaise, en plastique léger – impossible de blesser qui que ce soit avec – et s'assit près du lit.

— Vous pouvez nous laisser un moment ?

— Ne réveillez pas Frank, répondit l'infirmière en sortant de la chambre.

Henry regarda le voisin ronfleur. Une goutte de salive se formait au coin de sa bouche. Il se tourna vers Archie.

— Nous avons une scène de crime, dit-il en extirpant un paquet de chewing-gums de la poche de son jean. On a trouvé une rate dans des toilettes sur la I-84, vers l'est. Et en prime, des cœurs dessinés sur le mur. Je voudrais que tu viennes voir.

— Ce n'est pas elle, s'écria Archie.

Henry remit les chewing-gums dans sa poche. Jamais il ne comprendrait le pouvoir de Gretchen sur son ami. Il connaissait le syndrome de Stockholm. Il avait lu une demi-douzaine de livres là-dessus depuis la captivité d'Archie. Il concevait son obsession. Ils l'avaient traquée pendant dix longues années, ne vivant, ne respirant que pour et par elle, étudiant ses scènes de crime. Tout cela pour découvrir qu'elle était là, sous leur nez, à se faire passer pour une psychiatre venue les aider. Ça avait été dur pour eux tous, mais surtout pour Archie.

— Et si c'était elle ?

— Elle a dit qu'elle ne tuerait plus, elle me l'a promis.

Un rictus déforma sa bouche.

— Peut-être qu'elle croisait les doigts en disant ça.

Archie regarda son livre avant de le fermer lentement et de le poser sur sa table de chevet. Il redressa la tête.

— Vous êtes là ? demanda-t-il d'une voix forte.

Après un silence d'une fraction de seconde, l'infirmière réapparut à la porte.

— Elles ne sont jamais loin, dit Archie avec un pâle sourire. Je vais avoir besoin d'une permission de sortie… et d'une paire de chaussures, ajouta-t-il comme après réflexion.

— On a besoin de lui sur une scène de crime.

— Ne te fatigue pas à essayer de la convaincre. Ça fait deux mois que je suis ici et ils aimeraient bien que je m'en aille. Le problème, c'est qu'ils ne peuvent pas me mettre dehors tant que je ne leur ai pas promis de ne pas me suicider. Et puis j'ai une excellente mutuelle.

— Ça ne devrait pas poser de problème, monsieur Sheridan.

— *Détective* Sheridan, dit Henry.

L'infirmière fronça un sourcil perplexe.

— Détective Sheridan, pas monsieur Sheridan.

4

Archie connaissait cette aire de repos. Il se souvenait des tables de pique-nique marron où Debbie et lui avaient attendu, trempés sous la bruine, pendant que les gosses couraient dans l'herbe. Ils étaient partis pour Timberline Lodge montrer la neige aux enfants. Loin d'être l'itinéraire le plus rapide, la I-84 offrait les points de vue les plus spectaculaires. Ils étaient arrivés à Hood River quand Archie avait reçu un appel. Un homme de soixante-deux ans avait été retrouvé dans un parking de Target, éventré du sternum au pubis, le petit intestin fourré dans la bouche. On aurait dit que Gretchen avait appris qu'Archie quittait la ville et qu'elle avait voulu lui donner une leçon.

— Eh bien, avait dit Debbie tandis qu'ils faisaient demi-tour pour rentrer, c'était une chouette balade.

Il y avait des aires de repos fort agréables dans le défilé, des réalisations du WPA[1] qui ressemblaient à de petits chalets en pierre cueillis dans une forêt enchantée. Ce n'était pas le cas de celle-là, bloc en parpaings

1. Programme de travaux financé par l'État fédéral.

brunâtres, une entrée pour les hommes d'un côté, une pour les femmes de l'autre, et pas de café gratuit. Deux voitures-pies étaient garées devant, barres lumineuses éteintes. On avait fermé le côté femmes, mais le côté hommes demeurait ouvert. Archie compta quatre autres véhicules de police sur le parking. Un quidam portant une casquette de base-ball pénétra dans les toilettes, une femme lança une balle à son chien. Une autre, une blonde, monta dans une Ford Explorer. Archie sentit son corps se tendre. Il se força à ne pas regarder de nouveau, peu désireux qu'Henry perçoive son trouble.

Il arrivait qu'une blonde ne soit qu'une blonde.

Au-delà de l'espace éclairé par la lueur jaunâtre et floue des projecteurs régnait le noir le plus complet. Pas un nuage, pas une lumière. Le ciel était constellé d'étoiles. Un vent sec secouait les arbres sans relâche et l'herbe jaunie craquait sous les pas d'Archie. On n'avait jamais besoin de tondre sa pelouse en août à Portland, à moins de l'arroser. Deux mois plus tôt, tout était encore vert.

— Tout est mort, dit Archie à Henry.

Celui-ci portait un jean noir, un tee-shirt noir, des santiags noires et un blouson de cuir noir. Il marchait un peu en avant et n'entendit pas les paroles de son ami. Les deux hommes se glissèrent sous la rubalise et pénétrèrent dans les toilettes.

Un flash se déclencha. Archie cligna des yeux, momentanément ébloui. Le temps de s'y faire, il découvrit un jeune *state trooper* brandissant un gros appareil photo numérique. Il devait avoir une petite trentaine, les tempes prématurément dégarnies, le visage un peu pâle. Mais il avait les traits réguliers, les dents droites et la carrure d'un ancien sportif. Quant à l'étoile à cinq branches en argent accrochée à sa poitrine, elle brillait comme un sou neuf. L'uniforme de la police de l'Oregon était ridicule : grand chapeau, épaulettes, pantalon bleu orné de bandes latérales bleu clair, on aurait dit des rangers de Yellowstone après une bagarre perdue contre une armée de myrtilles. Pourtant le trooper le portait bien, il avait presque l'air d'un vrai flic. Il leva les yeux et fronça ses épais sourcils en voyant Archie.

— Ah, c'est vous !

C'était comme ça depuis que Gretchen l'avait capturé : il était devenu une sorte de célébrité morbide. *La Dernière Victime*, un bouquin relatant son enlèvement, avait battu des records de vente et inspiré un film télé. L'évasion de l'Artiste et leur seconde confrontation n'avait fait qu'aggraver les choses.

— Laissez-le faire le tour, ordonna Henry.

Un homme au visage buriné, habillé en randonneur, se tenait près du lavabo.

— Je peux partir, maintenant ? demanda-t-il.

— Attendez encore un peu.

Archie plongea la main dans sa poche à la recherche de sa boîte à pilules. Pur réflexe. Il savait qu'elle n'était plus là. On la lui avait prise à l'hôpital, ainsi que son portable et la ceinture que Debbie lui avait offerte lors du dernier Noël qu'ils avaient passé ensemble. Depuis, il ne savait plus quoi faire de ses mains. Il décida de les mettre toutes les deux dans les poches de son pantalon et se concentra sur la scène de crime. Les toilettes lui parurent familières. Les feuilles métalliques éraflées servant de miroirs, les murs blancs trop brillants, les néons, l'ensemble n'était pas sans lui rappeler sa chambre d'hôpital. Avec toutefois une différence notable : les toilettes avaient été vandalisées. On appelait cela une « incivilité ». Archie avait toujours adoré ce terme. Sur les six cabines, cinq avaient été volontairement bouchées à grand renfort de papier et d'excréments, bouillie marronnasse au fond des cuvettes ; les portes métalliques pendaient ; quelqu'un avait uriné sur le sol. Le béton poreux en avait absorbé l'essentiel, mais il restait quelques flaques dans lesquelles se réfléchissaient les néons vacillants. Des bruits de tuyauterie, de chasse d'eau, de pas, résonnaient dans la pièce, déformés, amplifiés. Archie se pencha par-dessus les débordements pour regarder dans la dernière cabine, celle où les restes humains avaient été découverts. C'était la plus propre, le siège des toilettes toujours en place, la porte sur ses gonds. On avait voulu que quelqu'un utilise cette cabine, tire la chasse, découvre la surprise macabre. On avait voulu provoquer cet effet théâtral.

Un iPod dans un étui jaune fluo traînait par terre aux pieds d'Archie. Un autre flash partit. Il se retourna et vit le trooper baisser son appareil en s'excusant.

Claire Masland entra. Il ne l'avait pas vue depuis deux mois, mais elle ne laissa rien paraître. Elle lui adressa un rapide sourire et se passa la main dans ses cheveux noirs coupés court.

— Salut, Archie !

Elle portait un jean, des bottes de moto noires et un tee-shirt avec un ours dans le dos. Archie fit un pas en avant et enleva un poil de chat qui traînait sur le tee-shirt. Henry avait des chats.

— Salut, Claire !

Elle ouvrit une bouteille d'eau qu'elle tenait à la main et but une gorgée.

— T'as vu le mur ?

— Non, montre-moi.

On aurait dit que les cœurs avaient tous été dessinés par la même personne : même forme, mêmes renflements, même bout pointu. L'épaisseur du trait de feutre était régulière. Celui ou celle qui avait fait cela devait y avoir passé un moment, il y en avait au moins deux cents. Quelqu'un de soigneux et méthodique. Pas comme celui qui avait vandalisé les toilettes.

Encore un éclair de flash.

Si c'était l'œuvre de Gretchen, il y aurait autre chose. Cette femme avait sorti le petit intestin d'une de ses victimes avec un crochet. Elle ne cherchait pas à déranger, elle voulait terroriser. Une rate dans des toilettes publiques, minable, indigne des talents de l'Artiste.

— Quelqu'un a vérifié le réservoir ?

Les autres se regardèrent, le trooper haussa les épaules.

Archie retourna dans la cabine, enjamba l'iPod, pataugea dans l'eau qui continuait de déborder de la cuvette et alla soulever le lourd couvercle en faïence du réservoir.

Aujourd'hui la plupart des toilettes publiques ont un réservoir encastré dans le mur, une cuvette en acier et des cellules qui déclenchent la chasse d'eau dès qu'on se lève. Mais la grande révolution de modernisation des toilettes américaines n'avait pas encore atteint cette aire de repos sur la I-84.

Ce qu'il vit dans l'eau fit se révulser l'estomac d'Archie.

Henry, Claire et le trooper s'approchèrent le plus près possible en essayant de ne pas trop se mouiller les pieds.

— Alors ?

— Passez-moi un récipient, dit Archie d'une voix calme.

Il fut content d'être capable de se maîtriser. Capable de voir des choses horribles et de n'en rien laisser paraître. Il savait depuis longtemps que plus une situation était dangereuse, plus il devenait vital de se contrôler.

Le légiste disparut et revint avec une barquette en plastique transparent d'une vingtaine de centimètres, le genre de truc qu'on utilise pour mettre une salade de pommes de terre ou des carottes râpées. Archie tendit le bras pour s'en emparer et la plongea dans le réservoir.

Il la ressortit et la montra aux autres. Le jeune flic porta les mains à son visage, se précipita dans la cabine voisine et vomit.

— Mon Dieu ! s'exclama Claire.

On aurait dit une soupe d'yeux. Archie avait réussi à en pêcher quatre et il en voyait encore deux autres dans le réservoir. On les avait proprement retirés de leur orbite, globes blancs, chatoyants, bien ronds, marbrés de rouge, chaque iris d'un délicat bleu pâle. Certains flottaient, d'autres étaient en suspension dans l'eau comme des oignons dans un bocal.

La barquette portait un symbole « recyclable ». Archie se demanda si le légiste la rincerait pour s'en resservir lorsqu'ils en auraient terminé. Il la lui tendit.

— Venez voir ça.

Le trooper réapparut. Il s'essuyait le menton avec une serviette en papier qu'il avait dû ramasser par terre.

Archie regagna le mur aux cœurs. Respiration normale, pouls normal. Sans doute l'effet des anxiolytiques. Gretchen rôdait par là, de nouveau elle tuait, et lui n'avait pas peur. Il éclata de rire.

Deux mois plus tôt, dans un lit d'hôpital, la gorge tranchée, presque mort, il avait conclu un marché avec Gretchen. Il avait voulu se sacrifier pour la capturer, mais une fois de plus, elle avait réussi à le sauver du gouffre sans fond. Elle le voulait vivant. Il avait donc promis de ne pas se faire sauter la cervelle et elle avait promis de ne plus tuer personne.

À présent, le marché ne tenait plus.

Il sentit la main d'Henry sur son épaule. Personne ne bougeait plus. Tous se taisaient.

— Je n'aurais pas dû t'amener ici.

Le légiste plaça la barquette en plastique devant la lumière. Les yeux montaient, descendaient, tournaient.

— Bon. Maintenant, on fait quoi ? finit par demander le trooper.

— Bouclez la scène, ordonna Archie. Et faites venir la Brigade spéciale. Il faut voir s'il n'y a pas d'autres morceaux.

Le visage du jeune homme s'illumina. Il secoua la tête et tenta de cacher son sourire en coin.

— Gretchen Lowell, putain !

Archie avait déjà vu cela, l'euphorie non dissimulée des jeunes flics en découvrant les scènes de crime de l'Artiste. Comme s'ils étaient en train de vivre quelque chose d'unique. Comme s'ils étaient ceux qui allaient l'arrêter.

— Je ne voulais pas…

Le trooper hésita, rougit.

— … J'ai pensé que c'était excitant.

Il contempla ses bottes, puis regarda de nouveau Archie.

— C'est elle qui vous a fait ça au cou ?

— Ouais, c'est elle.

Le flic regarda au loin, quelque part au-delà de l'épaule d'Archie.

— Je suis désolé.

— Il n'y a pas de quoi, j'étais inconscient.

Le trooper porta la main à son cou et Archie remarqua sa bague de lycée.

— Vous avez de la chance, dit-il avant de préciser, de la chance d'être encore en vie.

De la chance ! Le flic ne voulait pas arrêter Gretchen, il souhaitait juste la rencontrer.

— Vous pouvez me demander si vous voulez.

— Archie, je t'en prie, intervint Henry.

Archie l'encouragea de la main.

— Allez-y, demandez-moi.

On tira la chasse dans les toilettes des hommes de l'autre côté du mur et le bruit métallique de l'eau dans les tuyaux envahit la pièce. Du coin de l'œil, Archie vit Claire regarder Henry. Celui-ci ne bougea pas.

Le flic avait le feu aux joues à présent. Il baissa de nouveau les yeux, le regard brillant. Un joueur de football décida Archie. Un quarterback. Pas besoin d'un diplôme universitaire pour intégrer la police de l'Oregon.

— Comment elle est, Gretchen ?

Archie s'avança, prit la main libre du trooper dans la sienne et l'amena à son cou.

— Tâtez là, dit-il doucement en guidant les doigts du flic sur l'épaisse cicatrice qui lui barrait le cou.

Le jeune homme ne recula pas, ne frémit pas, au contraire, il se pencha en avant pour suivre des yeux la cicatrice, balafre rouge et boursouflée, encore sensible au toucher. Archie voyait son pouls s'accélérer dans les veines de son cou. Il lui prit la main et la guida sur plusieurs centimètres.

— Là, tu as la jugulaire, dit-il en lui appuyant sur les doigts afin qu'il sente le sang battre sous la peau. Gretchen sait où il faut trancher. Je n'ai pas eu de chance. Si elle avait voulu me tuer, je serais mort.

Archie relâcha la main et le trooper la retira lentement.

— Comment est-elle ? répéta-t-il doucement.

Il posa la main sur l'épaule du jeune homme et se pencha jusqu'à ce que leurs visages se touchent presque. Gretchen était belle, sensuelle, charismatique, une chienne manipulatrice, objet de l'obsession sexuelle d'Archie, sa tortionnaire, et la personne au monde qui le connaissait le mieux.

— C'est une tueuse en série, dit-il en souriant et en donnant une tape paternelle sur l'épaule du jeune trooper. Si jamais tu la vois, n'hésite pas, tue-la. Je suis prêt à repartir chez les dingues, ajouta-t-il en se tournant vers Henry.

5

Susan Ward marchait à grands pas dans le couloir de l'hôpital. Il était 9 heures et elle était déjà d'humeur massacrante. Il se passait quelque chose dans le défilé et Ian avait envoyé Derek couvrir l'événement, et pas elle. Elle avait déjà appelé son collègue onze fois. Pourquoi pas douze.

— Qu'entendent-ils par des « morceaux de corps » ? lui demanda-t-elle.

Elle avait du mal à tenir le portable contre son oreille, à ne pas renverser son café et à farfouiller dans son sac pour trouver un Tic-Tac afin de masquer le goût de la cigarette qu'elle avait fumée sur le parking de l'hôpital.

— Ils refusent de le dire…, répondit Derek.

Il avait passé l'essentiel de la nuit là-bas et, au son de sa voix, elle comprit que l'attrait de la nouveauté commençait à se dissiper.

— … mais la moitié de la Brigade spéciale est sur place, plus le FBI. Ils fouillent les bois. Ils ont même recruté des volontaires.

Ça aurait fait les gros titres s'il n'y avait pas déjà eu autant de buzz autour de Gretchen Lowell. Elle avait un article à la une du *Herald* tous les jours depuis son évasion. On l'avait repérée en Italie, en Floride, en Thaïlande, et jusqu'à Churchill dans le Manitoba. Tous les barges qui prétendaient avoir été enlevés par des extra-terrestres prétendaient à présent avoir vu l'Artiste. On lui attribuait tous les crimes du monde. À en croire les chaînes d'info en continu, elle avait assassiné une famille entière en Thaïlande avant de foncer en Angleterre trucider un poissonnier avant le coucher du soleil.

— Tiens-moi au courant, dit Susan. Je suis à l'hôpital.

— Quand laisseras-tu tomber ?

Susan coinça le téléphone entre son oreille et son épaule et parvint à localiser la boîte de Tic-Tac sous un paquet de reçus de carte bleue roulés en boule, des stylos, des emballages de chewing-gum et des Kleenex sales.

— Peut-être que, cette semaine, il acceptera de me voir.

— Si Ian apprend que tu travailles sur un bouquin, il va avaler son catogan.

Elle appela l'ascenseur. Ian avait confié la rubrique criminelle à Derek après la mort de Quentin Parker, le mentor de Susan. Elle se répétait qu'elle s'en fichait. Elle avait des projets en tête qui lui permettraient peut-être de quitter le journal. Vu l'évolution de la situation, le plus tôt serait le mieux. Il fallait juste qu'Archie accepte de lui parler.

— Allô ? Allô ? s'impatienta Derek.

— Est-ce que tu savais que depuis 1958 plus de quatre cents personnes sont mortes à cause d'une allergie au sperme ?

— Euh, non.

L'ascenseur sonna et les portes en inox s'ouvrirent.

— Il faut que j'y aille. Je suis arrivée.

Elle glissa deux Tic-Tac dans sa bouche et laissa tomber la boîte dans son sac.

6

Ils refusèrent de la laisser entrer. Comme chaque fois. Son nom ne figurait pas sur la liste des visiteurs autorisés d'Archie. Elle sonna et envoya l'infirmière lui demander s'il acceptait de la voir. Quand celle-ci revint lui annoncer qu'il ne voulait pas, mais lui donnait le bonjour, elle prit une chaise et s'installa dans la salle d'attente. Si elle venait assez souvent et restait assez longtemps, Archie finirait par céder, du moins elle l'espérait.

Et sinon… Eh bien, l'endroit était tranquille, et pas désagréable pour travailler. Il y avait deux chaises en plastique moulé, couleur caca d'oie, elle s'asseyait toujours sur celle de gauche. « Salle d'attente » paraissait un abus de langage. « Placard d'attente » aurait mieux convenu. Pas de fenêtre, deux mètres sur deux, deux chaises, une table basse disparaissant sous les brochures décrivant les troubles mentaux. Elle avait bu la moitié de son café et abandonné son ordinateur portable pour lire un opuscule sur les troubles de l'attention chez les adultes hyperactifs quand les portes de l'ascenseur s'ouvrirent et qu'Henry Sobol apparut.

Il fronça les sourcils en l'apercevant.

— Violets, cette fois ?

— Ça s'appelle « Passion de Prune », répondit-elle en portant la main à ses cheveux.

Ils avaient été roses, puis turquoise. Elle jeta un coup d'œil en direction de la porte du service psychiatrique. Si Henry venait voir Archie, c'était peut-être que Gretchen était impliquée dans les événements du défilé.

— Vous êtes là à cause de l'affaire de l'aire de repos ?

— Je viens juste voir un ami.

Il ne venait jamais à l'hôpital le matin. Du moins, elle ne l'y avait jamais vu.

— Vous pouvez me faire confiance.

Elle savait qu'Henry ne la croyait pas. Il avait peut-être raison, mais elle voulait s'en persuader. Il tendit le bras vers le bouton d'appel, puis hésita et se tourna vers Susan :

— Vous savez comment on appelle un journaliste ?

— Non, comment ?

— Un reporter mort, lâcha Henry sans ciller.

— Aïe !

— Elle n'est pas de moi.

Susan se pencha en avant.

— Vous connaissez celle de la femme qui se fait arrêter pour excès de vitesse ?

Jamais elle ne se souvenait des blagues, mais elle avait entendu sa mère raconter celle-ci tant de fois qu'elle était restée.

— Ne la racontez que si elle est cochonne.

Elle écarta de ses yeux une mèche de cheveux violets.

— Le flic lui demande pourquoi elle est si pressée et la femme lui répond qu'elle est en retard pour aller prendre son boulot. « Je suppose que vous êtes médecin et que c'est une question de vie ou de mort, insiste le flic. – Non, je suis écarteuse de trou du cul. »

Susan se mit à rire. Le visage d'Henry se rembrunit. Elle se dit qu'il n'allait peut-être pas apprécier la blague, mais trop tard pour reculer, alors elle continua.

— « Une écarteuse de trou du cul ? demanda le flic, c'est quoi, ça ? – On commence avec un doigt, puis on en introduit un deuxième et on continue jusqu'à ce que toute la main soit à l'intérieur. »

Susan ponctuait son explication de gestes, en mimant comme si elle farcissait une oie.

— « Puis on enfile l'autre main et on écarte jusqu'à ce que le trou fasse un mètre quatre-vingts. – Qu'est-ce qu'on fait d'un trou du cul d'un mètre quatre-vingts ? » questionne le flic.

— Laissez-moi deviner, dit Henry. On lui accroche un insigne.

Susan laissa retomber ses mains.

— Vous la connaissiez ?

Il appuya sur le bouton d'appel.

— Je préfère la mienne.

— Je pourrais écrire un bon livre sur cette affaire. Peut-être même quelque chose d'important.

Ils savaient tous les deux ce qu'elle voulait dire. Pas un truc comme *La Dernière Victime*.

— Pour certaines personnes, Gretchen est une célébrité. Je veux creuser cette idée. Je veux comprendre cette fascination culturelle pour la violence.

— Allons, Susan, dit Henry en se massant le cou. Laissez-lui le temps.

— Vous savez sur quoi je travaille en ce moment ? Un livre à lire aux chiottes. Les mille et une façons bizarres de mourir. Par exemple, combien de gens sont tués chaque année par la chute d'une noix de coco.

— Combien ?

— Environ cent cinquante. C'est vraiment dangereux, les noix de coco. Le problème, c'est que je ne peux pas écrire un livre sur Gretchen sans Archie, ajouta-t-elle en lançant un regard implorant à Henry.

Une voix grésilla sur l'interphone.

— Puis-je vous aider ?

— Henry Sobol. Je viens voir Archie Sheridan.

— J'arrive.

Susan n'était pas disposée à laisser tomber.

— Je l'ai vue lui trancher la gorge.

Tous les deux étaient là. Susan avait pressé un torchon contre le cou d'Archie, elle avait senti le sang chaud imbiber le tissu. Elle se reprochait l'évasion de Gretchen. Après tout, dans un moment de panique, elle lui avait même donné un revolver.

Henry la dévisagea et fronça les sourcils. Elle crut qu'il allait faire une remarque fine sur ses cheveux. Mais il se contenta de plisser les yeux.

— Prenez soin de vous, d'accord ?

— Je prends des vitamines.

— Non, c'est pas ça. Changez d'itinéraire pour aller travailler, fermez votre porte à clé, ce genre de choses.

Elle eut soudain la chair de poule. Henry ne lui disait cela que parce qu'il pensait qu'elle risquait de se trouver en danger.

— Nom de Dieu, vous pensez que ça pourrait vraiment être elle ?

— Prenez des précautions, s'il vous plaît.

Une boule d'inquiétude noua la gorge de Susan. Prendre des précautions ? Elle s'était réinstallée chez sa mère. Aussi loin qu'elle pouvait s'en souvenir, elles n'avaient jamais fermé la porte à clé. Sauf ces deux derniers mois. Et depuis, sa mère, Felicity, avait perdu huit clés.

— Que s'est-il passé là-bas ? Vous cachez quelque chose ?

La porte s'ouvrit et une infirmière apparut.

— J'aurais mieux fait de me taire.

— Vous croyez que je ne pense pas à elle tout le temps ? Partout où je vais, je vois son visage. Il est sur toutes les chaînes de télé. J'ai vu un gamin en ville hier qui vendait des tee-shirts *Sauve-toi, Gretchen*. On trouve des porte-clés digitaux en forme de cœur qui comptent les jours depuis son évasion. À Los Angeles on peut se faire faire une manucure Gretchen Lowell, rose avec le bout rouge sang.

L'infirmière la dévisagea, mais elle s'en moquait.

— Si elle est de retour, les gens ont le droit de le savoir. Vous devez publier un communiqué.

Henry sortit.

— Je vous attends ici.

La porte se referma et elle se laissa tomber sur sa chaise. Si Gretchen était de retour, elle allait les tuer tous un par un, juste pour s'amuser.

Elle rappela Derek. Pas de réponse.

Elle fouilla dans son sac, pêcha ses clés de voiture et regarda le décompte sur le porte-clés. Gretchen était dans la nature depuis soixante-six jours, et ce n'était pas fini.

Si elle tenait jusqu'à cent, le patron d'un bar en ville avait promis d'offrir un Bloody Mary aux cent premières blondes qui entreraient dans son établissement.

Quitte à être assassinée, autant boire un coup avant.

7

L'argile était bien la dernière des préoccupations d'Archie, pourtant il continuait de la rouler sous ses doigts pour en faire une boule bien lisse. La séance de travaux manuels du matin avait commencé depuis dix minutes et il était assis en face de Frank, son compagnon de chambre. Travaux manuels ! Gretchen avait repris sa campagne meurtrière et lui, à l'abri dans cette drôle de colo, il faisait de la pâte à modeler.

Il ne détestait pas les travaux manuels. Il ne détestait pas les ronflements de Frank, les séances de thérapie de groupe ou les chaussons. Il en était venu à aimer qu'on lui dise quand manger et quand dormir. Moins il avait de responsabilités, moins il risquait de se planter.

Il était enfermé. Et il était libre. Son équipe, la Brigade spéciale qu'il avait dirigée pendant la plus grande partie de sa carrière, était sur le terrain et cherchait l'Artiste sans lui. Et pour la première fois depuis une éternité, il s'en moquait. Si Gretchen voulait le voir mort, elle le tuerait, quel que soit l'endroit où il se trouverait. Ils ne l'arrêteraient pas, sauf si elle voulait être arrêtée.

Soudain Henry apparut et, contre sa volonté, Archie sentit sa vieille obsession se réveiller.

Henry prit une chaise à une autre table et s'assit avec Archie et Frank.

— Rate de chèvre. Yeux humains.

La plupart des autres patients fumaient sur le balcon grillagé et, hormis les échos tonitruants d'*Animal Planet*, le silence régnait dans la salle commune. Archie jeta un coup d'œil à Frank. Celui-ci, concentré sur sa boule d'argile, ne leva pas les yeux.

Henry se pencha en avant et le désigna de la tête.

— Je peux parler devant lui ?

— Frank et moi, on n'a pas de secrets l'un pour l'autre. Pas vrai, Frank ?

— L'argile, c'est doux comme une peau de bébé.

Henry se racla la gorge, se gratta l'oreille et regarda Archie.

— Bon, d'après le légiste, on a trois paires d'yeux.

— Des paires. C'est une bonne chose, dit Archie en souriant. Sinon il faudrait qu'on trouve des pirates.

— Ils sont vieux de plusieurs années. Le toubib pense qu'ils ont été conservés dans le formol avant d'être balancés dans le réservoir.

Archie continuait de rouler sa boule de terre avec la paume de sa main.

— On a trouvé une correspondance ? demanda-t-il, le visage impassible, le regard fixé sur la main, essayant de se concentrer sur l'argile.

— Rien dans la base de données régionale. On élargit les recherches. Tu crois qu'on va trouver quelque chose qui colle ?

— Gretchen n'a jamais arraché les yeux de personne.

— Gretchen n'a jamais rien fait, avant la première fois.

Archie se frotta les yeux. On lui avait donné un somnifère quand il était rentré la veille et il se sentait encore un peu endormi.

— Renforce la protection autour de Debbie, dit-il en soupirant.

Il ne pensait pas que Gretchen s'en prendrait de nouveau à Debbie et à ses enfants. Elle les avait déjà terrorisés une fois et elle n'aimait pas se répéter. Mais la protection apporterait peut-être un peu de tranquillité d'esprit à sa famille.

— C'est fait. La police de Vancouver a mis une voiture devant la maison et accompagne les gosses à l'école. Tout comme prévu. Il faudrait que tu envisages de quitter Portland, ajouta Henry en se lissant la moustache entre le pouce et l'index.

— Boca Raton, c'est chouette, dit Frank.

— Où que j'aille, Gretchen me trouvera.

Il parlait sans la moindre émotion. Il énonçait un fait. Henry croisa les bras et se pencha en avant.

— Oui, mais la presse peut-être pas. Tu sais pas comment ça se passe en ville. La municipalité envisage un couvre-feu. Il y a même une société qui organise des circuits Gretchen Lowell. Ils promènent les gens dans des cars avec son portrait sur les côtés. Pourquoi tu crois que Debbie est partie à Vancouver ? À cause des impôts locaux ?

Sur *Animal Planet*, un vétérinaire essayait de sauver un chat écrasé par une voiture. Archie avait déjà vu cet épisode huit fois. À la fin, le chat mourait.

Les meurtres ne cesseraient que lorsque Gretchen l'aurait décidé.

— Je veux vous aider, dit Archie. Je peux le faire d'ici.

Frank se pencha au-dessus de la table, roulant sa terre pour en faire un boudin de cinquante centimètres gros comme le pouce.

— Quitte la ville. Je te trouverai une autre maison de dingues, si tu veux. Dans le New Hampshire, loin d'ici.

L'idée du New Hampshire lui plaisait. L'idée de partir loin aussi. Mais personne ne connaissait le dossier de l'Artiste aussi bien que lui. Henry avait besoin de lui, et Archie le savait.

— Appelle-moi s'il se passe quelque chose. Je reste ici.

— La dernière fois que j'ai appelé, une bonne femme m'a dit qu'elle allait te chercher et elle n'est jamais revenue.

Les malades n'avaient qu'un téléphone à leur disposition. Et seulement pour recevoir. Quand il sonnait, tout le monde se précipitait.

— On ne devrait pas laisser des dingues répondre au téléphone, dit Henry.

Frank leva les yeux et sourit.

— Des dingues ? Il y a que des dingues ici.

Henry se cala contre le dossier de sa chaise, croisa les bras et baissa la tête.

— Alors tu comptes te cacher ici jusqu'à la fin de tes jours ?

Archie ne trouva rien à répliquer.

Henry l'observait, mâchoires crispées, muscles saillant sous la peau. Archie le voyait presque essayer les différents arguments jusqu'à ce qu'il se décide :

— Qui sait ? Tu passes un test chez le psy et tu reviens bosser avec nous. T'es toujours un putain de héros. Un putain de Philip Marlowe.

Frank leva des yeux inquiets derrière ses lunettes.

— Pas de gros mots ici.

— Excuse-moi, Frank. Ne quitte pas le service, Archie. J'ai besoin d'être certain que tu ne risques rien.

Archie avait le privilège de pouvoir aller où il voulait dans l'hôpital, à condition d'être de retour pour les médicaments du soir. Cela s'appelait le niveau quatre. En arrivant il avait commencé au niveau un. Il avait gravi à grand-peine les échelons depuis « risque vital » jusqu'à « troubles légers ».

— Pas question. Qui voudrait se promener avec Frank ?

Celui-ci avait entrepris de plier le serpent d'argile en accordéon. Henry fronça un sourcil et le regarda.

— Qu'est-ce que tu essaies de faire, mon vieux ?

Frank jeta un rapide coup d'œil à la télé, puis sourit en contemplant son œuvre.

— Des intestins de chat.

— Sympa.

La porte du balcon s'ouvrit et les malades rentrèrent, leur regard morne momentanément égayé par la nicotine. Une session de thérapie de groupe allait commencer.

— Il faut que tu partes maintenant.

Henry se leva. Il hésitait.

— Susan Ward est ici.

— Je sais, elle adore utiliser le Wi-Fi gratuitement.

— Tu ne veux pas la voir ?

En vérité, Archie avait plusieurs fois failli la laisser entrer. Mais il avait toujours réussi à rester ferme. Elle n'avait vraiment pas besoin de se retrouver empêtrée dans sa vie.

— Je veux finir ma poterie.

Henry fourra les mains dans ses poches et tourna les talons.

— Réfléchis à ce que je t'ai dit. Il paraît que l'automne est superbe en Nouvelle-Angleterre.

— Henry, donne l'ordre de tirer à vue. On ne peut pas la laisser s'échapper une fois de plus, dit Archie d'une voix dure, serrant le poing à en étrangler l'argile.

— Mon vieux, ce sont les paroles les plus sensées que tu aies prononcées depuis des mois.

Frank gloussa. C'était la première fois qu'Archie l'entendait rire. Un rire dérangeant, comme les pleurs d'un enfant.

8

Le Gretchen Lowell City Tour s'arrêtait quatre fois par jour à Pittock Mansion. Randy garait le car et tous les touristes descendaient avec le guide, payaient l'entrée, puis traversaient la demeure pour gagner l'endroit dans le jardin où Gretchen Lowell avait déposé le corps de Matthew Fowler, un chirurgien-dentiste qu'elle avait éviscéré. Le guide montrait l'emplacement exact sur la pelouse où on l'avait trouvé, et tous les connards prenaient des photos.

Les habitants de Portland avaient pris l'habitude de venir faire leurs photos de mariage devant ce palais de pierre construit en 1914 depuis que l'un des petits-fils Pittock avait vendu l'endroit à la ville dans les années 1960.

Randy attendait dans le car. Il se demanda sur combien de photos de mariage on apercevait en arrière-plan des connards exhibant des tee-shirts *Sauve-toi, Gretchen.*

Il était 10 heures du matin. Le prochain arrêt était un motel de North Portland où Gretchen avait fourré le pénis d'un pauvre type dans le distributeur à glaçons. Randy aimait bien cette étape. Il adorait voir la tête des touristes quand le guide ouvrait le couvercle et qu'ils découvraient le godemiché en plastique que le propriétaire du motel laissait là pour les faire rire.

Les faire rire !

Il fallait qu'il se trouve un autre job.

Il enleva son tee-shirt Gretchen Lowell City Tour, le remit à l'envers et descendit de son car pour fumer une cigarette. Il n'était pas censé quitter son véhicule, mais merde. Qu'est-ce qu'on pouvait lui faire ? Lui couper le zizi ?

Les touristes étaient à l'intérieur, sans nul doute en train d'admirer l'escalier tournant en marbre à sept dollars la visite. Il alluma sa cigarette et s'approcha de la façade. L'accès au jardin était libre. On aurait pu emmener les touristes directement à l'endroit où Fowler était mort, mais on les faisait payer pour visiter la maison d'abord. Les Pittock étaient contents et s'enrichissaient un peu grâce à la tueuse en série préférée de Portland.

La demeure dominait Portland de trois cents mètres et, par temps clair, la vue était spectaculaire. Ce jour-là, on n'y voyait que dalle. Pas de mont Hood. Pas de mont Saint Helens. Sûrement pas Adams. Rien que des nuages gris qui semblaient épais d'au moins un kilomètre. C'était tant mieux, on avait besoin de pluie. La ville tout entière s'était ratatinée ces derniers mois.

Randy s'approcha du bord. Une falaise couverte d'une épaisse végétation descendait jusqu'à la ville. Il lança sa cigarette par-dessus la grosse chaîne noire.

Il se rendit compte aussitôt de ce qu'il venait de faire. Les broussailles sur le flanc de la colline étaient comme de l'étoupe. Il n'avait vraiment pas envie d'être inculpé pour incendie criminel. Il scruta les buissons pour s'assurer que son mégot était éteint. C'est alors qu'il la vit. Tout d'abord, il crut qu'il s'agissait d'un vieux ballon de basket crevé, niché dans les herbes, comme si quelqu'un l'avait lancé de l'endroit exact où se tenait Randy. Mais, en se penchant pour mieux voir, il vit avec une netteté soudaine qu'il s'agissait d'une tête.

Il perdit l'équilibre et se rattrapa tant bien que mal en battant des bras. Une fois rétabli, il s'élança ventre à terre vers la maison.

Il n'eut que vaguement conscience du filet de fumée qui s'élevait derrière lui.

9

Susan contempla l'arsenal de bombes d'autodéfense étalé sur le siège passager de sa voiture. Au poivre. Au macis. Plus une concoctée par sa mère à partir de noix de muscade. Elle les fourra dans son sac, démarra et sortit du parking de l'hôpital.

Des morceaux humains.

Elle leva les yeux. Il n'avait pas plu depuis début juillet, mais pas la moindre tache bleue n'apparaissait dans le ciel. L'aire de repos du défilé se trouvait à quarante-cinq minutes. Elle pouvait y être en trente. À condition qu'il ne se mette pas à pleuvoir.

Elle mit un CD de Jimi Hendrix dans le lecteur et quittait le campus du centre hospitalier quand son téléphone vibra sur ses genoux et manqua lui faire emboutir une Ford Explorer. Elle freina pile et le contenu de son sac se répandit sur le plancher. La femme au volant de la Ford avait des cheveux blonds, mais elle était tournée et Susan ne parvint pas à voir son visage. Elle se couvrit de sueur froide.

Gretchen.

L'espace d'un instant elle fut comme paralysée. Sa voiture cala. Elle se reprit et appuya de toutes ses forces sur le klaxon, espérant attirer l'attention de la femme, mais celle-ci poursuivit sa route.

Son regard fut attiré par un panneau publicitaire de l'autre côté de la rue : Gretchen vantant le prochain épisode de la série *Les Tueurs en série les plus sexy d'Amérique.* Une autre blonde passa.

Susan secoua la tête, remit la Saab en route et s'engagea sur Glisan Street.

Ridicule.

Gretchen était partie depuis longtemps. Et sinon, elle n'était pas du genre à se faire coincer dans une Ford Explorer.

Sur ses genoux le téléphone vibra de nouveau. Elle sursauta et ferma les yeux. Ça ne pouvait pas continuer ainsi. À ce rythme elle serait morte d'un infarctus avant d'avoir trente ans.

Elle se saisit du téléphone et répondit. Elle distinguait à peine la voix de son interlocuteur derrière les hurlements de guitare électrique crachés par ses haut-parleurs.

— Comment ?

— Allô ?

La voix, une voix d'homme qu'elle ne reconnut pas, se fit plus forte. Il paraissait troublé. Il répéta :

— Allô ?

Susan baissa la stéréo.

— Pardon, dit-elle. *Are you experienced ?*

— Quoi ?

— Le disque. Hendrix. *Are you experienced.*

Ce devait être l'heure de la pause-déjeuner à l'hôpital. La circulation n'avançait pas.

— Que puis-je faire pour vous ?

— Susan Ward ?

Son nom complet. Elle serra de toutes ses forces son volant recouvert de peau de mouton. Elle savait ce qui l'attendait.

— J'ai posté le chèque hier. Juré.

— Qu'est-ce que vous racontez ?

Cette partie de Glisan Street était bordée de bars et de fleuristes.

— Ce n'est pas *Sallie Mae*[1] ?

— Non.

Elle passa mentalement en revue les factures entassées sur la table du salon à côté de *Vogue*.

— Visa ?

— Je ne suis pas recouvreur de créances.

— Ah, tant mieux.

Le feu au carrefour passa au rouge et elle s'arrêta derrière une longue file de voitures. Il commença à pleuvoir et elle activa les essuie-glaces. Les balais avaient besoin d'être changés et ne firent qu'obscurcir davantage le pare-brise.

— Je veux vous parler d'une histoire, dit l'homme.

Les doigts de Susan se crispèrent de nouveau sur le volant. Encore un lecteur furibard. Super. Pourquoi, lorsqu'elle énervait les gens, ceux-ci éprouvaient-ils le besoin de le lui faire savoir ?

— Si j'ai publié quelque chose qui ne vous plaît pas, le mieux, c'est d'écrire à mon rédacteur en chef.

— Vous avez laissé un message sur mon site web. Vous disiez que vous vouliez faire un article sur notre groupe.

1. Organisme spécialisé dans les prêts pour étudiants.

Elle avait écrit à des centaines de fan-clubs de Gretchen ces derniers temps pour obtenir des interviews et des infos.

— Qui êtes-vous ? Quel site ?

— Il y a un cadavre au 397 North Fargo.

— Qui êtes-vous ?

— Quelqu'un qui apprécie la beauté.

Il y avait quelque chose de froidement sérieux dans le ton de l'homme qui la fit soudain frissonner.

— C'est une plaisanterie ?

On klaxonna derrière elle et elle s'aperçut que le feu était passé au vert. Elle se retourna et vit un homme au volant d'un 4 x 4 noir qui lui faisait un doigt d'honneur. Elle accéléra.

— Allô ? Répondez !

L'écran de son téléphone était vide. On avait raccroché.

Le cœur de Susan battait à tout rompre. Elle se gara et regarda passer le mec en 4 x 4 sans même lui lancer un regard noir.

— Putain, qu'est-ce que c'est que cette histoire ?

Elle rappela le numéro, un numéro local qu'elle ne connaissait pas. Pas de réponse. Pas de messagerie. S'il y avait vraiment un cadavre, pourquoi le lui dire à elle ? Et pas à la police ? Elle pensa appeler Henry. Absurde de le déranger pour un coup de téléphone tordu. Il allait penser qu'il s'agissait d'une blague.

Et si c'était vrai ? Si ce type appartenait à un des fan-clubs de Gretchen, alors elle tenait son livre. Elle n'avait plus qu'à choisir son éditeur. Archie accepterait peut-être même de lui accorder une interview. Et elle aurait un super premier chapitre…

C'était quoi, l'adresse ? Merde. Trois quelque chose. 397. Elle chercha un stylo et en trouva plusieurs par terre devant le siège passager. Elle attrapa un emballage de bonbon qu'elle avait fourré dans le vide-poches et le retourna. Fargo. Elle écrivit l'adresse. 357 North Fargo. Elle en était presque sûre.

Le défilé attendrait.

10

Il y avait huit séances de thérapie par jour dans le service de psychiatrie de Providence. Archie participait à quatre. Deux pour les troubles mentaux, deux pour l'addiction. Il ne comprenait pas trop pourquoi les groupes étaient séparés, les mêmes patients les fréquentaient et la plupart assistaient à toutes les séances. Entre deux épisodes d'*Urgence véto*.

— Vous voulez rester ? lui demanda Sarah Rosenberg.

Il venait d'aider à mettre les tables sur le côté et à installer les chaises en cercle au milieu de la pièce.

— Non, c'est la séance pour les schizophrènes et les bipolaires. Celle pour les dépressifs ne débute pas avant 14 heures.

— Vous êtes en train de retrouver votre sens de l'humour.

— Alors ? C'est plutôt bon signe, non ?

Il la suivit jusqu'à l'une des salles d'entretien individuel, de l'autre côté du couloir. Il la voyait tous les jours pendant vingt-cinq minutes. Pourquoi vingt-cinq et pas trente, mystère. Sans doute une histoire d'assurance.

— Comment va Debbie ?

Il s'installa dans l'un des deux fauteuils en cuir marron qui se faisaient face dans la pièce. Une pluie fine fouettait la vitre.

— Un peu tendue, j'imagine.

Rosenberg s'assit et posa sa chope de café sur l'accoudoir.

— Que s'est-il passé ?

Archie ignorait ce qu'Henry avait rendu public.

— Ça doit être usant de vivre ici en sachant que Gretchen rôde dans les parages.

— Elle se plaît à Vancouver ?

— Elle se sent plus en sécurité à l'étranger.

En vérité, ils ne se parlaient pas beaucoup. Elle amenait les enfants en visite une fois par semaine, mais elle ne restait pas. Elle fréquentait un spécialiste en énergies alternatives, Dieu sait ce que c'était. Ils déposaient les gosses et allaient manger un morceau en ville.

— J'essaie de ne pas lui rendre les choses trop difficiles.

Rosenberg inclina la tête sur le côté et le regarda en face.

— C'est important pour vous de savoir qu'elle se sent en sécurité ?

Archie appuya la nuque sur le dossier de son fauteuil et contempla le plafond. Il y avait un sprinkler au-dessus de sa tête. Au cas où il aurait soudain pris feu.

— Oui, c'est important.

Ils restèrent un moment silencieux. Quelqu'un cria dans la pièce voisine.

— Et vous, vous vous sentez hors de danger ?

Il redressa la tête et agita un doigt en direction de la psy.

— Je crois savoir où vous voulez en venir.

Elle se pencha en avant, les coudes sur les cuisses.

— Vous avez arrêté les antalgiques. Votre état de santé s'est stabilisé. Il faut que vous partiez d'ici. Il y a un excellent service en externe. Vous serez aidé.

Archie secoua la tête. Même s'il avait envie de sortir, il ne savait où aller.

— Mes enzymes hépatiques sont encore élevés.

— Franchement, avec la quantité de Vicodine que vous avez avalée, je n'en reviens pas que vous ne soyez pas en attente d'une greffe. Si vous voulez que je vous autorise à rester, il faut que vous fassiez un effort. Vous devez vous réhabituer à vivre à l'extérieur de cet hôpital. Vous êtes au stade 4. Allez vous promener.

Il pleuvait plus fort maintenant. Archie regarda par la fenêtre. Le sol était trop sec. L'eau allait ruisseler.

— Elle est là, quelque part.

Il sentait sa présence. Quelle idée idiote. On ne pouvait pas sentir la présence de quelqu'un. Il n'était pas médium. Il ne croyait pas aux auras, ni aux âmes, ni aux connexions cosmiques. Pourtant il avait la certitude, autant qu'il fût capable de certitude, que jamais Gretchen n'était très loin de lui.

Rosenberg posa une main sur la sienne et le regarda droit dans les yeux.

— Il y aura toujours des tueurs en série. Il y aura toujours des ours dans la forêt.

Elle lui pressa la main.

— Il arrive des malheurs. Il y a des gens qui meurent.

Archie n'arrivait pas à se concentrer. Les cris de l'autre côté du couloir se faisaient de plus en plus forts. Une voix de femme qu'il ne parvenait pas à identifier.

Il se demanda quelle émission passait sur *Animal Planet.*

Rosenberg le dévisageait sans rien dire. Elle attendait. C'était ça, le service psychiatrique, il y avait tout le temps quelqu'un à vous observer, à guetter vos tics ou vos hurlements, ou prêt à dire que vous alliez mieux grâce au traitement.

Archie avait été doué pour attendre, qualité utile quand on interroge des témoins. Silence tranquille. Presque tout le monde éprouve le besoin de le combler, c'est alors que les détails font surface. Les gens disent tout, rien que pour échapper au silence. Mais il n'avait pas encore l'habitude d'être celui qui doit parler. Il retira sa main.

— Contentez-vous de me poser vos questions.

Après les questions, il pourrait partir. Les séances avec Rosenberg se terminaient toujours par les trois mêmes questions : « Quoi de neuf depuis hier ? Comment vous sentez-vous ? Des soucis pour l'instant ? »

— Si vous sortez d'ici, vous pourrez refaire votre vie.

Quelle vie ? Il avait éloigné sa famille. Son boulot ne tenait qu'à un fil. Il ne savait où aller habiter. La seule chose qui lui restait, c'était Gretchen. Il faudrait qu'il quitte l'hôpital, bien sûr. Il le savait. Mais pas encore. Il n'était pas encore prêt à sortir.

Il avait une carte et il décida de la jouer.

— Je suis toujours un danger pour moi-même, dit-il en la regardant droit dans les yeux.

Il savait que tant qu'il dirait cela, on ne pourrait pas le forcer à partir. Mais, pour la première fois depuis deux mois, il mentait. Il ne voulait pas mourir. Le marché conclu avec Gretchen ne tenait plus. Elle avait menacé de recommencer à tuer s'il se suicidait et, à présent, c'était elle qui avait rompu le pacte. Il était libre de le faire, il n'aurait sur les mains que son sang à lui.

Et il ne voulait pas mourir.

Il voulait la tuer. Il voulait tuer Gretchen. Pour cette raison, il ne fallait pas qu'il sorte. S'il acceptait de retourner dans le monde, il allait la traquer et il lui ferait mal.

Rosenberg fronça les sourcils.

— À un moment ou à un autre, vous allez devoir vous pardonner.

Se pardonner ? D'accord. Archie se frotta la nuque et s'autorisa un petit rire chargé d'ironie.

— Sarah, j'ai fait l'amour avec une tueuse en série.

— Qu'est-ce que vous détestez le plus en vous ? demanda la psy du tac au tac.

Elle attendit.

Mais le silence ne produisit aucune réponse. Il y avait trop de bruit et de hurlements de l'autre côté. Archie leva les yeux en direction de la porte.

— Ils peuvent se débrouiller tout seuls.

Un bruit fracassant résonna dans le couloir. Ils savaient tous deux de quoi il s'agissait : une chaise en plastique venait de s'écraser contre la vitre en verre Securit.

Archie se leva.

Les cris redoublèrent.

— Appelez la sécurité, hurla quelqu'un.

Archie sortit dans le couloir, Rosenberg sur ses talons. Deux infirmières arrivaient. Le pilotage automatique s'enclencha. Il entra dans la pièce. Trois personnes le bousculèrent pour sortir. Il en restait cinq à l'intérieur : le psychologue, couvert de sang, accroupi derrière un bureau renversé ; deux femmes pétrifiées près du mur ; Frank, assis sur une chaise en plastique, les jambes écartées, un sourire hébété aux lèvres ; et une femme criant au milieu de la pièce, repliée sur elle-même, un éclat de Formica rouge de sang dans sa main crispée.

— Oh, putain ! lâcha Archie.

La femme s'appelait Courtenay Taggart. Transférée des urgences, les poignets enveloppés de pansements, elle avait réussi à arracher un morceau de Formica de sa table de chevet pour tenter de finir le travail. Depuis, elle faisait l'objet d'une surveillance permanente. On ne lui avait rien laissé dans sa chambre, hormis un matelas ; sa porte n'était jamais fermée et un infirmier restait assis dans le couloir 24 heures sur 24. Archie l'avait aperçue quelquefois en passant, recroquevillée sur son lit comme un enfant.

Elle pivota pour lui faire face et porta l'éclat de plastique à son cou. Apparemment, elle avait trouvé un autre moyen de se procurer du Formica.

— Courtenay, qu'est-ce que tu fais ?

À son avis, elle devait avoir dans les vingt ans. Elle aurait peut-être paru plus jeune si elle avait porté des vêtements civils au lieu du pyjama vert de l'hôpital. Ses cheveux blonds décolorés étaient tirés en arrière et elle avait le teint rouge comme si elle avait pris un coup de soleil. Elle était jolie avec ses joues rondes et sa peau de bébé sans la moindre imperfection.

Elle ouvrit la bouche pour parler, mais soudain son regard se posa derrière Archie. Il tourna la tête et vit l'un des aides-soignants s'approcher discrètement. Un jeune gars costaud au profil anguleux, les cheveux ras et le visage carré. Archie l'avait aperçu dans les couloirs, passant la serpillière ou poussant un chariot.

— Posez ça, ordonna-t-il.

Courtenay le regarda et s'enfonça le bout de Formica dans le cou. L'une des femmes blotties contre le mur poussa un cri.

— Foutez le camp ! hurla Courtenay en crachant un jet de salive et de morve, son joli visage déformé par la colère.

— Tout doux, dit l'aide-soignant. Je m'appelle George. Et vous ?

Archie eut un mouvement de recul. *N'avoue pas que tu ne la connais pas*. Le jeune homme arborait une expression ouverte, mains tendues, paumes tournées vers le haut, attitude neutre. Il avait sûrement suivi un stage sur les prises d'otages. *Se présenter, établir un contact, gagner du temps*.

— Courtenay, dit Archie pour tenter de détourner son attention, qu'est-ce que je peux faire pour toi ?

Elle désigna l'aide-soignant d'un signe de tête. Une perle de sang glissa dans son cou.

— Je veux pas le voir ici.

— Sortez, ordonna Archie en rassemblant toute son autorité.

Il parcourut la pièce du regard.

— Sortez tous.

La femme qui avait crié se mit à pleurer et se blottit dans les bras de sa voisine. Le psychologue resta recroquevillé par terre. Quant à Frank, il souriait.

Archie voulait qu'ils sortent. Il y avait trop de monde. Il fallait que Courtenay se calme. Les gens excités ou en colère prennent les mauvaises décisions. Il y avait déjà trop d'éléments imprévisibles. Les affaires d'otages étaient difficiles à gérer et les otages mentalement instables pouvaient rendre les choses très dangereuses. Il se tourna vers l'aide-soignant.

— Faites-moi confiance, murmura-t-il. Je sais ce qu'il faut faire. Sortez.

Le jeune homme jeta un coup d'œil à Courtenay avant de se tourner vers Archie, de hocher la tête et de battre en retraite. Ce fut comme si un interdit avait été levé. Le psy se rua vers la porte en serrant son bras sanguinolent et les deux femmes le suivirent. Frank resta impassible.

Le téléphone se mit à sonner.

— La sécurité arrive, cria une infirmière depuis le couloir.

Ils n'étaient plus que trois : Archie, Courtenay et Frank. Les narines de la jeune femme frémissaient à chaque inspiration et ses doigts étaient blancs à force de serrer le Formica.

— Tout va bien, dit doucement Archie en tendant lentement la main. Donne-moi ça, maintenant, s'il te plaît.

Elle le regarda et enfonça l'éclat de plastique plus profond dans son cou. Des gouttes de sang maculèrent sa poitrine.

— Tu n'as aucune raison de faire ça.

Elle relâcha son étreinte sur le Formica et la couleur revint dans ses doigts. Des larmes inondèrent ses joues.

— Je suis grosse.

Elle n'était pas grosse, même pas grassouillette. Son corps flottait dans son pyjama trois fois trop grand. Et c'était pour ça qu'elle avait agressé le psychologue et s'était planté un morceau de Formica dans le cou ?

— C'est le lithium, dit Frank sans quitter sa chaise.

— Tu n'es pas grosse, dit Archie. Si c'est pour ça que tu veux mourir, c'est complètement débile.

Le téléphone continuait de sonner.

Derrière lui, Archie entendait le vacarme dans le couloir. Des gens hurlaient, d'autres pleuraient. Les services psychiatriques ressemblaient à des écoles maternelles, la panique y était contagieuse.

Courtenay inclina la tête vers Archie.

— Et toi, comment t'as fait ?

Il se demanda si elle pouvait lire en lui comme lui voyait ses pansements.

— Des cachets.

— T'as des enfants ?

— Deux. Six ans et huit ans.

Le téléphone n'arrêtait pas de sonner. Archie se retenait de ne pas l'arracher du mur.

Frank voulut se lever.

— Frank, assieds-toi.

Surpris par le ton de son voisin de chambre, le gros bonhomme montra le téléphone du doigt.

— C'est pour moi. C'est ma sœur.

— On s'en fout, cracha Archie, dents serrées.

Courtenay essuya d'un revers de main la morve qui coulait sur sa lèvre.

— J'ai voulu m'ouvrir les veines, mais je m'y suis mal prise. J'ai coupé horizontalement. Il paraît qu'il faut le faire verticalement. Tu le savais ?

— Ouais, répondit Archie.

Frank ricana.

— N'oubliez pas, les enfants, dit-il en chantonnant, c'est au bout de la rue, pas de l'autre côté.

— Je savais pas, pleurnicha Courtenay en secouant la tête.

Elle leva le bras et Archie vit ses doigts blanchir de nouveau. Il n'avait qu'une seconde pour l'empêcher de se blesser.

— Tu pourras pas t'ouvrir la carotide avec ce truc, ça coupe pas assez.

Il s'avança et ouvrit son col, découvrant la cicatrice qui lui barrait le cou.

— Regarde, dit-il en levant le menton et en s'approchant afin qu'elle voie les tissus horriblement abîmés, souvenir de Gretchen.

Courtenay voulait être belle.

— Tout ce que tu vas faire, c'est te mutiler, ajouta-t-il.

Le regard de la jeune femme se posa sur son cou et elle en resta bouche bée. Elle cligna des yeux rapidement et laissa tomber le morceau de Formica avant de se mettre à tapoter sa blessure du bout des doigts.

— Je vais avoir une cicatrice ? demanda-t-elle en plissant le front d'un air consterné.

Archie s'approcha et la saisit tendrement par les épaules, à la fois pour la réconforter et s'assurer qu'elle ne pourrait pas se précipiter pour ramasser le Formica.

— À mon avis, tu n'auras même pas besoin de points.

Trois agents de sécurité en uniforme se précipitèrent dans la pièce, l'aide-soignant et Rosenberg sur les talons. Ils prirent Courtenay par les bras et l'emmenèrent sans un mot.

Archie s'approcha du téléphone qui continuait de sonner et décrocha.

— Allô ?

Rien. Il raccrocha et se tourna vers Rosenberg.

— Je retourne dans ma chambre. Il me faut un pull.

Il disait vrai. Il avait soudain très froid. Sans doute la chute d'adrénaline. La température dans les hôpitaux était maintenue deux ou trois degrés en dessous de ce que les malades auraient trouvé confortable. Archie ignorait pourquoi. Peut-être pour ne pas encourager les patients dans son genre à rester trop longtemps.

Il avait deux pulls, un cardigan vert et un ras-du-cou bleu, rangés dans le tiroir du bas de son placard au pied de son lit. Il était en train de l'ouvrir quand il sentit les vibrations. Tout d'abord il pensa que c'était l'effet des médicaments. Les médecins ajustaient ses doses de Prozac et il ressentait parfois ce genre de chose, des décharges électriques qui descendaient le long de ses bras ou réveillaient son cerveau la nuit. Les infirmières appelaient ça des flashes, suggérant qu'il s'agissait d'effets secondaires parfaitement normaux, comme des rougeurs.

Mais ce n'étaient pas les médicaments. C'était un téléphone. Archie s'immobilisa. Cela faisait deux mois qu'il n'avait pas entendu un portable vibrer, ce bourdonnement sourd, à la fois son et sensation. Il s'était promené pendant quinze ans avec un téléphone dans la poche, et en deux mois il l'avait déjà oublié.

Ça venait du placard. Il fit glisser ses doigts le long des tiroirs pour repérer les vibrations. Le bourdonnement cessa. L'appareil était à demi dissimulé sous un pantalon, mais il était bien là, visible comme le nez au milieu de la figure. Archie jeta un coup d'œil à la caméra installée dans l'angle du plafond. Son corps était dans le champ, il ne risquait rien. Il fit semblant d'être fasciné par une tache imaginaire sur le pantalon tout en s'emparant du téléphone. Il ne le sortit pas du tiroir. Cinq cent trente-huit appels en absence. Un texto. Il le lut.

Mon chéri, est-ce que tu vas mieux ?

Il sentit son corps se crisper. Gretchen.

Elle avait demandé à quelqu'un de placer le portable là, sans doute un employé de l'hôpital croyant permettre à Archie de communiquer avec ses proches.

C'était le deuxième téléphone qu'elle avait réussi à lui faire passer. Il avait trouvé le premier deux semaines après son arrivée, scotché sous le lavabo des toilettes. Il l'avait jeté dans la poubelle, caché sous la moitié d'un rouleau de papier afin que la femme de ménage ne le trouve pas.

Cette fois-ci, il le sortit du tiroir et le glissa dans sa poche. Il était au stade 4. Rosenberg lui avait conseillé d'aller se promener.

11

La maison correspondant au 397 North Fargo était la plus laide de la rue. Sur son terrain vague, la vieille bâtisse paraissait abandonnée. Son placage en amiante avait été peint d'une couleur marronnasse qui, même neuve, avait dû déranger les voisins. Quant au shingle de la toiture, il disparaissait sous la mousse. Des plaques de contreplaqué obturaient les fenêtres et, sur les traverses de bois barrant la porte d'entrée, on pouvait lire les mots ACCÈS INTERDIT barbouillés à la bombe à peinture. Si Susan avait été en quête d'un décor pour un film d'horreur, elle n'aurait pas eu besoin de chercher plus loin.

Tout semblait trop parfait. Il ne pouvait s'agir que d'une blague.

Elle se gara et se tordit le cou pour regarder des deux côtés de la rue. En cette fin de matinée, l'endroit était désert. Aucune autre maison dans le coin et pas une voiture sur le parking de l'église en face. Elle réfléchit. Et s'il y avait vraiment un cadavre à l'intérieur ? Possible. Une bande d'étudiants imbibés de bière Pabst Blue Ribbon s'était glissée dans la baraque pour faire la fête ou lire des poèmes de Longfellow et avait trouvé le corps d'un junkie ou d'un SDF. Ils n'avaient pas voulu alerter la police de peur d'être poursuivis pour violation de domicile.

Sûr. Parfaitement logique.

À moins que ce ne soit un piège. Elle vit le gros titre du *Herald* : L'ARTISTE TEND UN TRAQUENARD, LA JEUNE REPORTER MEURT ASSASSINÉE. La jeune *journaliste* corrigea mentalement Susan en se souvenant de la blague d'Henry.

Elle sortit une cigarette, l'alluma et observa de nouveau la maison. Tout cela était ridicule. Elle se faisait du cinéma. *Finissons-en, Nancy Drew*[1], se dit-elle. Elle jeta sa cigarette, empoigna son sac chargé de bombes lacrymogènes et descendit de voiture.

Fais comme si tu avais une bonne raison d'être ici. C'est ce que Quentin Parker lui avait enseigné. *Fais comme si tu avais une bonne raison d'être ici et personne ne te posera de questions.* Il avait toujours un *clipboard* dans sa voiture. *On ne pose jamais de questions à un homme qui tient un porte-bloc*, disait-il.

Elle ouvrit son coffre et sortit sa trousse d'urgence. Elle récupéra une torche et un calepin qu'elle fourra dans son sac et un vieux clipboard. Si quelqu'un la surveillait depuis l'église, on penserait qu'elle démarchait pour *Rock the Vote*[2] ou qu'elle réalisait un sondage.

1. Jeune fille détective créée par Caroline Quine en 1930, plus connue en France sous le nom d'Alice Roy (Bibliothèque verte).

2. Organisation privée dont le but est d'encourager les jeunes à voter.

Monsieur, combien de cadavres avez-vous dans la maison ?

Elle portait un jean noir, des bottes noires à lacets et un débardeur noir. Avec ses cheveux violets et son rouge à lèvres écarlate, on aurait plutôt pensé qu'elle travaillait pour Maquillage et Cosmétiques que pour l'institut de sondage Gallup.

Est-ce que seulement on utilisait encore des porte-blocs ?

Marche d'un pas assuré. Encore un truc que Parker lui avait enseigné. Elle s'y essaya, mais c'était un vrai défi car il tombait des cordes et elle devait se frayer un chemin au milieu des mauvaises herbes pour atteindre la porte d'entrée.

De près, la maison paraissait encore plus décrépite que depuis la rue. La terrasse et les marches qui y menaient penchaient légèrement vers la droite tandis que la maison elle-même semblait pencher vers la gauche. Susan fit le tour, des herbes folles à hauteur des genoux. Elle mit le clipboard sous son bras. Il ne lui servait à rien, et de toute façon, personne ne pouvait la voir. Arrivée derrière la baraque elle trouva ce qu'elle cherchait : une plaque de contreplaqué sur le sol devant une fenêtre du sous-sol cassée. Impossible d'empêcher les gens d'entrer dans une maison abandonnée. Pas dans ce genre de quartier.

Elle sortit la torche de son sac, l'alluma et s'accroupit près de la fenêtre. Les morceaux de verre brisé avaient été enlevés et le cadre débarrassé des éclats. La lumière éclaira un rectangle de ciment couvert de débris de verre. Elle passa la tête en s'appuyant sur le montant et dirigea le faisceau de la lampe le plus loin qu'elle put à l'intérieur. Elle ne découvrit pas grand-chose : des tuyaux, des fils, du béton. Un sous-sol en somme.

— Bonjour ? Quelqu'un a commandé une pizza ?

Le seul bruit qui lui parvint fut celui d'un bus franchissant le carrefour. Pouvait-on parler d'intrusion par effraction si la fenêtre était déjà brisée ? Ou juste d'intrusion ? Elle n'en revenait pas d'être en train de se poser cette question, et en même temps elle sentait un frisson de plaisir lui parcourir l'échine. Six mois auparavant elle écrivait des articles sur la vie des animaux. Ce qu'elle vivait en ce moment était autrement plus excitant. Et puis, si elle entrait et ne trouvait rien, elle retournerait direct au journal et ne soufflerait mot à personne.

— J'entre, cria-t-elle.

Elle remit la torche dans son sac, passa les jambes par la fenêtre et sauta à l'intérieur. Ses bottes écrasèrent des éclats de verre. La maison était silencieuse. Un silence étrange. Pas le moindre bruit de chaudière, de ventilation, ou même de réfrigérateur. Aucun des bruits habituels d'une maison.

Elle ressortit sa torche et l'alluma. Il y avait tellement de poussière en suspension que le faisceau de la lampe paraissait presque solide. Dans un coin le sol disparaissait sous une flaque d'eau croupie, sans doute infiltrée des fondations. Des canettes de bière, des mégots de cigarette et des bouteilles d'alcool vides traînaient partout. Susan décela une vague odeur d'urine.

Elle se mit à frissonner. Soudain, un reportage sur l'anniversaire d'un éléphant du zoo lui parut franchement passionnant. Elle jeta un regard d'envie en direction de la fenêtre. Le rebord lui arrivait à hauteur du menton. Elle était maigre et pas très forte. Jamais elle ne serait capable de se hisser jusque-là pour ressortir. Elle n'avait plus le choix.

Elle fit quelques pas et braqua sa torche dans l'escalier. Il y avait des tas de choses dangereuses, voire mortelles dans toutes les maisons : du radon, de l'amiante, des formaldéhydes, du monoxyde de carbone, du plomb, du polyuréthane... Cette maison n'était pas plus dangereuse qu'une autre.

— Y a quelqu'un ? Je collecte des signatures, dit-elle d'une voix qui lui parut creuse et nerveuse. Pour la légalisation de l'herbe.

Rien.

Elle vit quelque chose bouger. Une fraction de seconde. Elle pointa le faisceau sur sa gauche juste à temps pour voir la queue d'un rat disparaître derrière une canette de bière.

Elle gravit la moitié de l'escalier en deux enjambées. Elle n'avait pas peur des rats, bien sûr, elle était simplement très pressée tout à coup. L'escalier menait à la cuisine. Avec toutes les fenêtres barricadées, il faisait encore plus sombre au rez-de-chaussée qu'au sous-sol. Elle savait qu'elle se trouvait dans la cuisine à cause du lino moucheté et craquelé sur lequel elle marchait. Elle vit des empreintes de pas sur le sol. Apparemment des dizaines, dans tous les sens, comme si des gens s'étaient battus ou avaient dansé.

Pas de cuisinière, ni de réfrigérateur, rien que des placards vides et des branchements pour des appareils à présent disparus. L'évier débordait de canettes de bière. Pas le moindre cadavre.

Susan cala sa torche sous son bras et sortit son calepin et son stylo de son sac. Elle fut obligée de coincer la lampe sous son menton pour pouvoir écrire, mais elle parvint à prendrc quelques notes. *Empreintes de pas. Canettes de Miller High Life. Vachement sinistre. Un rat.*

Elle rangea calepin et stylo et reprit la torche en main. Elle suivit le faisceau dans un couloir noir et progressa vers l'avant de la maison. Soudain elle découvrit un drap de lit qui masquait l'accès à une pièce. On avait cloué le drap au plafond et il pendait jusqu'au sol comme une porte de fortune. Classieux.

Les maladies transmises par les rats tuent près de treize mille personnes chaque année.

Elle entendit le fracas d'un autre bus.

Elle se sentait étrangement calme à présent. Comme si elle se voyait dans un film. Comme si elle était une de ces filles qui entrent seules dans des maisons sinistres tandis que les spectateurs se cachent les yeux et lui hurlent de ne pas y aller. La maison était vide. Elle était entrée. Elle s'était glissée à l'intérieur par cette putain de fenêtre cassée. Elle avait combattu un rat. C'était quasiment héroïque. Elle allait se délecter de cette histoire pendant des mois.

Il suffisait qu'elle parvienne à en sortir.

Le faisceau de sa torche dessinait un cercle jaune sur le drap.

— Ohé ?

Elle écouta, sans vraiment s'attendre à une réponse, puis, lentement, elle écarta le drap et entra dans la pièce.

La première chose qu'elle remarqua, ce fut la propreté. Pas une propreté banale. Une propreté étrange. Une propreté dingue. La lumière de la lampe se reflétait sur le parquet ciré. Les murs et le plafond venaient d'être repeints en blanc. L'odeur était différente. Une odeur de désinfectant. Une odeur d'hôpital.

Susan promena sa lampe autour d'elle et sentit soudain son estomac se nouer. Pas de meubles. Pas de poussière. Pas de toiles d'araignées. Celui qui avait squatté cette pièce devait être atteint de TOC. La lumière révéla une porte ouvrant sur une autre pièce mais n'alla pas plus loin. Quelqu'un avait suspendu une bâche en plastique entre les deux pièces. Un Visqueen. Sa mère en mettait toujours une feuille sur son tas de compost.

Elle oublia ce qu'elle était en train de faire. Elle oublia qu'elle cherchait la sortie. Torche à la main, elle avança vers la toile. Mais celle-ci était si épaisse que le faisceau ne la transperçait pas assez pour lui permettre de voir de l'autre côté. Elle tenta de l'écarter, mais elle était mieux clouée que le drap du couloir et elle dut se baisser et se glisser dessous.

Elle se redressa et balaya la pièce avec sa torche.

Il y avait quelque chose.

Le nœud au creux de son estomac se contracta davantage.

— Bonjour ?

Le quelque chose était recouvert d'un drap. Peut-être un meuble. Les gens mettaient des draps blancs sur leurs meubles pour les protéger lors de leurs absences. Les gens riches dans les années vingt, ceux qui avaient des résidences secondaires. Ce n'était pas un meuble. De vieux vêtements ? Un truc que le squatter avait laissé en espérant venir le rechercher plus tard ?

Pas des vieux vêtements non plus.

Qui était ce type qui lui avait téléphoné ? Et pourquoi ?

Appelle les flics, lui soufflait sa petite voix.

Au lieu de cela, elle fouilla dans son sac pour y prendre son calepin et son stylo. Elle éclaira la forme sur le sol. Tout autour, comme pour un sacrifice, elle découvrit huit ou dix grosses lampes torches rouges en plastique, toutes éteintes.

Il s'agissait peut-être d'un projet d'architecture intérieure.

Non, il ne s'agissait pas de cela.

Elle s'approcha, calepin et stylo dans une main, torche serrée dans l'autre.

— Bon, allons voir.

Elle s'agenouilla près de la forme et sentit son jean s'imprégner d'un liquide. Elle s'assit sur ses talons et éclaira son pantalon. Du sang.

Elle se releva d'un bond. Du sang. Du sang partout. La forme baignait dans le sang. Il dessinait une mare sur le sol, une flaque visqueuse brillant sous la lumière de la lampe. Elle ouvrit son sac et s'empara de sa bombe lacrymogène qu'elle brandit, l'index sur le vaporisateur.

— Ça va ? demanda-t-elle.

La question lui parut idiote au moment même où elle la posait. Impossible de saigner autant et d'être encore vivant. *Ne regarde pas sous le drap.* Elle ne pouvait s'en empêcher. Il fallait qu'elle sache. Elle brandit la torche au-dessus de sa tête pour servir de matraque au besoin et, en grimaçant, repoussa le drap à l'aide de sa bombe.

Son visage tout entier lui apparut brutalement : vision de sourcils et de cicatrices d'acné, nez fin, visage rond et menton fuyant. Tous les détails s'organisèrent dans le cerveau de Susan pour former un portrait, celui d'un jeune homme, un jeune mec de son âge. Une fraction de seconde elle crut qu'il allait bien, qu'il allait se mettre à rire, que tout cela n'était qu'une farce idiote. Il portait une charlotte, une de ces ridicules coiffes d'hôpital, une charlotte violette avec des dessins d'éléphants, comme s'il était déguisé. Il avait les yeux ouverts. Elle relâcha en suffoquant la respiration qu'elle retenait. Et enfin son cerveau la rattrapa.

Il y avait quelque chose qui n'allait pas aux yeux. Les paupières étaient trop tirées, son regard fixe disparaissait sous une pellicule blanche semblable à une cataracte. Elle recula brusquement et sa torche éclaira le mur opposé. L'espace d'une seconde elle crut voir quelque chose. D'une main tremblante elle dirigea de nouveau le faisceau de sa lampe vers le mur. La tache de lumière jaune glissa le long de la cloison et Susan aurait voulu l'éteindre, aurait voulu se retrouver dans le noir, car même le noir le plus effrayant aurait été plus supportable que ce qu'elle voyait.

Le mur était peint en blanc, mais on l'avait décoré. Quelqu'un en avait couvert toute la surface, le moindre centimètre carré, de centaines et de centaines de cœurs rouges dessinés à la main.

Sors d'ici, hurlait la petite voix. Mais Susan ne bougea pas. Pas question de retourner dans ce putain de sous-sol.

Elle fouilla dans son sac et en sortit son portable.

Elle appela le journal d'abord, la police ensuite.

12

Debout sous la pluie en compagnie de son collègue Martin Ngyun, Henry contemplait la tête racornie qui semblait sortir de la boue. Les fougères et les broussailles tout autour étaient carbonisées et tout le coin était moucheté de neige carbonique. Il apercevait une cigarette couverte de suie qu'un pied avait essayé d'enfoncer dans la terre.

Henry scruta le flanc de la colline. Toute la Brigade spéciale avait répondu à l'appel. Un troupeau de touristes, massé derrière la rubalise protégeant la scène de crime, prenait des photos. Pas moyen d'étouffer cette affaire. De la jouer discrète. Il se tourna vers son collègue.

— Qui a éteint l'incendie ?

Ngyun appartenait à la Brigade spéciale depuis sept ans. Il n'avait jamais pris de congé, sauf la fois où les Blazers[1] étaient arrivés aux play off. Hélas, ça ne s'était pas bien terminé.

1. Les Portland Trail Blazers, équipe de basket-ball jouant en NBA.

— Un guide du musée, répondit-il en ajustant la visière de sa casquette aux couleurs des Blazers pour se protéger de la pluie. Soixante-douze ans. Il a sauté la barrière et dévalé la pente avec un extincteur.

Henry tendit la main, paume dirigée vers le ciel.

— Il pleut.

— Pas à ce moment-là.

La tête avait été séparée du cou au ras de la mâchoire. La pluie dissolvait la neige carbonique et Henry distinguait mieux la tête à présent, face contre terre, coincée contre une racine. La boue plaquait les rares cheveux sur le crâne. Il scruta de nouveau la colline.

— À mon avis, quelqu'un l'a balancée par-dessus la barrière et elle a roulé jusqu'ici.

— Encore une chance qu'elle n'ait pas roulé plus loin, on l'aurait jamais retrouvée, il doit y avoir des dizaines de têtes là-dedans, dit Ngyun en montrant l'enchevêtrement de mûriers en dessous d'eux.

— Je vais proposer un couvre-feu au maire, dit Henry.

Il s'agissait du nouveau maire, il avait pris ses fonctions deux mois plus tôt, après que l'ancien s'était brûlé la cervelle dans la chambre d'hôpital d'Archie.

— Ouais, les gens se font jamais assassiner dans la journée.

— Ça calmera les bons citoyens.

Il s'accroupit pour tenter de mieux voir les traits du mort, mais l'angle n'était pas bon et la boue compliquait la tâche.

— Où est passé le légiste ?

— Il est en route, répondit Ngyun en regardant sa montre. Il a dit 11 h 15. Il n'est que 11 heures.

Henry hésita. Il savait qu'il allait se faire engueuler par Robbins s'il déplaçait la tête. Mais merde, tant pis. Il poussa la chose du bout du pied pour la retourner.

Les trous du nez, des yeux et de la bouche grouillaient d'asticots jaunes. Impossible de dire si on lui avait arraché les yeux ou si les vers les avaient dévorés.

Claire l'interpella et, en levant les yeux, il la vit derrière la barrière, les mains sur les hanches. À côté d'elle, dans sa tenue en Tyvex blanche, se tenait le légiste.

— C'est dans ma tête que vous venez de shooter ? demanda Robbins, incrédule.

Le portable d'Henry sonna. Il n'avait jamais été aussi heureux de recevoir un coup de téléphone. Il adressa un sourire à Robbins en pointant un doigt vers lui comme pour dire *une seconde*.

C'était le sergent du commissariat de North Portland.

— On a quelque chose qui devrait vous intéresser. Un reporter du *Herald* a trouvé un corps qui pourrait bien être lié à l'Artiste.

Un reporter du Herald. Il lui avait bien dit : *Soyez prudente, ne prenez pas de risques, n'allez pas faire un truc stupide*.

— Laissez-moi deviner, Susan Ward ?

13

Archie était assis par terre, appuyé contre le mur mauve des toilettes du rez-de-chaussée. Il tenait le téléphone et lisait et relisait le message : *Mon chéri, est-ce que tu vas mieux ?*

Il se prit la tête dans les mains. Deux années s'étaient écoulées et ses côtes lui faisaient encore mal là où elle les lui avait brisées. Il aurait sans doute toujours mal. Il porta ses doigts à son cou et palpa la cicatrice, sa plus récente, vieille de deux mois et encore tendre au toucher. Puis il glissa la main sous sa chemise et tâta ses plus anciennes : celle qui zébrait sa taille, les plus petites sur le côté et enfin celle en forme de cœur sur sa poitrine.

Il repensa à la boucherie sur l'aire de repos.

Jamais elle ne cesserait de tuer.

Il prit le téléphone et l'appuya contre son front, l'enfonçant de toutes ses forces dans sa peau jusqu'à quasiment la faire craquer. Et il eut soudain l'esprit clair. Hé ! Merde !

Il se redressa et tapa un texto : *Où es-tu ?*

Il l'expédia et attendit.

La cuvette était beige avec un siège blanc peu assorti. À côté, une barre pour handicapés, un crochet pour suspendre un sac à main et une poubelle pour serviettes hygiéniques. Archie leva les yeux vers le plafond : panneaux de liège blancs, détecteur de fumée, sprinkler. Deux aérateurs blancs disparaissaient sous une couche de poussière et de crasse sans doute vieille de plusieurs années. Personne ne prenait jamais la peine de faire le ménage dans cet endroit.

Il jeta un nouveau coup d'œil au téléphone. Rien.

Le carrelage rose du sol luisait malgré ses joints marron. Une grille d'évacuation couleur argent brillait au milieu.

Quelqu'un essaya d'ouvrir la porte. Archie sursauta et cria :

— Occupé.

Le portable vibra. Un message : *Est-ce que je te manque ?*

Il contempla l'écran, réfléchissant à une réponse. Un millier d'options lui traversèrent l'esprit. Il fallait qu'elle réapparaisse. Il fallait qu'elle croie qu'il était toujours sous son emprise. On frappa à la porte.

— Une seconde.

Une petite araignée noire surgit du trou d'évacuation et fila sur les carreaux en direction du lavabo.

Archie tapa sa réponse et l'envoya : *Je veux te voir.*

Un sablier pivota sur l'écran du portable avant de disparaître. Message envoyé.

Il regarda la porte, se leva, tira la chasse et mit ses mains sous le robinet pour faire couler l'eau. La paillasse était en Formica noir moucheté, la même couleur et le même dessin que celui que Courtenay s'était planté dans le cou. Il venait probablement du même rouleau. Il regarda de nouveau le téléphone. Seule l'heure s'y affichait : 11:23, 11:24, 11:25. Il se sécha les mains avec une serviette en papier qu'il jeta dans la poubelle rectangulaire grise. Depuis le diffuseur de parfum, une mouffette lui sourit.

Quelqu'un essaya de nouveau d'ouvrir la porte.

— Une seconde, cria-t-il, plus fort cette fois.

La personne fit tourner la poignée et agita la porte. Archie ne réagit pas. Il y avait des dizaines de toilettes dans l'hôpital. Il posa le téléphone sur le Formica et regarda fixement l'écran, comme pour forcer Gretchen à répondre.

— Allez. Réponds !

Le portable vibra et un nouveau texto apparut : *Toc-toc*.

Il lut le message, puis, lentement, leva les yeux vers la porte. Elle était à l'hôpital. Elle le surveillait. Il mit le téléphone dans sa poche et s'approcha de la porte.

— Gretchen ?

Pas de réponse. Il tendit la main et, avec précaution, ouvrit le verrou. Puis il saisit la poignée, prit une profonde inspiration et écarta le battant de la porte. Personne. Il tourna la tête, le couloir était désert. Il se toucha le front. Il était couvert de sueur. De nouveau, il la laissait le manipuler. Elle avait supposé. Supposé qu'il l'appellerait d'une pièce fermée à clé. Ce n'était pas elle qui avait frappé à la porte. La personne qui attendait s'était impatientée et était partie.

Il avait suffisamment de problèmes sans ajouter la paranoïa à la liste.

Il aperçut une boutique au bout du couloir. En plissant les yeux il reconnut le livre dans la vitrine : *La Dernière Victime*. Cela faisait deux mois qu'il n'avait pas lu un journal. S'il voulait avoir une chance de la retrouver, il fallait qu'il se mette au courant des nouvelles. Il s'engagea dans le couloir en direction de la boutique. À mi-chemin, il s'arrêta et se retourna. Personne. Pourtant, il ne pouvait échapper à l'impression troublante qu'on le surveillait.

14

Le sourire de Gretchen illuminait la une de tous les journaux de la boutique.

Archie prit un exemplaire du *Herald*. SOIXANTE-SEIZIÈME JOUR, proclamait la manchette sous la photo. Il feuilleta le journal. Rien sur l'affaire de l'aire de repos. Ça figurerait dans l'édition du lendemain. Il y avait quatre articles sur Gretchen, mais rien de neuf. Juste les mêmes détails ressassés, les mêmes citations.

Il referma le journal et regarda de nouveau la photo de première page. C'était la photo d'identité prise lors de son arrestation deux ans auparavant. Elle portait les mêmes vêtements que dans ses derniers souvenirs de torture, quand elle l'avait tenu dans ses bras et lui avait caressé la tête, quand il avait pensé qu'il allait enfin mourir et qu'il l'avait remerciée de le laisser partir.

Pas un seul cheveu ne dépassait de son impeccable queue de cheval blonde.

Elle était superbe.

Quelque chose à l'intérieur de la boutique attira l'œil d'Archie. La photo de Gretchen, multipliée à l'infini. Il reposa le journal et entra en se frayant un chemin au milieu des ballons multicolores, des animaux en peluche, des sucreries et des cartes de vœux. Il passa devant une femme aux cheveux blancs occupée à regarder la télé assise derrière un comptoir couvert de babioles et il s'arrêta devant le présentoir à magazines.

Il découvrit vingt titres dans des pochettes en plastique. Presque tous affichaient une photo de Gretchen sur leur couverture. La presse l'avait toujours adorée. Elle avait fait les gros titres dans le monde entier, mais Archie n'avait jamais rien vu de semblable.

Les journaux d'info promettaient le récit de ses crimes et les derniers développements de la chasse à l'homme. Les magazines de mode promettaient d'aider les femmes à avoir des cheveux comme les siens. Les revues culturelles s'interrogeaient sur son influence. La presse à sensation spéculait sur le nom des actrices susceptibles de jouer son rôle dans le film qui allait être tourné.

Le *Portland Monthly* montrait un bus couvert de photos et titrait : GRETCHEN LOWELL, NOUVELLE ATTRACTION TOURISTIQUE DE PORTLAND ?

Mais celui qui attira l'œil d'Archie était le dernier numéro de *Newsweek*. Ce ne fut pas la photo de la couverture qui lui noua les tripes, ce fut la question en énormes lettres noires qui tenait en un seul mot : INNOCENTE ?

15

Le technicien qui prenait les empreintes de Susan fit rouler son index droit sur le tampon encreur violet foncé. Il avait commencé par le pouce et comptait aller jusqu'au petit doigt. La prochaine fois qu'elle entrerait dans une maison par effraction, sûr qu'elle mettrait des gants.

— Vaudrait mieux que ça serve à quelque chose, bougonna-t-elle.

Elle était assise sur le bord du plateau, à l'arrière d'une fourgonnette de police. Les doubles portes ouvertes de chaque côté la dissimulait au regard des curieux qui se pressaient contre la rubalise mise en place une demi-heure plus tôt. La pluie avait cessé, mais elle avait eu le temps de faire friser les cheveux de la journaliste. Les radios grésillaient, les rampes multicolores brillaient, tout le monde avait l'air affairé. Le sang sur le jean de Susan avait commencé à sécher et elle sentait la toile raidir contre ses genoux. Elle s'efforçait de ne pas y faire attention.

Le technicien était assis à côté d'elle, une fiche cartonnée posée entre eux sur le plancher, ses yeux aux paupières tombantes concentrés sur sa tâche.

— Ne bougez pas, ordonna-t-il.

Henry se racla la gorge et tapota son calepin avec son stylo. Il était sorti de la maison dix minutes plus tôt, la mâchoire serrée et les yeux dissimulés derrière ses lunettes de soleil, et depuis il la soumettait à la question.

— Comment ce type a-t-il eu votre numéro de téléphone ?

— Tout le monde l'a. Il figure sur ma signature d'e-mail. Je suis journaliste, il faut que je sois joignable.

Elle se pencha en avant pour tenter d'apercevoir ses notes. Pour un reporter, elle passait plus de temps à répondre à des questions qu'à en poser.

— Alors, il paraît que vous avez trouvé une tête.

Henry colla son calepin contre sa poitrine.

— Je devrais vous arrêter pour violation de domicile. Putain, où vous aviez la tête ?

— J'ai tenté le coup.

Elle contempla ses bottes couvertes de boue. Elle avait dû laisser des traces dans toute la maison.

— Qui c'est le mort ?

Henry se frotta la nuque comme s'il avait mal. Des sirènes hurlaient au loin. Le technicien passa au majeur. Elle jeta un coup d'œil consterné au bout de son doigt violet.

— Sérieux, ça va partir ?

— Il n'avait pas de papiers, dit Henry. Le légiste lui donne une vingtaine d'années. Il estime la mort dans une fourchette de deux à six heures.

Il se pencha vers Susan. Un mouvement infime, un changement de position imperceptible, mais Henry était un colosse et elle contint avec peine un mouvement de recul.

— Parlez-moi de ce coup de téléphone.

— Parlez-moi de la tête.

— On a trouvé une tête en dessous de Pittock Mansion. On a dû fermer une partie du jardin, mais vous pouvez toujours visiter la demeure. Je crois qu'ils ont augmenté le prix, ajouta-t-il en se grattant un sourcil.

Susan tira sur son débardeur mouillé.

— Il ne m'a pas semblé jeune. Pas vieux non plus. Il a dit qu'il appartenait à un fan-club de Gretchen Lowell. Non, pas exactement. Il a dit que je lui avais écrit sur son site Web pour faire un article sur son groupe.

Henry tenait son stylo en l'air, attendant manifestement qu'elle dise quelque chose méritant d'être noté. Elle enroula une mèche violette autour d'un doigt et essaya de se souvenir d'un autre groupe qu'elle aurait pu avoir contacté – elle passait son temps sur Internet –, mais seule l'histoire de Gretchen lui revenait.

— Je suis allé sur des sites de fan-clubs de l'Artiste.

Elle s'abstint de lui dire qu'il ne connaissait pas Jimi Hendrix, ça ne l'aurait sûrement pas intéressé. Il écrivit quelque chose et elle leva le menton pour lire : SW PC, entouré.

— Qu'est-ce que ça veut dire ?

— Je vais avoir besoin de votre disque dur.

— Vous plaisantez ! s'exclama-t-elle, sans pouvoir se retenir d'ajouter : Et puis j'ai un Mac, pas un PC.

Henry ajusta ses lunettes en les appuyant plus fermement sur son nez. Il n'y avait pas de soleil, mais Susan jugea que ce n'était pas le moment de le lui faire remarquer.

— Il faut qu'on étudie votre historique sur le Net.

— Pour savoir combien de fois j'ai tapé mon nom sur Google, pas question, dit Susan en secouant la tête.

Il baissa la tête et la regarda par-dessus ses Ray-Ban. Elle comprit alors pourquoi il les portait.

— On enquête sur un meurtre. Vous faites entrave à la justice. Et vous m'emmerdez, ajouta-t-il en serrant les dents.

— Je suis journaliste. Pas question que je donne mon ordinateur à la police.

Elle avait dit aux flics qu'elle ne leur montrerait pas la liste de ses messages reçus. Elle protégeait ses sources, c'était la règle. Parker lui avait appris cela : si on les révélait une fois, une seule fois, il ne fallait plus espérer recueillir les confidences de qui que ce soit. Il était allé en prison pour cela.

— Essayez d'obtenir un mandat. Je vous souhaite bonne chance.

Le technicien fit rouler son annulaire sur le tampon. Elle avait l'ongle noir.

— Vous êtes capable de distinguer l'empreinte d'un chimpanzé de celle d'un homme ?

Il ne leva pas les yeux. Il souleva le doigt et l'appliqua sur une des cases de la fiche cartonnée. Elle admira sa concentration.

— Oui, répondit-il.

Henry écrivit quelque chose.

— Vous pourriez reconnaître la voix du type ?

Elle tenta de se repasser la conversation dans sa tête sans parvenir à retrouver la voix.

— Peut-être.

Elle regarda son pantalon taché de sang. Grâce au ciel, le jean noir cachait tout.

— Le mec que j'ai trouvé… – elle revoyait son visage, ses yeux couleur blanc d'œuf – … de quoi est-il mort ?

— Je pense que nous pouvons exclure les causes naturelles.

Elle s'était agenouillée à moins d'un mètre du corps et s'était retrouvée avec le jean plein de sang. Le drap en était imbibé, il avait beaucoup saigné. Comme s'il avait été ouvert. Non, *opéré*. Les cœurs sur le mur, la signature de Gretchen, le fan-club. Soudain elle comprit.

— On lui a enlevé la rate, c'est ça ?

Henry ne broncha quasiment pas, mais il tressaillit.

On lui avait enlevé la rate. Comme Gretchen l'avait fait à ses victimes, comme elle l'avait fait à Archie. Elle avait ouvert Archie sans l'anesthésier et lui avait enlevé la rate pour l'envoyer à Henry par la poste. Sa gorge se serra et elle dut déglutir plusieurs fois avant de pouvoir parler.

— Vous allez me mettre sous protection ?

Il enleva ses lunettes et la regarda, sa tête rasée luisante de pluie.

— Quittez la ville.

Bonne idée. Passer deux ou trois mois au Mexique, écrire. C'était peut-être ce qu'elle aurait dû faire plus tôt, avant de connaître Archie.

— Impossible. Je suis journaliste, c'est impossible.

Le pouls de Susan s'accélérait. Le technicien dut s'en rendre compte car, pour la première fois depuis son arrivée, il la regarda.

— Les koalas. Impossible de distinguer les empreintes digitales d'un koala de celles d'un homme.

— C'est pas vrai ?

— On se fait avoir à tous les coups, dit-il en appuyant le petit doigt de Susan sur sa fiche.

— Est-ce que vous saviez que, ces vingt dernières années, neuf enfants sont morts écrasés sous des tables de cantine ?

— Non, répondit-il en lui jetant un regard inquiet.

Elle commença à se détendre et son cerveau se mit à analyser les détails. Qui l'avait appelée ?

— Vous croyez qu'elle a un nouveau complice ?

Henry ne dit rien. Soudain, une idée lui traversa l'esprit. Elle revit la scène de crime.

— Des complices ? Il y avait dix torches.

— Une seule personne peut les avoir installées, dit Henry en remettant ses lunettes de soleil. On souhaite ne pas divulguer cet élément à la presse, d'accord ?

— Peut-être qu'elle avait neuf complices. Comme une équipe de base-ball composée de tueurs en série. Ou peut-être qu'elle les met à l'épreuve. Vous savez, elle en élimine un après chaque meurtre. Le dernier qui reste devient son alter ego.

Henry ne semblait pas trouver ça drôle.

— Parlez-moi de ces fan-clubs.

— Les gens dessinent son portrait et le lui envoient. Ils lui écrivent des poèmes, imaginent des scénarios. J'ai publié un article là-dessus il y a quelque temps.

Henry ne réagit pas. Elle soupira, exaspérée.

— Dites, vous ne lisez même pas le *Herald* ?

— Je m'informe en lisant le *Daily Auto Trader*.

Le technicien tendit à Susan une lingette humide. Elle se frotta les doigts avec et l'encre disparut du premier coup. Elle ignorait ce qu'il y avait dedans, mais c'était sûrement toxique.

— J'ai du travail, déclara-t-elle en se levant.

Le technicien lui tendit un sac en plastique et elle y jeta la lingette souillée. Henry croisa les bras.

— Je ne peux pas vous demander de garder une partie de ce que vous avez vu pour vous ? Afin, vous savez, d'éviter le bordel, merde ?

— Pas question. Et puis vous avez trouvé une tête. Vous ne croyez pas que ça suffirait à semer la panique ?

— Vous faites des progrès comme reporter, grommela Henry.

— Journaliste.

Elle lui fit au revoir de la main et s'éloigna de la fourgonnette. Il la rappela et elle se retourna. Il la dévisagea un moment, bouche ouverte, une main derrière la tête. Puis il laissa tomber sa main et s'approcha.

— Je vous dis ça parce que ça va sortir, alors autant que ce soit vous, dit-il en poussant un soupir. Il y a des trucs sur l'aire de repos que nous n'avons pas rendus publics.

16

Archie était assis par terre dans la boutique au milieu des magazines, *Newsweek* ouvert sur ses genoux. Tout autour de lui, des photos de Gretchen lui souriaient. Il avait trouvé vingt-sept articles consacrés à l'Artiste et avait commencé par celui de *Newsweek*, fourmillant d'excuses. Ce n'était pas sa faute mais celle de la société. Nous étions tous responsables.

Archie ne se souvenait pas que la société lui avait enfoncé un scalpel dans la poitrine.

Il y avait aussi des photos de lui. Contemplant une scène de crime, quittant l'hôpital. Lui, l'homme qu'elle avait par deux fois essayé de tuer. On en faisait une sorte de héros. Il se dit que cela devait booster les ventes plus sûrement que la vérité. Le récit de leur dernière confrontation était resté très flou, Henry avait réussi à garder secrets les détails de l'histoire qui l'avait amené à se retrouver à la merci de Gretchen. Lui récupérait de ses blessures et elle, elle courait toujours.

La réalité était plus sombre.

Il toucha la photo de Gretchen devant le palais de justice illustrant la couverture de *Newsweek*. Vêtue de l'uniforme bleu de la prison, menottes aux poignets, cheveux au vent, elle détournait la tête, ne révélant que son profil de médaille. Il leva la main, laissant l'empreinte de son doigt sur le magazine.

Il regarda ses mains, paumes en l'air. Elles étaient moites de transpiration. Putain, qu'est-ce qu'il avait envie d'une Vicodine. Il les essuya sur son pantalon et sentit le portable dans sa poche. Il le sortit. Pas de nouveau message.

— Si elle vous intéresse, nous avons le livre, dit la vieille dame derrière son comptoir.

Il leva les yeux. Elle avait déballé plusieurs anges et les aligna sur son comptoir. Puis elle observa Archie en tendant le cou par-dessus son installation.

Il se vit assis par terre au milieu des magazines ouverts sur les articles traitant de l'Artiste. De quoi avait-il l'air ? Il rengaina le téléphone.

La vendeuse inclina la tête vers la vitrine dans laquelle s'entassait une pile de *La Dernière Victime*, juste à côté d'une douzaine d'exemplaires de *Les cinq personnes que j'ai rencontrées là-haut*[1].

Il referma *Newsweek*, se leva et le remit sur le présentoir derrière.

— Merci, je l'ai déjà.

Il se pencha pour ramasser les magazines et les remettre en place tout en jetant un coup d'œil à la vieille. Derrière elle, la petite télé était toujours allumée et, l'espace d'un instant, il crut voir le visage de Gretchen. Il resta là, à demi accroupi, pétrifié, fasciné par la télévision, tandis qu'un message s'affichait sur l'écran : L'ARTISTE COURT TOUJOURS, 76 JOURS.

1. Roman de Mitch Albom, best-seller international.

Puis le message disparut et il se redressa.

— Montez le son, cria-t-il.

La vieille le regarda d'un air sceptique. Puis elle se tourna lentement vers le poste, puis vers Archie et les magazines étalés à ses pieds.

— Montez le son, répéta-t-il en s'avançant vers le comptoir et la télé.

Elle fronça un sourcil, s'immobilisa, sortit un autre ange du carton et l'installa sur le comptoir. Enfin elle sortit une télécommande de la poche de son gilet et appuya sur un bouton.

Un journaliste vêtu d'un imper bleu fluo aux couleurs de KGW[1] apparut, micro à la main, devant Pittock Mansion. On avait trouvé une tête dans les buissons en contrebas. L'image passa à un autre journaliste vêtu du même blouson bleu devant une maison aux fenêtres barricadées. On avait trouvé un cadavre à l'intérieur. La police ne donnait pas le moindre détail.

Sur un plan plus large, Archie aperçut Henry entrant dans la maison. Il chercha son portable habituellement accroché à sa ceinture. Ses doigts ne trouvèrent que le velours de son pantalon. Son téléphone était sous clé.

Mais il en avait un autre. Il glissa la main dans sa poche et y trouva l'appareil. Il préféra toutefois ne pas le sortir.

La vieille dame regardait la télé à présent, sourcils froncés, une main sur le pied d'un ange agenouillé en prière, une auréole métallique plantée sur le dessus de sa tête.

1. Chaîne de télévision locale (États d'Oregon et de Washington), filiale de NBC.

— Est-ce que je peux utiliser votre téléphone ? demanda Archie.

Elle n'avait aucune raison d'accepter, mais elle tendit le bras et décrocha le combiné d'un téléphone de bureau pour le placer dans la main d'Archie.

— Faites le 9.

Il composa le numéro du portable d'Henry.

— D'où tu m'appelles ?

— De la boutique de l'hôpital. J'avais envie d'un ballon.

Il sentit son ami se dérober. Il était en congé de maladie et n'avait aucun droit d'avoir connaissance d'une enquête de police.

— Susan Ward a reçu un tuyau et découvert un corps dans une maison abandonnée sur North Fargo. Et quelqu'un a balancé une tête sur le terrain en face de Pittock Mansion.

Ils avaient trouvé une des victimes de Gretchen dans le parc de la demeure quelques mois avant de l'arrêter. Jamais elle ne s'était répétée. Pourtant il ne pouvait pas s'agir d'une coïncidence.

— Les yeux ?

— Impossible à dire, la tête est trop décomposée. Robbins s'en occupe. Le corps dans la maison les avait encore. C'est récent. Il a été tué la nuit dernière.

Archie jeta un coup d'œil à la télé. Charlene Wood, la présentatrice vedette de KGW, était arrivée devant la maison et interviewait un badaud.

— C'est Gretchen ? demanda Archie.

— Le mur à côté du cadavre est couvert de cœurs, comme sur l'aire de repos, dit Henry en soupirant. Susan a appelé son journal. C'est sur toutes les chaînes. Il y a des journalistes partout.

Archie sentit sa poitrine se serrer.

— Susan va bien ?

— Elle me fait chier. Elle refuse de me dire d'où elle tient son tuyau.

Archie ne put s'empêcher de sourire.

— Parker serait fier.

— Ouais. C'est super que ses couilles de journaliste soient descendues, mais ça ne m'aide pas beaucoup dans mon enquête. Il semblerait que la victime n'ait plus de rate. Ça n'a pas encore été rendu public, mais ça va l'être.

La vieille dame déballa un autre ange.

— Tu veux que j'envoie une voiture te chercher ?

Archie se retourna et regarda dans le couloir. Il pensa tout raconter à Henry, mais il ne pouvait pas à cause du téléphone. Et puis qu'est-ce qu'il pourrait dire ? *Je crois qu'elle a placé quelqu'un à l'intérieur de l'hôpital pour me surveiller ? Je le sens ?*

Il passerait pour un dingue.

— Je ne me sens pas encore d'attaque.

Il n'avait pas besoin de la chercher. Elle le trouverait, il en était certain.

— Ta famille vient toujours ce soir ?

Debbie amenait les enfants tous les mercredis. En général, c'était un moment qu'il attendait avec impatience, mais, avec tous ces événements, il avait perdu la notion des jours.

— Oui, ils viennent toujours, dit-il en se frottant les yeux.

— Donne-leur le bonjour.

Henry sembla hésiter puis, sur un ton qui suggérait qu'il soupçonnait que quelque chose ne tournait pas rond, il ajouta :

— Je passerai plus tard.

— Pas de problème.

Il reposa le combiné et jeta un coup d'œil à la télé. La série *Perry Mason* était de retour.

— C'est vous, n'est-ce pas ? C'est vous ?

La vieille tourna de nouveau la tête en direction de la vitrine.

— Non.

— C'est vous, ce policier.

Elle prit un des anges et le lui tendit. Sur les pieds de la statuette, il vit une plaque en cuivre avec ces trois mots joliment gravés :

VEILLEZ SUR MOI.

Elle lui déposa l'ange dans la main.

17

Une affiche était placardée dans l'ascenseur menant au service psychiatrique :

SI JAMAIS LES PORTES DE L'ASCENSEUR
REFUSAIENT DE S'OUVRIR, NE VOUS AFFOLEZ PAS.
IL Y A TRÈS PEU DE CHANCES DE MOURIR ASPHYXIÉ
OU QUE L'ASCENSEUR TOMBE EN CHUTE LIBRE.

— Plutôt rassurant, dit Archie à la jeune bénévole à côté de lui.

Elle écarquilla les yeux.

— C'est pour nous, les dingues, expliqua Archie, on panique facilement.

Ses propos ne semblaient guère la rassurer. Il décida de se taire. C'est alors qu'il remarqua qu'elle tenait une enveloppe portant son nom. Une grosse enveloppe carrée de couleur rose. Difficile de la manquer. La fille s'en servait pour s'éventer.

— C'est pour moi.

Ce n'était pas une lycéenne, une étudiante peut-être. Elle lui adressa un sourire mécanique.

— Il faut que je porte ça avant d'aller déjeuner.

Les portes de l'ascenseur s'ouvrirent et ils se retrouvèrent dans la minuscule antichambre du service de psychiatrie. La fille hésitait.

— Vous n'êtes jamais venue ici ?

— Est-ce qu'il y a des fous ? murmura-t-elle.

— Des tas.

Il appuya sur le bouton d'appel.

— Archie Sheridan.

— Un instant, monsieur Sheridan, répondit l'infirmière.

La fille regarda le nom sur son enveloppe.

— Je suppose que c'est votre nom.

— Je suis à peu près sûr d'être toujours moi.

C'est alors qu'il remarqua ses ongles : roses avec le bout rouge sang.

Archie ne connaissait pas grand-chose aux femmes, mais il savait qu'elles aimaient les compliments.

— J'aime bien vos ongles.

Elle rougit et regarda ses doigts.

— Ça s'appelle *L'Artiste*, ma manucure dit que toutes les célébrités s'en font faire.

Archie manqua s'étrangler. *L'Artiste,* un nom de manucure ! Les gens avaient perdu la tête.

— Ça va ? demanda la fille.

Des hurlements étouffés leur parvinrent. Archie reconnut les vociférations belliqueuses de Frank, son voisin de chambre.

La respiration de la jeune bénévole s'accéléra.

— Il est inoffensif.

Elle tapa du pied et se mordit la lèvre.

— Pourquoi c'est si long ?

— Ils sont occupés.

Il fallut quelques minutes et l'intervention de plusieurs personnes pour maîtriser la crise de Frank. Archie se fendit de ce qu'il espérait être un sourire rassurant. Frank se mit à beugler, une histoire de démons. La jeune femme se raidit.

— Pourquoi ne pas me donner cette enveloppe ? suggéra Archie.

Elle réfléchit une fraction de seconde et lui fourra l'enveloppe dans la main avant d'appuyer sur le bouton de l'ascenseur. Les portes s'ouvrirent et elle se précipita à l'intérieur.

— Mignon, votre ange, dit-elle au moment où les portes se refermèrent.

Archie posa la poupée sur la table à côté des brochures Al-Anon et examina l'enveloppe.

Elle ne portait pas de cachet de la poste, ce qui voulait dire qu'on l'avait déposée à l'hôpital. L'adresse de l'expéditeur était 397 North Fargo. Sans nom. C'était là que Susan avait découvert un corps. L'écriture n'était pas celle de Gretchen, mais elle n'avait pas dû avoir grand mal à trouver quelqu'un pour écrire à sa place. Archie glissa un doigt sous le rabat, l'ouvrit et sortit la carte.

La carte était vieillotte, le carton ramolli par le temps. Deux cœurs rouges reliés par une chaîne dorée. Sous le cœur, un ruban avec ces mots : UN MESSAGE POUR MON VALENTIN. Il ouvrit la carte et lut un petit poème :

Que cette chaîne soit un doux lien
Qui pour toujours unisse ton cœur au mien.

Où qu'il soit, elle pouvait le joindre. Ce n'était qu'une question de temps.

Les hurlements de Frank se calmèrent et une infirmière vint lui ouvrir. Il entra en abandonnant l'ange sur la table.

18

Au *Herald*, Susan était rivée à son ordinateur. Elle devait remettre un article à 2 heures et il était déjà moins le quart.

Des yeux dans le réservoir des toilettes. Elle se demanda si Gretchen les avait arrachés alors que ses victimes étaient encore vivantes, ou si elle les avait assassinées d'abord. Rien que d'y penser, elle avait mal aux yeux.

La tête de Pittock, comme tout le monde l'appelait, avait fait les gros titres dans tout le pays. CNN, citant une source proche du médecin légiste, affirmait qu'on lui avait arraché les yeux. Ils avaient lancé un sondage en ligne sur leur couleur. Le marron était donné gagnant à deux contre un.

C'était l'effervescence au *Herald*. Les téléviseurs fixés au plafond diffusaient non-stop et en direct depuis la maison de Fargo, le défilé et Pittock Mansion. On parlait déjà d'une nouvelle édition spéciale. Susan travaillait sur un récit à la première personne de sa découverte du corps. Derek s'occupait du côté infos et Ian avait envoyé deux autres journalistes sur place. Grâce à Henry, Susan avait révélé les nouveaux éléments de l'affaire de l'aire de repos sur le site Web du journal. Les cœurs sur le mur, les yeux, la rate. Ils allaient mettre le paquet là-dessus dès le lendemain : gros titres à la une. Henry avait promis un portrait du mort de Fargo avant le bouclage. Le *Herald* allait le diffuser en espérant que quelqu'un le reconnaîtrait.

Le journal avait sa propre version de la Brigade spéciale : Susan et Derek, plus deux autres journalistes, deux rédacteurs, deux photographes et un stagiaire. Ils avaient fait le portrait des familles des victimes ; ils avaient retrouvé les gens qui prétendaient avoir vu Gretchen depuis son évasion ; ils avaient interviewé tous ceux qui l'avaient approchée et avaient survécu. La seule chose qu'ils n'avaient pas faite, c'était une biographie de l'Artiste. Personne ne savait d'où elle venait. Elle avait été arrêtée pour une histoire de chèque en bois à Salt Lake City à l'âge de dix-neuf ans, mais rien d'autre. Pas de bulletins scolaires. Pas d'acte de naissance. Rien.

Rien qu'une ribambelle de cadavres et les quelques détails qu'elle avait distillés en prison et dont la plupart n'étaient sans doute que des mensonges. Ce manque d'informations avait contraint les journalistes qui couvraient la chasse à l'homme à recycler indéfiniment les mêmes interviews et les mêmes experts.

L'excitation de la traque s'était émoussée et un humour macabre s'était installé. Une photo de Gretchen criblée de fléchettes trônait sur le mur. Ian avait donné à chacun des membres du groupe une chope à l'effigie de l'Artiste avec cette légende : JE TUERAIS POUR DU CAFÉ.

— Qu'est-ce que Gretchen a offert à Archie pour la Saint-Valentin ? demanda le stagiaire.

Susan ne parvenait pas à retenir son nom. Pour elle il était « *le stagiaire* ».

— Je suis pas d'humeur, répondit-elle, sans lever les yeux de son écran.

— Son cœur. Ah ! Ah !

Il portait un tee-shirt *Sauve-toi, Gretchen,* et des lunettes à la Kissinger qui étaient soit incroyablement branchées, soit terriblement ringardes. Susan n'avait pas encore décidé. Elle lui jeta un regard furieux et il retourna à son ordinateur.

— Je la mets sur Twitter.

— C'est ça.

Elle se remit à la tâche : faire tenir son aventure et sa découverte macabre en une demi-page. La pub était précieuse, pas question de perdre de l'espace. Son histoire de cadavre et de tueuse en série devait pouvoir se lire, en entier, lors d'une unique visite aux toilettes.

Elle fit de nouveau défiler le journal de son portable et retrouva le numéro de l'homme qui lui avait communiqué l'adresse.

Parker lui avait raconté qu'à l'âge d'or du journalisme d'investigation, les reporters devaient avoir recours à des annuaires inversés pour dénicher les adresses de ceux qui les avaient appelés. C'étaient de gros bouquins reliés fournis par les opérateurs de téléphone et conservés sous clé dans un placard de la salle de conférences. Il fallait convaincre un rédacteur d'ouvrir le placard et chercher ses renseignements sur place, on n'avait pas le droit d'emporter les précieux annuaires. Les opérateurs en envoyaient de nouveaux chaque année, si bien qu'on n'était jamais sûr d'avoir les infos à jour. Malgré tout, c'était marrant, un truc à montrer à des touristes. *Donnez-moi votre numéro de téléphone, je vous donnerai votre adresse*. Avant Google, ça avait un côté magique.

Aujourd'hui, il suffisait d'entrer un numéro de téléphone sur un moteur de recherche gratuit pour avoir l'adresse correspondante en une fraction de seconde. Puis d'entrer l'adresse sur Google Earth pour obtenir une vue à 360 degrés de la maison.

Malgré tout, c'était moins drôle.

Le numéro enregistré dans le journal des appels de Susan ne lui donna pas l'adresse d'une maison, mais celle d'une cabine publique de North Portland.

Il y avait plus de deux millions de cabines aux États-Unis en 1998 ; à présent il en restait à peine huit cent mille (et sans doute moins, car cela faisait quelques mois déjà que Susan avait sorti son grand reportage sur le sujet). En ce sens, les portables n'avaient pas vraiment rendu service à Superman. Mais l'État d'Oregon avait anticipé : quand les téléphones publics avaient commencé à prendre le même chemin que Big Mouth Billy Bass[1], une loi avait été votée prévoyant de conserver des cabines d'intérêt général dans les quartiers où tout le monde ne possédait pas le dernier-né des BlackBerry. Des endroits tels que North Portland.

Elle entra une adresse voisine sur Google Earth et chercha jusqu'à ce qu'elle découvre une image sur laquelle apparaissait le téléphone. Pas une cabine, juste

1. Poisson en caoutchouc (*a bass* est un bar) doté d'une énorme bouche et chantant *Don't worry, be happy*.

une de ces demi-coquilles dans lesquelles la grosse reliure noire d'un annuaire se balance au bout d'un câble argenté.

Puis, histoire de rigoler, elle tapa 397 North Fargo. Surprise, rien n'apparut. Rien. L'adresse n'existait pas.

— Où est mon article ? demanda Ian.

Deux heures.

Susan leva les yeux pour voir Ian Harper, son rédacteur, appuyer une hanche maigrichonne contre le bord de son bureau. Il tira sur son catogan, un tic qu'elle avait autrefois trouvé sexy, mais qui, à présent, ne faisait plus que l'agacer. Certains rédacteurs en chef vous fichaient la paix jusqu'au dernier moment et d'autres vous tournaient autour. Ian était un véritable hélicoptère.

Elle enleva ses bottes et ramena ses jambes sous elle pour s'installer en tailleur sur sa chaise.

— Comment va ta femme ?

La bouche de Ian se crispa. Il jeta un regard inquiet autour de lui. Personne ne prêtait attention à eux. Le stagiaire était occupé à mettre sa dernière blague sur Twitter et la plupart des journalistes travaillaient l'iPod greffé à l'oreille. L'immense quatrième étage et son épaisse moquette n'était qu'une ruche silencieuse peuplée d'individus les yeux scotchés à leur écran.

— Il me faut cet article dans la demi-heure, dit Ian en remettant en place une mèche brune échappée de son catogan.

— Je suis dessus.

Il essaya de lire par-dessus son épaule, mais elle s'installa de sorte à lui masquer son texte.

— Ne perds pas ton accroche de vue, dit-il en pointant un doigt vers l'écran. Tu les tiens, ne les lâche plus. Tire le maximum du peu que tu as.

— Tu me connais, je sais faire avec pas grand-chose, répliqua-t-elle avec un sourire lourd de sous-entendus.

Le stagiaire rit.

Ian s'écarta du bureau et battit en retraite.

— Je veux te voir taper.

Elle pivota pour retrouver son clavier en se demandant comment elle avait bien pu coucher avec lui.

Une pile d'enveloppes atterrit sur son bureau. Derek. Il lui adressa un large sourire. Il avait une fossette au menton. Une vraie. Comme Kirk Douglas. Avant lui, elle n'avait jamais rencontré d'homme possédant une vraie fossette. Un matin, elle l'avait surpris dans la salle de bains en train de la nettoyer avec un coton-tige.

— T'as du courrier.

Elle jeta un coup d'œil au paquet : quelques communiqués de presse, des petites enveloppes blanches couvertes d'une écriture appliquée de grand-mère et une grande, rose vif, manifestement une carte.

— T'as fouillé dans ma boîte ?

— Je relevais la mienne, la tienne est juste à côté.

Il se tut et la regarda d'un air entendu, comme si la proximité de leurs boîtes à lettres était une sorte de signe cosmique. Elle jeta un coup d'œil à sa corbeille débordant de courrier.

— Mets ça avec le reste.

— Il faut répondre aux lecteurs, ça fait partie du boulot.

— Je voudrais bien, mais j'ai plus de papier à lettres Garfield.

— Tu détestes Garfield, répliqua-t-il en lissant un pli de son pantalon.

— Oui, mais j'adore les lasagnes. Curieux, non ?

Elle s'écarta de son bureau et s'appuya contre le dossier de sa chaise.

— Il faut que je bosse, je suis coincée.

Le regard de Derek se posa sur le jean de Susan.

— T'as du sang sur ton pantalon.

Elle baissa les yeux. Le sang avait durci, formant une croûte uniforme couleur rouille.

Elle décroisa les jambes et posa les pieds par terre.

— Merci.

— J'ai de l'OxyClean dans mon tiroir.

— C'est bon pour les taches, dit le stagiaire.

Susan se retourna vers lui.

— Je croyais que tu préparais un topo sur la rate.

— Oh, pardon.

— T'as obtenu quelque chose du PPP ?

L'un des trucs super quand on couvrait de vraies infos, des sérieuses, c'était de pouvoir utiliser de chouettes acronymes, comme PPP pour *porte-parole de la police*.

— Rien de plus que ce que t'a dit Sobol. Ils n'ont pas encore identifié le corps. J'ai fait quelques recherches. La baraque appartient à une vieille dame. Ça fait plus de quinze ans qu'elle est en maison de retraite. C'est inhabité depuis. Il y a une citerne à mazout dans le jardin et du radon au sous-sol. Elle n'a jamais pu la vendre…

Il se gratta la fossette.

— … Je pourrais aller l'interviewer, développer le côté humain. Le plus drôle, c'est qu'elle a déjà eu deux offres d'achat depuis que la presse a parlé du macchabée. Il doit y avoir des gens qui veulent une scène de crime de l'Artiste rien que pour eux.

— Sûr. Histoire d'ouvrir une maison d'hôtes.

Derek haussa les épaules et retourna s'asseoir au bureau qu'il avait hérité de Parker quelques mois plus tôt. Il n'y avait jamais l'air très à l'aise. Trop grand pour lui.

19

On avait nettoyé le sang qui avait éclaboussé le sol dans la salle de repos. Archie sentait encore l'odeur d'eau de Javel. Il se murmurait dans le service qu'il avait fallu poser des points de suture au psy, pas à Courtenay. On l'avait enfermée dans sa chambre. Tout l'après-midi, elle avait chanté la même chanson, *High Hopes*. On l'entendait d'un bout du couloir à l'autre.

Il a de grandes espérances… une grande tarte aux pommes, des espérances dans le ciel.

Archie espérait que les paroles étaient censées être drôles.

— Ma sœur va venir me voir, lança Frank depuis le canapé.

— Ah bon ?

Archie s'était douché, avait mis des vêtements propres et s'était brossé les dents après le dîner. On les faisait manger à 5 heures, comme des vieux. Pour l'instant il buvait du café dans une chope sur laquelle des lettres formant le mot LUNDI étaient allongées sur le divan d'un psychanalyste. Dans la bulle, LUNDI se lamentait : *Personne ne m'aime*.

Il avala une gorgée et leva les yeux vers la pendule : 18 h 30. Debbie était toujours à l'heure. Il regarda les aiguilles se rejoindre sur le 6, puis jeta un coup d'œil en direction de la porte de la salle de repos. Debbie était là, appuyée au chambranle ; elle lui souriait. Son bronzage d'été, fruit de sa passion pour le jardinage, avait pâli. Pas de jardin dans son appartement sécurisé de Vancouver. Pourtant, il la trouva plus belle que jamais. Cheveux noirs coupés court, robe bain de soleil noire, bras nus, des bracelets en argent aux poignets, elle paraissait plus jeune, presque heureuse.

Ben et Sara la dépassèrent et se précipitèrent vers leur père. Plus le temps passait, plus ils ressemblaient à leur mère. Ses taches de rousseur, ses beaux cheveux, ses membres déliés. Archie était heureux de retrouver si peu de lui dans ses enfants, comme si cela pouvait leur épargner quelque souffrance fondamentale. Il les serra dans ses bras, respirant le doux parfum de shampoing qui imprégnait leurs cheveux, et les garda contre lui une seconde de plus qu'ils l'auraient souhaité.

Ils allaient changer d'école à la rentrée. Même si Debbie n'avait pas déménagé, jamais elle n'aurait accepté qu'ils retournent dans leur ancien établissement, pas après ce qui s'y était passé. C'était le premier endroit où Gretchen était allée après son évasion.

— Laissez-nous un moment, votre père et moi.

Les gamins pivotèrent vers elle et Archie hocha la tête avant de les embrasser encore une fois et de les regarder aller s'asseoir sur le canapé devant la télévision, à côté de Frank.

Sara arracha ses tennis et replia ses jambes sous elle. Le dîner était passé et tout le monde, sauf Archie et Frank, était sorti fumer. Quartier libre.

La télé continuait de diffuser *Urgences véto,* sûrement un marathon.

— C'est çui où le chat meurt ? demanda Sara.

— Non, c'est l'épisode du furet, répondit Frank.

— Super !

Debbie attendit que les enfants soient absorbés par le feuilleton pour s'approcher d'Archie.

— Que se passe-t-il ?

Elle avait toujours les bras croisés. Il sentait son odeur. Le même shampoing que celui des gosses, mélangé à un parfum plus musqué qu'il ne reconnaissait pas.

Ils étaient tombés amoureux à la fac, près de vingt ans auparavant. Il continuait à avoir du mal à imaginer la vie sans elle, mais il prenait soin de le cacher. Il ne voulait pas rendre les choses plus difficiles qu'elles l'étaient déjà.

— Quoi ? dit-il en pensant au téléphone caché au fond de sa poche.

— Elle est revenue.

— C'est une tueuse en série. Ce n'était qu'une question de temps avant qu'elle recommence.

— Je pensais qu'elle allait s'enfuir, qu'elle était au bout du monde…

Elle accompagna ses paroles d'un geste d'impuissance.

— … En train de dériver sur un morceau de banquise.

— Je suppose qu'elle en a eu marre de tuer des Inuits.

La porte de la terrasse s'ouvrit et deux femmes vinrent s'asseoir à une table près de la télé. L'une d'elles se trouvait dans le couloir quand Courtenay avait craqué.

— Quand tout cela va-t-il se terminer ? demanda Debbie en fermant les yeux.

— Quand elle sera morte.

Debbie ouvrit les yeux et le regarda. Puis elle jeta un coup d'œil aux enfants. À la télé, les vétos opéraient un furet qui avait avalé une voiture de police Matchbox. Ben, Sara et Frank, côte à côte, n'en perdaient pas une miette.

— Je vais m'en charger, dit Archie doucement. Quel qu'en soit le prix.

Debbie se tourna lentement vers lui.

— Comment vas-tu t'en charger ? Tu es enfermé dans un hôpital psychiatrique.

— Je préfère penser que c'est un asile de dingues.

— La presse campe devant ma porte, dit Debbie en s'asseyant en face de lui à la table, à la place qu'Henry avait occupée le matin même. La Charlene Wood de Channel 8 a débarqué et a commencé son cinéma en direct devant notre immeuble…

Nouveau coup d'œil en direction des enfants puis elle poursuivit en baissant la voix.

— … On aurait dit qu'elle annonçait l'arrivée d'un événement. Comme si Gretchen allait surgir en prime time.

— Elle ne te causera aucun souci cette fois.

Debbie tressaillit ; sa mâchoire se crispa et elle plissa les yeux.

— C'est vrai que tu la connais très bien, j'avais oublié.

Tu la connais très bien. Les horribles paroles restèrent suspendues entre eux. Il l'avait mérité. Il avait mérité tout le vitriol qu'elle voudrait lui servir. La façon dont il avait trahi leurs vœux était mémorable.

— Excuse-moi, dit-elle en secouant la tête.

— C'est moi qui t'ai trahie…

Il savait qu'il avait de la chance qu'elle l'autorise à voir les enfants.

— … Ce que je voulais dire, c'est que je sais comment elle fonctionne.

— Alors, reprends le travail. Ça fait deux mois qu'elle est en cavale et ils sont incapables de l'attraper sans toi, semble-t-il.

Un homme entra. Il ne regarda pas Archie. Il ne regarda personne. Il alla jusqu'au réfrigérateur, prit une boîte-repas et s'assit deux tables plus loin. Archie le reconnut, c'était le psychologue que Courtenay avait poignardé.

— Est-ce qu'au moins tu m'écoutes ? demanda Debbie.

Derrière elle, quelqu'un d'autre entra, poussant une serpillière. George, l'aide-soignant. Debbie suivit le regard d'Archie.

— Qu'est-ce qu'il y a ?

Archie sentit les poils se dresser dans sa nuque et, de nouveau, le sentiment d'être épié le saisit. Il parcourut la pièce du regard. Quelques minutes plus tôt, ils étaient seuls. Il essaya de se remémorer les autres visites et se rendit compte que le même phénomène se produisait chaque fois que les enfants étaient là : des gens venaient rôder pour les écouter. Non, il était stupide. Si Gretchen le faisait surveiller, elle ne se contenterait pas d'avoir un complice dans l'hôpital, elle en aurait un dans le service même.

Debbie repoussa une mèche derrière l'oreille d'Archie, retira sa main et dit :

— Tu devrais te faire couper les cheveux.

— Je me laisse pousser une queue de cheval, répondit-il avec un sourire absent.

— Si tu fais ça, je te tue de mes mains.

— L'homicide justifié ne pourrait être retenu que si nous étions encore mariés.

— Je suis prête à aller en prison.

Il la vit s'écarter et alla embrasser les enfants et leur dire au revoir. Il scruta les visages dans la pièce en quête d'une réaction, d'un signe d'intérêt trop marqué. Il pouvait se servir de ça. Il pouvait se servir de ses gosses comme appâts, repérer qui cherchait un prétexte pour s'approcher trop près ou rester trop longtemps dans la salle de repos.

Arrivée à la porte, Debbie s'arrêta et se retourna pour le regarder. Le tissu de sa robe noire était fin et il distinguait l'ombre de ses cuisses au travers. Elle écouta un moment et tendit l'oreille en direction de la chambre de Courtenay.

— Est-ce que… ?

— *High Hopes*, répondit Archie.

— Dis donc, ils vous donnent des traitements efficaces.

Sara poussa un cri. L'opération du furet ne se passait pas comme prévu. Frank lui prit la main.

— Attends, dit Archie.

Il rejoignit Debbie, lui serra le bras et approcha ses lèvres de son visage comme s'il voulait l'embrasser sur la joue. Au lieu de cela, il lui murmura dans l'oreille :

— Ne laisse pas les enfants sans surveillance.

Elle accusa le coup et tressaillit.

Il se recula, le visage impassible, sans lui lâcher le bras. Elle lui lança un coup d'œil interrogateur avant d'observer lentement les gens assis dans la pièce.

Quelqu'un d'autre aurait pu penser qu'Archie se faisait des idées, mais Debbie savait de quoi Gretchen était capable.

Elle se tourna de nouveau vers lui et il aperçut une lueur de peur dans ses yeux. Bien. Elle le prenait au sérieux. Il murmura :

— Pars en voyage.

Elle acquiesça d'un imperceptible signe de tête et il lui lâcha le bras.

— Votre père ne se sent pas très bien. Vous voulez qu'on aille voir un film ?

20

— Je te présente Gretchen Lowell.

Archie est assis à son bureau et, en levant les yeux, il découvre le maire, Bob « Amigo » Anderson, sur le pas de sa porte en compagnie d'une blonde canon. Peut-être la plus belle femme qu'il ait jamais vue. Ses traits sont parfaits : bouche charnue, nez droit, pommettes larges et surtout, de grands yeux. Sa robe à manches longues couleur lilas moule ses seins, se resserre à la taille et épouse la courbe de ses hanches. Elle s'appuie contre le chambranle de la porte découvrant ses jambes minces.

— Gretchen, dit Amigo avec un sourire de grand carnassier, je vous présente Archie Sheridan.

— Inspecteur.

Elle s'avance et lui tend une main élégante. Il se lève et la lui serre par-dessus son bureau, soudain conscient de ses paumes rugueuses.

— Ravi de vous rencontrer.

— Gretchen est psychiatre, elle pense qu'elle peut nous aider à attraper l'Artiste.

Il est 11 heures du soir. Amigo vient d'appeler pour demander s'il pouvait passer. Onze heures du soir et

Archie est encore au travail. Manifestement, pas Amigo.

— On a déjà une profileuse.

Le maire glousse. Il a le visage rubicond et ne porte pas de veste. Ses dents trop blanches sont tachées de vin rouge.

— Elle cherche pas à piquer le boulot d'Anne.

— Je ne suis pas spécialiste en criminologie. Ma spécialité, c'est l'aide posttraumatique.

— Elle désire t'aider, dit Amigo.

— Merci…

Il se rassied et ouvre un rapport d'enquête en espérant qu'ils vont comprendre le message.

— … Je n'ai pas besoin d'aide psychologique.

Amigo donne un coup de coude à Gretchen et lui adresse un clin d'œil.

— Archie est solide comme un roc. Il a épousé sa copine de fac. Je crois pas que ce type ait jamais pris une cuite.

— Ça m'est déjà arrivé.

Soudain Amigo tapote sa poche et en sort un portable. Il se renfrogne et lève l'index avant de sortir de la pièce en frôlant Gretchen.

— Je suis avec Archie, chérie.

Archie soupire.

Gretchen ne bouge pas. Elle se contente de le regarder et de sourire.

— D'où connaissez-vous le maire ?

— Je peux vous être utile.

Il ne lui manquait plus que ça, la dernière conquête du maire traînant dans les locaux de la Brigade spéciale pour remonter le moral de son équipe. Ses troupes ne lui adresseraient plus jamais la parole. Malgré tout, le maire tenait les cordons de la bourse, et si elle couchait avec Amigo, Archie n'aurait probablement pas son mot à dire.

— Vous êtes sur cette affaire depuis combien de temps, dix ans ?

— Certains d'entre nous, oui.

— Je vous propose de vous aider. Pas question de thérapie. Juste échanger des idées.

Elle se décolle de la porte et s'approche de lui. Ses hanches se balancent au rythme de ses hauts talons.

Elle se penche en avant et regarde la photo encadrée posée sur le bureau d'Archie.

— Votre famille ?

— Ouais.

— Ils sont beaux, dit-elle en remettant la photo face à lui.

— Merci.

— Je ne couche pas avec lui.

Archie tousse et jette un coup d'œil en direction du couloir, le maire est toujours au téléphone.

— Non que cela vous regarde.

— Non, bien sûr.

Elle fait tourner le dossier ouvert sur le bureau et s'empare d'une photo de l'autopsie d'une victime de l'Artiste. Elle ouvre grand les yeux.

— Qui est-ce ?

— Il s'appelait Matthew Fowler. On a trouvé son corps à Pittock Mansion la semaine dernière, explique Archie, ravi de changer de sujet de conversation.

— J'en ai entendu parler.

Sa lèvre inférieure frémit légèrement tandis qu'elle examine l'image couleur du torse béant de Fowler. Elle tremble.

— Que lui est-il arrivé ?

Archie lui reprend la photo et la remet dans le dossier.

— Je ne crois pas que vous ayez vraiment besoin de le savoir, dit-il doucement.

Elle abaisse les yeux vers lui.

— Mettez-moi à l'épreuve.

Il s'enfonce dans son fauteuil et l'observe. Elle n'a aucune idée de ce qu'il a vu. Elle a lu les comptes rendus aseptisés parus dans la presse et regardé les émissions à la télé. Elle s'imagine qu'elle peut passer quelques semaines à étudier l'affaire avant d'écrire un article dans une revue spécialisée.

— Il a été éviscéré.

Elle porte une main à sa bouche et détourne la tête.

— Ce n'est pas un boulot pour âmes sensibles.

Elle lui fait face de nouveau et se redresse, comme pour se donner du courage.

— Comment ?

Peut-être l'a-t-il sous-estimée. En général le mot « éviscéré » mettait fin aux questions.

— Par l'anus. En lui aspirant les tripes avec je ne sais quel ustensile.

Gretchen bat des paupières. Il y a des années qu'Archie a cessé de partager les détails des scènes de crime avec Debbie. Ce genre d'images ne vous quitte plus. Moins on en a dans la tête, mieux cela vaut. Il prépare le coup de grâce.

— Ensuite l'Artiste lui a enfilé une tige en verre dans le pénis avant de la briser.

Il l'entend respirer par courtes inspirations rapides. Son excitation est palpable.

— Est-ce que vous essayez de me faire peur ?

— Ce n'est pas un passe-temps.
— Je ne suis pas une dilettante.
— Qu'êtes-vous donc, alors ?

Elle se perche sur le bord du bureau, serre les mâchoires pour montrer sa détermination et étale toutes les photos du rapport d'autopsie.

Il voit son corps trembler tandis qu'elle examine les clichés. Sa main caresse la courbe de sa gorge. Pourtant elle continue de regarder. Au bout d'un moment, elle pose un doigt manucuré sur un gros plan montrant la tête de Fowler.

— Et ces marques, qu'est-ce que c'est ?

— On lui a enlevé une partie du cuir chevelu pour ensuite lui raboter le crâne.

Ses yeux s'ouvrent démesurément et s'animent. Un large sourire s'épanouit sur ses lèvres, elle tapote la photo d'un air triomphant.

— La phrénologie. C'est une théorie. Le cerveau est l'organe de l'esprit, certaines zones possèdent des fonctions spécifiques dont les os du crâne sont le reflet.

Archie regarde la photo. Il perçoit les ondes de son excitation. Cela fait des mois qu'ils n'ont pas eu la moindre piste sérieuse. Il demande :

— La phrénologie ?

Elle lui prend la main, incline la tête et guide ses doigts dans ses cheveux, entre le cou et l'oreille, au bord de son crâne. Il sent une petite bosse, dure et chaude.

L'émotion de Gretchen le gagne, la fièvre de la découverte circule entre eux tel un courant électrique.

— Ce point, là, c'est le pôle de l'érotisme, il est lié à l'attirance sexuelle.

Archie retire sa main et se racle la gorge.

Gretchen balaie ses cheveux vers l'arrière et relève la tête.

— Toute cette violence, et vous continuez de penser que l'Artiste est un homme ?

Il la regarde, à deux mètres de lui, et il sait que jamais, à aucun prix, il ne doit accepter qu'elle participe à l'enquête. Il faudra qu'il dise non à Amigo. C'est trop dangereux. Mais pas dans le sens qu'il avait envisagé au départ.

— Bonjour, lance une voix.

Le cœur d'Archie fait un bond dans sa poitrine. Debbie.

Il se retourne et l'aperçoit, là, sur le pas de la porte, deux pizzas à la main. Elle les lui montre, lui sourit, et jette un regard interrogateur en direction de Gretchen.

Comment lui expliquer la situation ?

— Je te présente Gretchen Lowell. Elle est psychiatre. Elle va travailler avec nous.

Il repousse son fauteuil, se lève et va déposer un baiser rapide sur les lèvres de son épouse.

— Ma femme, Debbie.

21

Cela faisait un quart d'heure qu'Archie avait pris sa pilule. À l'asile, l'heure du coucher était fixée à 21 heures. On distribuait les somnifères à 20 h 30. Il n'avait pas besoin de rester éveillé très longtemps, juste un peu plus longtemps que Frank. Il espérait que les cinq tasses de café qu'il avait avalées depuis le dîner lui feraient gagner un peu de temps.

Contrairement aux autres médicaments pour lesquels les patients faisaient la queue dans le couloir, les somnifères étaient apportés directement dans les chambres par l'infirmière de nuit. Personne ne voulait qu'un malade avale sa pilule et s'écroule par terre avant d'avoir été dûment bordé. C'était le même rituel chaque soir, mais cette fois Archie voulait que les choses se passent autrement. Frank et lui étaient couchés. Frank avait éteint sa lampe, pas lui. Il avait l'habitude de lire au lit, mais il ne pouvait courir le risque de s'assoupir. Il s'installa sur le côté et se mit à surveiller la respiration de son voisin de chambre.

La pilule lui réchauffait le sang. Il fallait qu'il lutte contre cette chaleur, qu'il se concentre pour cligner des yeux et garder ouvertes des paupières qui ne demandaient qu'à se fermer.

Frank bougea dans son lit, soupira et mâchouilla quelque chose.

Frank qui était arrivé deux semaines après lui, Frank qui était toujours dans les parages, à portée de voix.

Les yeux d'Archie se fermèrent. Il aimait les somnifères. Des médicaments qu'on lui autorisait, c'étaient ceux dont l'effet se rapprochait le plus de celui de la Vicodine. Il aimait sentir son corps lâcher prise, s'abandonner.

Frank inspira bruyamment et émit un long ronflement. Archie jeta un coup d'œil à la caméra de surveillance et tendit le bras pour éteindre sa lampe.

Sans lumière, la caméra ne servait plus à rien.

Il attendit, comptant les ronflements de Frank.

Arrivé à dix, il se leva et se dirigea à tâtons vers le placard en Formica du ronfleur. Il ouvrit les tiroirs lentement en faisant le moins de bruit possible, glissa les mains à l'intérieur et farfouilla dans les vêtements. Il ne savait trop ce qu'il cherchait, mais si Gretchen lui avait fait parvenir un téléphone, elle en avait peut-être aussi fait passer un à son voisin.

Rien.

Il se mit à quatre pattes et passa la main sous le matelas de Frank. Celui-ci émit un grognement confus et se retourna sur le côté. Archie s'immobilisa et attendit. Quand le ronflement redevint régulier, il se leva, regagna son propre lit et s'assit. Puis il récupéra sous la couverture le portable qu'il y avait caché.

Gretchen le faisait courir après son ombre.

Il resta un long moment assis dans le noir. Enfin il regarda le téléphone, fit apparaître l'unique numéro en mémoire et appuya sur le bouton d'appel.

On décrocha à la deuxième sonnerie.

Il attendit sans parler, guettant le souffle de Gretchen, sa respiration, un soupir involontaire. Rien, rien que le silence. Il pouvait encore raccrocher.

À côté de lui, Frank ronflait paisiblement.

— Tu es là ? demanda-t-il doucement.

Il l'entendit expirer lentement, comme si elle avait retenu son souffle.

— Mon chéri, je me suis fait du souci pour toi.

Il y avait si longtemps qu'il n'avait pas entendu sa voix qu'il avait oublié combien elle était mélodieuse, sa prononciation parfaite, ses inflexions douces. L'effet de la pilule s'évanouit. Il s'allongea sur le lit.

— Nous avions passé un accord.

— J'attendais que tu m'appelles.

— Eh bien, j'appelle.

— Est-ce que tu t'amuses bien ?

Pour elle, c'était un jeu, comme de lancer une balle à un chien. Elle lui faisait faire sa promenade.

— Je te donne une chance de te rendre.

Silence.

— Sinon ?

Archie serra les dents et son poing se crispa sur le téléphone.

— Je vais te chercher.

— Oh, super !

Elle raccrocha et Archie posa le portable sur sa poitrine, sous la couverture.

Tout était calme.

Frank ne ronflait plus.

— Frank ? Tu dors ?

Pas de réponse. Peut-être qu'il envisageait de l'assassiner pendant son sommeil.

Archie sentit la chaleur insaisissable du somnifère s'emparer de lui. Cette fois il ne tenta pas de résister, il se laissa aller. La dernière chose dont il eut conscience avant de sombrer, ce fut du poids du téléphone sur sa poitrine.

22

Archie se redressa d'un bond dans son lit en entendant les hurlements.

Il alluma, inspira profondément deux ou trois fois et tenta de mettre de l'ordre dans ses esprits. De son côté, Frank ronflait tranquillement. Dans le couloir il faisait noir.

La vie dans le service de psychiatrie était pour l'essentiel composée de longues périodes d'ennui ponctuées de cris.

Des hurlements la nuit ? Rien de très inhabituel.

Sauf que cette fois il ne s'agissait pas de vociférations, mais de hurlements de pure terreur.

Il se leva, enfila ses chaussons et se dirigea vers la porte. Les patients n'étaient pas censés quitter leur chambre la nuit, sous peine de recevoir un blâme et de perdre quelques privilèges. Il tendit l'oreille. Les bruits de conversation s'amplifiaient. Il capta le mot *police*.

Il ouvrit la porte.

La chambre de Courtenay était la quatrième sur la gauche. Une infirmière était assise par terre devant la porte, réconfortée par l'aide-soignant qui avait essayé d'aider Courtenay dans la salle de repos, George.

La porte était ouverte.

Archie s'avança dans le couloir. D'autres portes s'ouvrirent, des patients passèrent la tête, mais personne n'osa s'aventurer dans le couloir. George leva les yeux vers Archie tout en continuant à consoler l'infirmière effondrée. Elle était congestionnée, rouge comme sa blouse.

À la hauteur de la chambre de Courtenay, Archie en examina l'intérieur. Le matelas posé par terre était trempé de sang. Allongée sur le dos, les bras le long du corps, Courtenay semblait dormir. Les yeux clos, les lèvres légèrement entrouvertes, on aurait dit une princesse de conte de fées attendant le baiser du prince charmant.

Une couverture avait été repoussée en vrac au pied du lit. Archie n'avait aucun mal à imaginer ce qui s'était passé : l'infirmière de nuit vient voir si tout va bien, peut-être lui apporter d'autres médicaments ; elle la croit endormie, tire la couverture, découvre le sang…

Une fois qu'on avait compris, la mort se lisait sur son visage : lèvres bleuâtres, peau grise. Archie s'accroupit à côté d'elle et lui toucha le bras. Froid. Elle était morte depuis quelques heures.

Puis il remarqua un détail. Impossible à voir à moins de s'approcher tout près. Quelque chose clochait, son profil n'était pas normal. Il tendit le bras et souleva délicatement une paupière avec son pouce.

Un trou béant de chair sanguinolente.

Il s'assit sur ses talons et parcourut la pièce du regard. Il ne lui fallut pas longtemps. En face de lui, sur le mur, un cœur qui semblait avoir été dessiné avec le sang de Courtenay.

George apparut sur le pas de la porte.

— Bouclez le service. Que personne ne sorte, ordonna Archie.

George ne bougea pas.

— Tout est de votre faute.

Courtenay était à l'isolement. Frank n'aurait pas pu entrer, mais un aide-soignant, si.

Archie se raidit et se retourna.

Tout est de votre faute. Ce n'était pas une question. C'était une affirmation. Il s'était trompé sur le compte de Frank.

— Où est-elle ?

— Est-ce que tu t'amuses bien ? demanda George en souriant.

Les paroles de Gretchen.

L'aide-soignant cligna des yeux et répéta :

— Est-ce que tu t'amuses bien ?

Puis il vacilla. Archie se précipita.

Le sourire de George s'élargit et il porta une main incertaine à son front. Archie fut sur lui au moment où il basculait. Il parvint à l'attraper et à l'empêcher de tomber. Le jeune homme se retrouva à genoux, la tête rejetée en arrière ; Archie au-dessus de lui le retenait par le col de sa blouse.

— Où est-elle ? répéta-t-il en le secouant.

George ne répondit pas, en fait il resta sans réaction. Ses yeux n'étaient déjà plus que deux fentes étroites, sa respiration un souffle à peine perceptible.

Archie hurlait à présent, mais en vain. Gretchen ne laissait rien au hasard. Le corps secoué de sanglots, il répétait d'une voix brisée :

— Où est-elle ?

Quelqu'un l'empoigna par les épaules et lui fit lâcher George. Il s'effondra contre le mur, à deux mètres de Courtenay. On avait tiré la couverture et seul un bras apparaissait. Ce bras, le poignet toujours bandé, était la chose la plus triste qu'Archie pensait avoir jamais vue. *C'est au bout de la rue, pas de l'autre côté.*

Archie se sentait impuissant. Il restait prostré là tandis que trois infirmières allongeaient George par terre et tentaient de le ranimer. Après cinq pressions sur sa poitrine, l'une d'elles s'arrêta et regarda sa main.

— Il saigne, dit-elle.

Archie se pencha en avant pour mieux voir. Pas de doute, elle avait du sang sur la paume et une tache rouge s'épanouissait sur la poitrine de l'aide-soignant, là où elle l'avait comprimée. Elle remonta sa chemise, mais son torse ne portait aucune trace de blessure.

— Fouillez dans sa poche, dit Archie en s'adossant au mur.

L'infirmière glissa une main dans la poche de poitrine de la blouse de George. Quand elle la ressortit, Archie ne vit pas ce qu'elle avait trouvé, mais il la vit ouvrir la bouche tandis qu'une grimace d'horreur lui déformait le visage.

— Mon Dieu, murmura-t-elle.

Ce genre de tissu fragile s'écrasait facilement.

— Ce sont ses yeux, dit-elle dans un souffle.

23

Quand il se réveilla, Archie eut l'impression l'espace d'un instant, de sortir d'un mauvais rêve. Puis il vit Henry assis sur la chaise en plastique à côté de son lit. Le soleil n'était pas encore levé, mais le ciel avait pris une belle teinte violet pâle.

— Tu t'es traîné jusqu'ici et tu t'es endormi. T'étais dans le cirage.

Archie se frotta les yeux et regarda vers le lit de Frank. Son voisin avait disparu.

— Ce doit être les somnifères, je ne me souviens pas être revenu ici.

— George Hay est mort, dit Henry. Overdose de Vicodine. Bien joué, non ?

— Il a dû en prendre plus que moi.

Henry regarda son ami sans la moindre lueur d'amusement dans les yeux. D'une pichenette, il fit descendre les lunettes de lecture perchées sur son front et ouvrit le calepin posé sur ses genoux.

— On a visionné les bandes des caméras de surveillance. Hay est entré dans la chambre de Courtenay à 20 h 49 et en est ressorti à 20 h 52…

Trois minutes. Il n'en fallait pas davantage pour supprimer une vie.

— … On lui avait donné ses somnifères à 20 h 30. Elle était couchée sur le ventre. La caméra dans sa chambre s'est arrêtée à 20 h 46. Il a dû la désactiver avant d'entrer…

Henry balaya l'air de sa main droite sans lever les yeux.

— … Apparemment ça arrive parfois, c'est pour ça que les infirmières ne se sont pas inquiétées…

Il tourna une page de son calepin.

— … Il semble que le premier coup ait sectionné la moelle épinière, ce qui expliquerait pourquoi elle n'a pas crié. Il lui a porté de multiples coups dans le dos avant de la retourner et de la recouvrir avec la couverture. Elle s'est très vite vidée de son sang.

— Et après il s'est contenté de traîner dans le coin ? s'étonna Archie.

Courtenay était morte à 21 heures mais il s'était passé plusieurs heures avant qu'on ne découvre son corps. Hay aurait eu largement le temps de disparaître ; au lieu de cela, il avait été le premier à répondre quand l'infirmière avait hurlé.

Henry retira ses lunettes et les plaça sur son carnet.

— Sûr que c'était pas un génie du crime.

Archie bascula et posa les pieds par terre avant de se prendre la tête à deux mains.

— Comment Gretchen lui a-t-elle mis la main dessus ?

Il tenta de se remémorer tous les contacts qu'il avait eus avec George et se demanda à quel moment elle l'avait enfumé.

— On épluche ses relevés de téléphone, on interroge ses voisins, ses amis. Il venait de divorcer. Pas d'enfants. Son ex assure qu'il avait commencé à fréquenter quelqu'un, mais elle ignore qui et personne ne l'a jamais vue.

Jamais personne ne voyait Gretchen.

Combien d'hommes avait-elle obligés à tuer pour elle ? Archie avait vu leur cadavre quand elle en avait fini avec eux. Mais combien de ses esclaves endormis étaient encore dans la nature, prêts à obéir à ses ordres ?

— Elle se servait manifestement de lui pour te surveiller, dit Henry. Tu n'as rien à me dire ? poursuivit-il en regardant son ami.

Archie laissa tomber ses mains et releva la tête. Putain, le téléphone. Qu'est-ce qu'il avait foutu du téléphone ? Il se souvenait l'avoir sur la poitrine avant de s'endormir. Ensuite, il avait dû le laisser là en se précipitant dans la chambre de Courtenay. Qu'en avait-il fait lorsqu'il avait regagné son lit ? Il essayait de dissimuler la panique qui devait se lire sur son visage et de se concentrer sur la conversation.

— Selon son ex-femme, quand aurait débuté cette nouvelle relation ?

— Il y a deux mois.

Ils pensaient qu'elle s'était enfuie, qu'elle avait quitté le pays, mais elle était restée là tout le temps. Jamais ils n'avaient été à l'abri.

— En fait, elle n'a même jamais quitté la ville.

— Pourquoi tuer Courtenay Taggart ?

Archie regarda par la fenêtre. S'il n'avait pas réussi à la convaincre de lâcher son bout de Formica, elle serait toujours en vie. Elle ne se serait pas tuée, pas avec ce truc-là. Elle s'était coupé les poignets horizontalement. Elle voulait juste qu'on s'intéresse à elle. Il avait fallu qu'il joue les héros, et ça avait coûté la vie à cette pauvre fille.

— J'avais été gentil avec elle, répondit-il doucement.

— Écoute, dit Henry. Il faut tout me dire maintenant. Est-ce que Gretchen t'a contacté ?

Archie jeta un coup d'œil par terre pour voir si le téléphone n'était pas tombé du lit. Il ne vit rien.

— Non.

Henry se mordit la lèvre inférieure, s'appuya contre le dossier de sa chaise et croisa les bras. Le plastique craqua sous son poids.

— Debbie a quitté la ville avec les enfants hier soir, dit-il, guettant la réaction d'Archie. Elle prend des vacances prolongées. Elle m'a appelé de l'aéroport.

— Des vacances ne lui feront pas de mal.

— Bien. C'est une coïncidence si elle est partie juste après être venue te voir…

Il sembla hésiter et se gratta la nuque.

— … Une chose que je pige pas : c'est pas uniquement à cause de toi. Ce qu'elle fait, ça ne colle pas.

Bien sûr. Archie s'était tellement concentré sur les événements de l'hôpital qu'il avait perdu de vue la grosse affaire. L'aire de repos. Pittock Mansion. La maison abandonnée. Les yeux et les cadavres anciens.

Gretchen ne faisait rien gratuitement. Peut-être fallait-il qu'Archie devine tout. Peut-être qu'il s'agissait d'un jeu.

— Vous avez identifié la tête ?

— Non. Il s'agit d'un homme. On lui a arraché les yeux. Les analyses ADN vont prendre quelques jours, mais le groupe sanguin correspond à deux de ceux trouvés sur l'aire de repos. Robbins pense que le type est mort depuis plusieurs années. Il pense que ses yeux ont été conservés dans du formol.

Tout cela n'avait aucun sens.

— L'inconnu que Susan a découvert hier. D'après Robbins, on lui a enlevé les yeux pour lui en mettre d'autres. Il semblerait que ceux qu'il avait dataient de quelques années.

— Laisse-moi deviner, dit Archie. Conservés dans du formol.

— Apparemment, Gretchen s'était constitué une petite collection de globes oculaires. Il y a des gens qui collectionnent les boucles de ceinture, d'autres les licornes. T'as eu de la chance qu'elle ne te prenne que la rate.

— T'as raison, elle aurait pu me prendre ma licorne.

Henry ne trouva pas ça drôle.

Du lit, Archie apercevait le soleil à présent, un croissant orangé émergeant au-dessus des immeubles.

— Ils voudraient que je sorte, c'est ça ?

— Ils craignent pour la sécurité de leurs patients. Toi compris.

Henry replia ses lunettes et les accrocha au col de sa chemise avant de glisser son calepin dans la poche de son jean.

— Tu peux venir chez moi. En attendant qu'on trouve une autre solution.

Une jolie cellule capitonnée quelque part dans le New Hampshire, peut-être.

Henry vint se planter devant Archie et le regarda de toute sa hauteur. Un profond soupir gonfla son torse puissant.

— Dis-moi que nous ne sommes pas en train d'entrer dans son jeu.

Archie savait à quoi son ami pensait : Gretchen manipule George pour qu'il tue Courtenay, sachant que l'hôpital sera obligé de demander à Archie de partir.

— Ce n'est pas moi qui suis en danger.

— Formidable, répliqua Henry, parce que moi, je peux pas te protéger.

Il croisa les bras et fixa Archie un long moment avant de poursuivre :

— Si tu étais en contact avec Gretchen, si elle avait trouvé un moyen de communiquer avec toi, si tu savais des choses susceptibles de faire avancer l'enquête, ça me permettrait d'obtenir des moyens supplémentaires.

Archie hocha la tête. Il connaissait Henry depuis quinze ans. Celui-ci l'avait aidé à récupérer, était passé outre à son addiction à la Vicodine et l'avait convaincu de reprendre le boulot. C'était lui qui l'avait amené dans le service de psychiatrie et avait attendu à ses côtés qu'il soit admis. Il en avait accepté beaucoup plus qu'il n'aurait dû, et cela Archie le savait. Pourtant il ne dit rien.

Henry jeta un coup d'œil à sa montre et regarda un moment par la fenêtre.

— J'ai quelques coups de fil à passer. Rosenberg va arriver. Elle vient certifier ta santé mentale retrouvée.

Simple comme bonjour. Il était de retour dans le monde.

— Qu'est-ce que tu fais pour retrouver Gretchen ?

— Quand tu auras décidé d'arrêter tes conneries et de redevenir flic, je serai heureux de te mettre au courant. En attendant, tu es un civil et ton boulot, c'est de rester en vie.

Henry fit un pas vers la porte, puis parut se raviser et se retourna.

— Je sais que tu me caches des trucs.

Archie ne réagit pas.

Henry le dévisagea encore un peu et quitta la pièce.

À peine était-il parti qu'Archie se mit à quatre pattes et regarda sous le lit. Pas de téléphone. Il se leva et palpa le sommier à la recherche d'une bosse.

Rien.

Le portable avait disparu.

Archie se laissa tomber par terre au pied de son lit. Son unique lien avec Gretchen, et il l'avait perdu.

Il n'avait pas bougé de là lorsque Frank arriva en traînant les pieds, une tache de jaune d'œuf sur son pyjama.

Il ne regarda pas Archie, ne dit pas bonjour, ne mentionna pas le fait que deux personnes étaient mortes dans le service quelques heures plus tôt.

Tout Frank.

Archie se leva et contourna le lit de son voisin pour gagner la salle de bains qu'il partageait avec lui. Il n'y avait rien dans la salle de bains, hormis une douche ouverte, un lavabo fixé au mur, des toilettes et un miroir métallique. Pas de baignoire. Debbie l'aurait détestée.

Il resta sans bouger un moment, les mains sur les hanches, le cœur battant. Puis il regarda son image déformée dans le miroir et lança :

— Eh, Frank, viens voir ça.

Frank était grand et lourd, mais il était mou. À peine avait-il franchi la porte qu'Archie la fermait d'un coup de pied, l'empoignait par les épaules et le plaquait au mur. Le grand gaillard roulait des yeux effarés.

Pas de caméra. Archie disposait de quelques minutes avant que l'on vienne voir. Peut-être davantage. Il se pencha tout contre Frank et, d'une voix grave, presque un grognement, il demanda :

— Où est-il ?

Des gouttes de sueur perlaient au front de Frank. Son menton se rétracta.

— Quoi ?

— Le portable. Il était dans mon lit et il n'y est plus.

Archie commença à écraser la poitrine de Frank avec son avant-bras.

— Qu'en as-tu fait ?

Frank ouvrit la bouche et réussit à articuler quelques mots.

— Je peux pas respirer.

Il était véritablement mort de peur et Archie relâcha un peu son étreinte. Il voulait lui flanquer la trouille, pas lui provoquer une attaque. Il approcha sa bouche de l'oreille de Frank et chuchota :

— J'ai besoin de ce téléphone, c'est important.

Le grand gars lui lança un regard terrifié et agita la main en direction de la porte.

— Je voulais juste appeler ma sœur. Il est dans le tiroir du bas.

Archie fit un pas en arrière et Frank glissa le long du mur.

— Je suis désolé.

Il regagna la chambre et fouilla dans le tiroir jusqu'à ce qu'il trouve le portable sous une pile de sous-vêtements bien rangés. Il jeta un coup d'œil à la caméra de surveillance. Il s'en moquait à présent ; de toute façon, on n'allait pas le lui reprendre, il s'en allait.

Il retourna à la porte de la salle de bains. Frank était recroquevillé par terre.

— Est-ce qu'au moins tu as une sœur ?

Le grand gaillard ne répondit pas.

24

Sarah Rosenberg portait un pantacourt noir en Lycra, des tongs et une chemise blanche à manches longues sur un tee-shirt gris.

— Je ne suis pas d'accord avec tout ça, dit-elle.

Archie faisait sa valise. Il n'allait pas en avoir pour longtemps. Ses livres à eux seuls prenaient la moitié de son sac. Il fourra sa trousse de toilette dans la poche extérieure et entreprit de vider le contenu du placard, tiroir par tiroir.

La psy regarda autour d'elle et demanda :

— Où est Frank ?

— Thérapie de groupe.

Il ramassa une poignée de chaussettes et les tassa au fond du sac. En vérité, il ignorait où se trouvait Frank.

— Je veux partir d'ici, dit-il, alors autant faire les choses en règle.

Rosenberg ferma la porte de la chambre et s'assit en tailleur sur le bord du lit.

— Hier, vous m'avez dit que vous étiez un danger pour vous-même.

Archie pensa à Courtenay en train de se vider de son sang dans son lit.

— Il se trouve que je suis aussi un danger pour les autres.

— Si vous avez besoin d'aide, on ne vous mettra pas à la porte.

Archie passa au tiroir à chemises.

— Je n'ai plus aucune raison de rester ici. Je vais bien. J'ai décroché des drogues.

— Vous en prenez d'autres.

Il laissa tomber une pile de pantalons dans son sac.

— Si je reste, elle trouvera encore le moyen de s'introduire ici pour tuer quelqu'un d'autre. J'ai aidé Courtenay, alors elle l'a tuée. Vous m'avez aidé, Sarah, et je vous aime bien. Gretchen est sûrement au courant de tout cela.

Rosenberg manqua s'étrangler.

— Que voulez-vous dire ?

— Que si je reste ici, elle risque de s'en prendre à vous.

— J'ai des enfants, dit-elle, soudain blême.

— Je sais.

— Il y a un programme en hôpital de jour. Vous venez participer à des séances de soins. De toute façon, il faut que vous continuiez à voir votre interniste et votre hépatologue…

Elle secoua la tête, comme si elle-même n'arrivait pas à croire ce qu'elle disait.

— … Vous ne devez avoir aucun contact avec elle.

— Je ne sais pas où elle est.

Rosenberg se pencha en avant.

— C'est facile de ne pas prendre de Vicodine quand il n'y en a pas, mais si vous aviez quelques cachets sous la main, que feriez-vous ?

Elle laissa un moment ses paroles faire leur chemin, puis elle se leva.

— J'ai des papiers à remplir.

Elle se tut et Archie crut percevoir un frisson de peur derrière son attitude professionnelle.

— Toutes ces morts, c'est loin d'être terminé, n'est-ce pas ?

Archie s'assit sur la chaise en plastique près de la fenêtre. Il sentit le portable vibrer dans sa poche.

— Ça ne fait que commencer.

25

Carol Littleton venait à la Roseraie de Portland trois matins par semaine depuis quarante ans. C'était là qu'elle avait épousé son mari, un Royal Rosarian. Elle-même avait été élue Reine des Roses en 1939. Ils avaient acheté une maison donnant sur le jardin et, jusqu'à la mort de son époux, dix ans auparavant, ils étaient venus régulièrement s'y promener, arpentant les allées pavées, passant devant les petits murets de pierre et sous les tonnelles couvertes de roses, longeant les massifs qui croulaient sous les fleurs au parfum entêtant.

Ces dix dernières années, ses promenades avaient un but : Neville Chamberlain. Tous les Royal Rosarians étaient intronisés devant la variété de rose qu'ils avaient choisie et qui devenait leur nom au sein de la confrérie. Harry Littleton avait choisi Neville Chamberlain.

La Roseraie avait ses règles qui interdisaient de répandre les cendres des êtres chers dans le jardin. Carol comprenait, elles finiraient par s'entasser, et puis qui voudrait voir des bouts d'os calcinés au pied des rosiers ?

Il y avait des règles.

Mais bien sûr, toutes les règles sont faites pour être contournées.

Carol répandait les cendres de son mari en secret, cuillerée par cuillerée, depuis 1997.

Il n'y avait jamais grand monde dans le jardin à 8 heures du matin, aussi fut-elle surprise de découvrir le jeune couple assis sur le banc qui dominait la ville. Bien agréable, ce banc. La Roseraie se trouvait sur une colline et il offrait une vue superbe sur le centre de Portland et le mont Hood. Carol et Harry s'étaient maintes fois assis là.

Elle se dirigea vers eux, le sac en plastique contenant les cendres enfoui au fond de sa poche. Elle était encore à une bonne quinzaine de mètres quand la puanteur la frappa de plein fouet.

Elle n'avait jamais eu beaucoup d'odorat. Trop de Lucky Strike dans sa jeunesse. C'était la raison pour laquelle elle aimait tant les roses, une des rares fleurs dont le parfum était assez puissant pour qu'elle puisse l'apprécier.

L'odeur était si forte qu'elle eut l'impression qu'elle lui sautait au visage. Elle ne comprenait pas comment le couple sur le banc pouvait la supporter. On aurait dit une odeur de mort, un raton laveur, ou un écureuil, en train de se décomposer.

En s'approchant, Carol sortit un mouchoir de sa poche et se l'appliqua sur le nez.

— Mon Dieu, quelle odeur épouvantable, vous ne trouvez pas ?

Les deux personnes portaient de longs manteaux et des chapeaux. Trop chauds pour la journée, mais pas déplacés avant le lever du soleil, les nuits d'été restaient fraîches à Portland. Mais le soleil s'était levé et Carol pensa que le couple n'avait nul besoin de manteau pour ne pas avoir froid.

Le jeune couple n'était pas un jeune couple du tout.

Elle pressa le mouchoir plus fort contre son nez. L'espace d'une seconde, un voile noir obscurcit sa vision, mais elle respira trois fois lentement et profondément et parvint à se reprendre.

Ne t'évanouis pas, se dit-elle.

Elle avait été infirmière pendant la guerre, en garnison sur une base aérienne non loin de Londres. Des cadavres, elle en avait vu. Elle en avait même vu de bien plus abîmés que ceux-là.

Ne t'évanouis pas. Si tu t'évanouis, tu vas tomber, et si tu tombes, tu vas te casser le col du fémur et alors, adieu la maison, adieu les promenades, adieu Harry.

Les manteaux et les chapeaux dissimulaient les corps sur le banc, mais elle parvint néanmoins à apercevoir leur visage. On aurait dit des mannequins de cire restés trop longtemps trop près d'un poêle et dont les traits commençaient à fondre. Ils avaient la bouche ouverte, l'intérieur noir comme s'ils avaient bu du pétrole, la mâchoire pendante plus qu'il n'est possible à des vivants. Leur nez était tordu, on aurait dit que la peau en avait glissé. L'horreur.

Elle regarda autour d'elle, personne. Le jardin était un vrai labyrinthe de haies, de bosquets, de murets et de portillons. Il y avait peut-être d'autres personnes qu'elle ne pouvait pas voir. Elle se mit à crier :

— Ouh-ouh, par ici.

Puis, de toute la force de ses vieux poumons :

— Ohé ? Ohé ? Il y a quelqu'un ?

Rien. Elle était seule. Elle serra le sac de cendres dans sa poche.

Un papillon d'un jaune étincelant passa devant elle et alla se poser sur l'un des chapeaux.

Pas de restes humains dans le parc. C'était la règle.

Carol n'avait pas de portable, mais elle possédait un collier muni d'un bouton d'alarme. Une ânerie que ses filles l'obligeaient à porter. Il était censé avoir une portée de deux cents mètres.

Elle se trouvait à deux rues de chez elle.

De nouveau, elle regarda autour d'elle. Toujours personne. De la ville, en contrebas, montait le bourdonnement incessant des gens, des voitures et de l'agitation urbaine. Carol se souvenait du bruit, mais elle ne l'entendait plus.

Elle jeta un coup d'œil en direction de sa maison. Deux cents mètres. Elle n'était peut-être pas trop loin.

Elle ôta le mouchoir de sa bouche. Il était maculé de rouge à lèvres, on aurait dit du sang. D'une main tremblante, elle chercha le pendentif en plastique et appuya sur le bouton.

26

Archie serrait sa boîte à pilules, heureux d'en sentir le poids dans sa main. Il l'avait gardée au fond de sa poche pendant deux ans, en sortant un à un les comprimés d'antalgiques. La première chose que ses doigts cherchaient le matin, la dernière qu'il posait le soir. Aujourd'hui elle était vide, juste un souvenir de sa vie passée. Il la regarda un moment avant de la laisser tomber dans le sac et de prendre un autre objet dans la boîte d'effets personnels qu'on venait de lui rendre. Sa ceinture. Un portable mort. Ses clés. Ses chaussures.

Il enfilait la ceinture dans les passants de son pantalon quand Henry arriva, le téléphone à la main. Il n'avait pas l'air content.

— On a trouvé un corps à la Roseraie.

— Au palais des sports ? demanda Archie.

Les Blazers jouaient dans une salle appelée « La Roseraie ».

— Non, la vraie. Celle avec des fleurs.

Gretchen avait assassiné une femme et abandonné son corps à la Roseraie en 2003.

— Ça fait deux endroits connus, la Roseraie et Pittock Mansion, dit Archie en bouclant sa ceinture un cran plus serré que la dernière fois qu'il l'avait portée.

— Je sais.

— J'en ai pour une seconde, dit Archie en glissant un pied dans une chaussure.

— N'oublie pas, tu n'es qu'un civil.

Archie, qui laçait sa chaussure, leva les yeux vers son ami. Henry lui tendit la clé de chez lui.

— Voilà ton chauffeur.

Il se tordit le cou pour apercevoir Susan Ward dans le couloir. Vêtue d'un jean rouge, d'un tee-shirt blanc et de bottes noires lacées sur le tibia, elle portait un énorme sac à main rouge. Elle avait aussi teint ses cheveux en violet.

— Salut, dit-elle en se touchant la tête.

Susan Ward. Archie ne l'avait pas vue depuis son entrée à l'hôpital. Mais il savait qu'elle venait presque tous les matins. Il avait toujours refusé de la voir. S'il acceptait de le reconnaître, ce serait avouer qu'il aimait la savoir dans la salle d'attente, de l'autre côté du mur.

— Tu ne devrais pas la mêler à tout ça, dit-il à Henry.

— Elle y est déjà, rétorqua ce dernier en lisant un message sur son BlackBerry.

— Je fais un reportage sur la prisonnière assassinée.

— La patiente, pas la prisonnière, dit Archie en poussant un soupir.

— Emmenez-le chez moi, d'accord ? Entrez et fermez à clé, dit Henry à Susan en levant les yeux de son portable. J'envoie une voiture surveiller la maison, ajouta-t-il à l'attention d'Archie.

Au ton de sa voix, Archie se demanda si les flics étaient censés empêcher Gretchen d'entrer ou lui de sortir.

— Vous avez reçu les space cakes que ma mère vous a envoyés ? demanda Susan.

— Je n'ai rien entendu, dit Henry en s'éloignant.

27

Cela faisait deux mois que Susan n'avait pas posé les yeux sur Archie. La dernière fois qu'elle l'avait vu, il était sur son lit d'hôpital avec quarante points de suture au cou, l'estomac bourré de Vicodine. Elle lui trouva meilleure mine, mais, après tout, il y avait des gens en soins palliatifs dont le teint était plus réjouissant qu'Archie deux mois plus tôt.

— Comment ça va ? demanda-t-elle maladroitement.

Ils sortaient de l'hôpital dans la Saab, Susan au volant. Comme elle n'avait aucune idée de l'endroit où Henry habitait, Archie jouait les copilotes.

Ils venaient de s'engager sur Glisan et la bretelle d'accès à la I-84 était bouchée. Archie plissa les yeux en regardant le soleil et demanda :

— Que se passe-t-il ?

Pas de « *Bonjour, comment ça va ? Vous m'avez manqué. Désolé de vous avoir laissée poireauter tous les matins sans vous recevoir.* »

— L'autoroute est saturée. Les gens essayent de quitter la ville.

Ils passaient devant un panneau publicitaire annonçant le prochain épisode de la série *Les Tueurs en série les plus sexy d'Amérique*, avec en vedette Gretchen Lowell. Elle remarqua que les yeux d'Archie s'attardaient sur l'affiche.

— Qu'est-ce qu'ils ont tous ? demanda-t-il.

Susan lui lança un regard en coin.

— J'ai l'intention d'écrire un livre là-dessus. Notre obsession pour l'Artiste. Henry vous en a peut-être parlé ?

Archie se pencha et ramassa l'enveloppe rose qui traînait à ses pieds.

— Qu'est-ce que c'est que ça ?

Elle roula des yeux. Elle avait jeté tout son courrier sur le plancher de sa voiture.

— Une carte ringarde. Elle est arrivée au *Herald*. Je crois pas que ce soit Derek. J'veux dire, qui enverrait une carte de Saint-Valentin en août ? Mais quand même, c'est plutôt romantique, vous trouvez pas ?

Archie la retourna et regarda l'adresse de l'expéditeur. Susan ne l'avait pas reconnue. Une rue dans le sud-ouest de Portland. Il sortit la carte de l'enveloppe.

— Vous lisez mon courrier ?

Elle s'en moquait, elle l'avait déjà ouverte, il n'y avait pas de texte à l'intérieur, juste une vieille carte d'un autre âge avec deux cœurs reliés par une chaîne en or.

Archie attrapa son sac sur le siège arrière, fouilla dedans et en sortit une carte qu'il montra à Susan. La même carte.

— Quelqu'un a déposé ça pour moi à l'hôpital hier. Regardez l'adresse de l'expéditeur : 397 North Fargo.

— C'est là que j'ai trouvé le cadavre.

Il lui montra l'adresse sur sa carte à elle, la même écriture.

— Il faut qu'on y aille.

Susan secoua la tête. Elle avait un article à écrire, elle n'avait pas le temps de se faire trucider par Gretchen Lowell.

— Vous n'y pensez pas. Vous devriez appeler Henry.

Il se pencha de nouveau en avant et brandit l'édition du jour du *Herald*. Il fallait vraiment qu'elle fasse un effort pour nettoyer sa voiture. Il lui montra le portrait-robot sur la première page.

— C'est là qu'habite ce type.

— Comment vous le savez ?

— Faites-moi confiance.

— Et Henry ?

— On l'appellera après. Si on lui dit maintenant, il ne nous laissera pas y aller, ni vous ni moi.

Super. D'abord un appel anonyme. Puis des lettres. Des morceaux de cadavres dans toute la ville. Elle se serait crue à une chasse au trésor pour tarés. Chercher des indices en compagnie d'un flic un brin dérangé, obsédé par une tueuse en série et pas vraiment guéri de son addiction, ce n'était pas franchement une bonne idée. Elle le savait. Malgré tout, plus elle passait de temps avec lui, plus elle avait de chances de le convaincre de l'aider pour son bouquin.

— D'accord, on y va.

— En route, je veux que vous me disiez tout ce dont vous vous souvenez sur le cadavre que vous avez trouvé.

Elle tourna à droite afin de faire demi-tour et de repartir vers l'ouest.

— Je me suis teint les cheveux en violet, dit-elle.

Elle crut voir Archie sourire.

— J'avais remarqué.

28

Une foule qui ne cessait de grossir se pressait contre les rubalises mises en place par la police à la Roseraie. Il y avait quantité de micros et de calepins, Henry avait compté pas moins de douze cars de reportage, mais, pour l'essentiel, il s'agissait de badauds.

Les habitants de Portland semblaient se diviser en deux catégories : ceux qui voulaient partir le plus loin possible des scènes de crime de Gretchen, et ceux qui voulaient renifler l'odeur des cadavres de ses victimes.

Henry gara sa voiture, descendit et se glissa sous la rubalise.

— Whatley, hurla-t-il en direction d'un flic rouquin, dégagez-moi ces gens.

L'interpellé jeta un regard désemparé en direction de la foule.

— Déplacez le ruban. Utilisez des lacrymos s'il le faut.

Claire l'attendait à l'entrée du parc et le conduisit à la scène de crime. Elle portait un tee-shirt avec un dessin représentant l'Alaska offert à Henry par sa troisième femme. Ils s'étaient habillés très vite lorsqu'ils avaient été prévenus du meurtre à l'hôpital et le tee-shirt descendait presque jusqu'aux genoux de Claire. Elle l'avait remonté d'un côté afin de pouvoir accrocher son arme et ses Ray-Ban à sa ceinture.

— Comment va-t-il ? demanda-t-elle.

— Il va habiter chez moi un petit moment.

— Alors je ne vais plus pouvoir laisser traîner mes collants dans la douche.

— Tu ne portes pas de collants.

— Je sais, mais je trouvais l'idée amusante.

Ils dépassèrent une haie et Henry aperçut une grappe de flics agglutinés autour d'un couple assis sur un banc. Il enfourna une tablette de chewing-gum à la réglisse et enfila une paire de gants en latex.

— Bon, qu'est-ce qu'on a ?

Ils contournèrent le banc. Les autres flics s'écartèrent.

— Je te présente M. et Mme John Smith.

Henry ne fut pas long à embrasser l'horrible spectacle. Les corps avaient manifestement été enterrés. Ils étaient comme momifiés par la glaise (signe qu'ils avaient dû être ensevelis dans un endroit humide, sans doute emballés dans quelque chose destiné à les protéger des bactéries). Leurs traits décomposés défiaient toute possibilité d'identification. Leur sourire hideux découvrait des dents marron. Une bonne chose, les dossiers dentaires permettaient souvent l'identification.

— De toute évidence, ils ne sont pas morts avec ces vêtements, poursuivit Claire. J'ai vérifié les poches et les étiquettes. Rien. Mais j'ai trouvé ça, dit-elle en montrant un scellé contenant un minuscule fil en plastique. C'est un de ces trucs qui tiennent les étiquettes.

— Des quoi ?

— Je ne crois pas que ce soit le terme technique. On en voit beaucoup dans les solderies, ils s'en servent pour attacher les étiquettes avec les prix. J'ai envoyé deux équipes faire le tour des magasins, histoire de voir si ce joli petit truc leur rappelle quelque chose.

— Elle leur aurait acheté ces frusques et les aurait déguisés pour qu'on ne les remarque pas trop vite, dit Henry. Ça n'a aucun sens. Rien qu'avec l'odeur, on les aurait tout de suite repérés.

Claire regarda les corps. Elle ne mâchait pas de chewing-gum. Elle avait un estomac d'acier. Henry l'avait toujours admirée pour ça.

— Tu crois qu'on va les trouver sur la liste des victimes ? demanda-t-elle.

Gretchen avait avoué beaucoup de meurtres, mais elle en avait commis bien davantage. La Brigade spéciale tenait à jour une liste des personnes portées disparues pendant les dix ans qu'avait duré sa folie meurtrière. Tout cela n'avait aucun sens. Pourquoi aurait-elle déterré ses anciennes victimes ? À moins que ce ne soient pas des victimes.

— Tu as envoyé quelqu'un faire le tour des cimetières ?

— Ouais. Pour l'instant, aucune exhumation illégale n'a été signalée.

Henry fit une bulle avec son chewing-gum et se pencha pour regarder les cadavres de plus près. Il n'aurait su dire s'ils avaient des yeux quand on les avait enterrés. Il entendit la voix de Lorenzo Robbins derrière lui :

— Mollo, Paulo, c'est mon boulot.

Il s'écarta et le légiste, vêtu de son éternelle combinaison en Tyvek, s'agenouilla près des corps. Il noua ses dreads avec un élastique, enfila des gants en latex de couleur grenat et commença par examiner les cadavres des pieds à la tête.

— Ils ne sont pas morts au même moment. L'un, il y a trois ou quatre ans, l'autre plutôt deux.

Henry plissa les yeux. Il ne voyait aucune différence.

— Comment tu le sais ?

— Parce que je suis médecin légiste, et pas toi.

Il sortit une lampe-stylo et éclaira l'intérieur des orbites de chaque corps.

— Et puis on leur a enlevé les yeux.

Henry se pencha pour regarder les orbites. Robbins le repoussa.

— Dégage, va faire ton boulot de flic.

— Quelle est la fourchette horaire ? demanda Henry en se tournant vers Claire.

— Le parc ouvre à 7 h 30. C'est pas dur de s'y introduire avant, suffit de sauter la grille. Les gardiens ont fait leur ronde à la fermeture, 21 heures. Donc les corps ont été installés entre 21 heures hier et le moment où la vieille dame les a trouvés, ce matin peu après 8 heures. Elle a déclenché son alarme. L'endroit a été pas mal piétiné. Elle leur a dit ce qu'elle avait trouvé et ils ont cru qu'elle avait eu une attaque. Ils ont envoyé les pompiers, le SAMU et tutti quanti.

Henry contempla le magnifique panorama sur Portland. Les gratte-ciel, les montagnes. En oubliant les hélicoptères des médias qu'il voyait approcher au loin, le spectacle valait la peine. Il compta les scènes de crime sur ses doigts.

— Le défilé. Pittock Mansion. La Roseraie. Qu'y a-t-il de commun entre ces trois endroits ?

Les yeux de Claire se posèrent sur la ville.

— Des vues superbes.

— Et pas d'yeux pour les voir, dit Henry.

— De toute façon ils ne pouvaient pas voir, ils sont morts, dit Robbins.

— Putain, merde, s'exclama Henry, c'est une métaphore.

29

L'adresse sur la carte de Susan se trouvait de l'autre côté de la rivière, au sud-ouest de Portland, un quartier qui ne connaissait ni les arbres ni les trottoirs. Il leur fallut prendre trois autoroutes pour s'y rendre. Susan contempla l'horrible bâtiment trapu au travers du pare-brise. La vitre était sale, obscurcie par un mélange de traînées noirâtres et de jus jaunâtre, restes des moucherons écrasés par les essuie-glaces. C'était ce que la pluie faisait en été, elle barbouillait tout.

— Désolée pour le pare-brise, dit-elle.

Archie ne répondit pas. Il regarda la carte qu'il tenait à la main, puis le bâtiment.

— C'est là.

— De quel côté ?

La construction carrée au toit plat, vestige des années 1980, se trouvait au fond d'une rue en cul-de-sac. Tout y semblait disparate. Les briques multicolores du rez-de-chaussée contrastaient avec le revêtement couvert de peinture vinylique grise du premier étage. Il y avait deux portes, l'une grise, l'autre bleue, toutes deux précédées d'une petite terrasse. Les marches menant à la première étaient nues, des pots en terre bordaient celles menant à la porte bleue. Des drapeaux de prière bouddhistes en lambeaux flottaient au vent, accrochés à la rampe.

— 4 A, dit Archie.

La porte bleue.

Il ouvrit la portière pour descendre de voiture.

— Attendez. Vous n'avez pas d'arme ?

Il lui adressa un sourire patient.

— Le service psychiatrique n'est pas très fourni en armes, et puis j'ai rendu la mienne quand je suis parti en congé.

— Eh bien, allez en acheter une chez Wal-Mart ou ailleurs.

Archie fronça les sourcils.

— Bon, je viens avec vous. Il faut bien que quelqu'un vous empêche de vous faire tuer.

Il ne semblait pas d'humeur à discuter. Susan possédait une façon bien à elle d'agacer les gens. Elle descendit de voiture et s'engagea derrière lui sur l'allée bétonnée menant au 4 A. Il n'y avait personne dans les parages. Seul un écureuil traversa le jardinet et alla se cacher sous une haie de lauriers moribonds. Il monta les trois marches de la terrasse et sonna à la porte. Elle entendit la sonnerie insistante, comme celle d'une minuterie de cuisinière, résonner à l'intérieur. Personne ne répondit.

— Vous n'allez quand même pas entrer par effraction, dites ? Je l'ai déjà fait une fois cette semaine, ça suffit.

Elle étouffa un rire nerveux. Bien sûr que non. Archie était adulte. Et puis il était flic. Il allait appeler Henry d'une minute à l'autre.

Elle scruta la rue. Toujours personne. Pas une voiture. Même l'écureuil avait disparu.

Archie s'accroupit. Susan sentit son estomac se nouer. Il allait forcer la porte. Il allait crocheter la serrure. Elle l'imaginait déjà lui emprunter une épingle à cheveux. Ça se passait toujours comme ça dans les films. Sauf qu'elle n'avait pas d'épingle. Elle se sentit mal. Il allait devoir utiliser une carte de crédit.

Mais il ne demanda rien. Il se contenta de retourner le coin du paillasson de chanvre. Elle reconnaissait le chanvre à tous les coups. Sous le tapis, une enveloppe dont le coin dépassait et qu'elle n'avait jusqu'alors pas remarquée.

— Qu'est-ce que c'est que ça ?

Archie ramassa l'enveloppe en la tenant par les bords et la retourna afin qu'elle puisse voir. Sous ses yeux, de la même écriture que sur la carte, elle découvrit le nom d'Archie. Il leva l'enveloppe vers le ciel, la regarda en transparence et sourit.

— Vous auriez un stylo ?

Elle fouilla dans la poche extérieure de son sac à main et en sortit un feutre noir. Il le prit et le fit glisser sous le rabat. Une fois l'enveloppe ouverte, en la tenant toujours par les bords, il la retourna. Une clé tomba dans son autre main.

Susan sentit ses épaules se crisper. Elle avait joué à ce genre de jeu une fois à la fac. Une chasse au trésor où chaque lieu recelait un indice. Sauf qu'à l'époque le but était de trouver des nains de jardin.

Archie fourra l'enveloppe dans la poche de sa veste, referma le poing sur la clé et frappa à la porte.

— Police. C'est Archie Sheridan. Il y a quelqu'un ?

Pas de réponse. Il haussa les épaules et mit la clé dans la serrure.

— Restez ici, dit-il.

Il vint soudain à l'esprit de Susan qu'Archie était un malade tout juste sorti d'un hôpital psychiatrique et qu'ils allaient entrer Dieu sait où, sans renforts, sans arme et sans que personne ne sache seulement où ils se trouvaient. Elle n'avait guère l'habitude d'être la voix de la raison, mais cette fois, ce n'était vraiment pas une bonne idée.

— Vous n'avez pas besoin d'un mandat ?

— On m'a invité, rétorqua Archie en enlevant ses chaussures.

— Qu'est-ce que vous faites ?

Il installa ses chaussures côte à côte, comme on installe ses chaussons au pied de son lit.

— Je m'efforce de ne pas polluer une éventuelle scène de crime.

La gorge de Susan se serra.

— Je suis pas sûre que ce soit une si bonne idée que ça.

Archie resta planté là une seconde, en chaussettes, comme s'il se demandait ce qu'il allait se commander à dîner. Puis il tourna le bouton, entra et referma la porte derrière lui. Les drapeaux de prière ondulaient doucement sous la brise et Susan ne savait pas quoi faire. Attendre là comme Archie le lui avait demandé ? Il était dingue. Littéralement dingue. Entrer ? Tout aussi dingue. Son regard tomba sur les chaussures, toujours lacées, bien rangées à côté des pots en terre qui bordaient la terrasse. Les plantes avaient des feuilles velues en forme de coquillage dont l'intérieur était gorgé d'une cire rosâtre, semblable à une sorte de chair vivante. La bouche sèche, elle leva les yeux vers la porte bleue et appela :

— Archie ?

Toutes les plantes, toutes, étaient des Vénus attrape-mouches.

30

Des photos de Gretchen couvraient le mur. Prises dans des magazines, des journaux et des livres, et fixées sur le mur blanc par des punaises de toutes les couleurs. Elles avaient été découpées soigneusement, avec une précision chirurgicale, sans précipitation et avec amour. Le montage se trouvait dans le salon, la pièce à vivre. On le découvrait en entrant dans l'appartement. Dans le passé, Archie aussi avait accroché une photo de Gretchen, mais il avait eu le bon goût de la punaiser sur le mur du fond du placard de sa chambre.

Il s'imposa de faire le tour de l'appartement avant de revenir au collage. Une chambre. Un futon en guise de canapé. Lit défait. Une table de chevet avec un verre d'eau à moitié vide. Une commode blanche en aggloméré. Et le placard ne recelait aucun intrus.

La salle de bains était minuscule et rudimentaire. Personne n'était caché dans la douche. Archie ouvrit l'armoire à pharmacie accrochée au-dessus du lavabo. Pas de Vicodine, mais ça valait la peine d'essayer.

Il regagna le salon.

À présent certain que nul n'allait surgir et lui tirer dessus, il se mit à chercher des indices. Des radiateurs électriques blancs contre les plinthes, des stores vénitiens blancs devant les fenêtres coulissantes en PVC. Des murs blancs, une moquette grise. Seuls les efforts de personnalisation étaient intéressants. Un capteur de rêves orné de plumes tournait lentement au-dessus de l'évier, suspendu à un fil de pêche. Un batik violet recouvrait le canapé.

La pièce baignait dans une odeur mentholée. Archie la sentait jusque dans sa bouche.

Il se planta au milieu du salon et tourna lentement sur lui-même. Il repéra d'abord le manuel d'anatomie sur la table basse, un de ces gros bouquins avec des planches en couleurs. D'autres livres de médecine occupaient les étagères en compagnie d'ouvrages de Deepak Chopra[1] et Eckhart Tolle[2]. Sur la cheminée, côte à côte, un Bouddha, un Shiva en plâtre et un torse en plastique montrant les différents organes.

À gauche et à droite des photos de Gretchen, des posters plastifiés représentant des angelots anémiques.

L'ensemble faisait penser à un mélange de librairie New Age et de chambre d'étudiant en médecine.

Sinistre.

Familier.

Il laissa son regard revenir au collage. Gretchen avait utilisé des complices, des hommes qu'elle avait séduits et qui avaient tué pour elle. Archie pensait qu'ils étaient tous morts.

1. Médecin et écrivain d'origine indienne considéré comme le « gourou » de la santé aux États-Unis.

2. Écrivain canadien prônant le développement de l'éveil de la conscience de soi.

Il s'approcha des photos. Il n'y avait aucun meuble devant le mur. On pouvait s'avancer tout près. La moquette était aplatie à cet endroit, comme si quelqu'un était resté là des heures durant. Archie se posta là lui aussi et leva la main jusqu'à quasiment toucher le visage de Gretchen sans toutefois l'effleurer, au cas où l'auteur du collage aurait laissé des empreintes.

Il sentit le calme l'envahir.

— Bonjour, chérie.

Il sourit. Il pouvait à présent regarder la photo de Gretchen sans sentir son corps parcouru de frissons.

— Tu commences à perdre ton pouvoir, dit-il.

Les photos étaient en noir et blanc ou en couleurs, tirées de journaux ou de magazines sur papier glacé. Toutes montraient une Gretchen ravissante. Archie connaissait chacune d'elles : son visage derrière la vitre d'une voiture de police, sa photo d'identité, Gretchen souriant à la foule qui avait passé la nuit dehors pour l'apercevoir avant son transfert à Salem, ou celle sur laquelle apparaissait un morceau de l'épaule d'Henry l'emmenant vers le fourgon cellulaire.

Que voyait l'auteur du collage lorsqu'il la regardait ?

Soudain Archie sourit de nouveau. Sur chaque photo, elle regardait l'objectif. Elle le regardait, lui.

Il aimait cela. Un homme. C'était forcément un homme. Celui qui avait affiché ces photos voulait que Gretchen contrôle la situation. Il se sentait faible. Cette faiblesse particulière propre à une certaine forme d'expérience masculine.

Archie secoua la tête.

— Pauvre con, lâcha-t-il.

Derrière lui, il entendit Susan demander :

— Qu'est-ce que vous faites ?

Elle était entrée. Il avait été tellement absorbé qu'il n'avait pas entendu la porte, le genre d'inattention qui pouvait se révéler mortelle dans son métier.

— Je parle à un collage, des photos de tueuse en série.

Susan le regarda un moment puis parcourut la pièce des yeux.

— Qui habite ici ?

Il haussa les épaules.

— Je vous ai appelé.

— Je n'ai pas mon portable.

Il porta la main à sa poche, là où il gardait le téléphone de Gretchen, avant de comprendre que Susan l'avait seulement appelé par son nom. Il baissa les yeux.

— Fermez la porte.

— Les plantes sur la terrasse ? Vous avez vu ? Des Vénus attrape-mouches ! Vénus ! La déesse de l'amour chez les Romains ! Célébrée pour sa beauté. Ça vous fait penser à quelqu'un ? cria-t-elle en tendant un bras en direction du collage.

— Je ne vois pas.

— Vous êtes dingue, ou quoi ? Vous êtes vraiment dingue ?

Elle s'avança vers lui.

— Ne bougez pas. Ne touchez à rien.

— Vous sentez cette odeur ? demanda Susan en plissant le nez et en reniflant. Du Dr. Bronner.

— Je sens une odeur de menthe.

— C'est du savon liquide à la menthe du Dr. Bronner. Quand j'étais gosse, on s'en servait pour tout. Comme shampoing, pour décrasser les toilettes… Ce type est un maniaque de la propreté.

Elle s'approcha du meuble télé.

— Ne bougez pas. Je vous ai dit de ne pas bouger.

Elle ne ralentit même pas.

— Je vérifie.

Elle passa un doigt sur l'un des porte-encens posés sur l'étagère au-dessus du poste.

— Je vous ai dit de ne pas toucher.

Elle leva le doigt et le lui montra. Il était propre.

— Vous connaissez quelqu'un qui nettoie ses porte-encens ?

Il y avait aussi une photo sur l'étagère. D'où il était, Archie ne distinguait pas bien les personnages, juste le cadre en bambou, mais quand Susan la vit, sa respiration s'accéléra. En deux enjambées, il fut près d'elle.

— C'est lui. C'est le mec que j'ai trouvé dans la maison, s'écria-t-elle en passant sa main sur son bras. (Elle avait la chair de poule). Il habitait ici. C'est chez lui.

La photo représentait trois jeunes dans les bois, plissant les yeux en regardant l'objectif. Des adolescents de dix-sept ou dix-huit ans, le corps pas encore développé. Leurs tee-shirts et leurs shorts cargos laissaient voir des jambes maigrichonnes et des bras bronzés. Ils avaient posé pour le cliché, mais ils ne souriaient pas. Le gamin du milieu portait un tee-shirt avec le logo Outward Bound. Celui de gauche avait tellement rabattu la visière de sa casquette qu'Archie ne parvenait pas à voir son visage. En revanche, celui de droite, mince, les cheveux en pétard et des tatouages sur un bras, il le reconnut. Il observa Susan : avait-elle remarqué l'éclair de surprise dans ses yeux ? Non. La photo accaparait toute son attention.

— Lequel ?

— Celui du milieu.

— Bien.

— Comment ça, bien ?

— C'est bien que nous l'ayons identifié.

— Vous êtes sûr que c'est lui ?

— Et vous, vous êtes sûre que c'est lui ?

— Il était plus vieux. Une vingtaine d'années, peut-être. Mais le même visage. Vous n'avez pas l'air tellement surpris.

— Ça se tient. Nous étions censés trouver qui c'était. C'était ça l'idée.

— Pourquoi ne pas laisser un portefeuille dans sa poche, alors ? marmonna Susan.

— Il y a une histoire.

Il parcourut de nouveau la pièce des yeux. L'odeur mentholée était forte et récente.

Pareil effort de nettoyage trahissait une obsession. Mais il n'avait pas trouvé le temps de faire son lit. Pourquoi se donner tant de mal ? Même les stores avaient été époussetés. Les radiateurs brillaient. Pas une trace de café sur les plans de travail de la cuisine. Pas une miette sur la table basse. Mais l'écran de la télé semblait ne pas avoir été nettoyé depuis des années.

Archie fit un pas de côté, cherchant le bon angle, et il découvrit le mot dessiné du doigt dans la poussière : *PLAY*.

— Les gens ont besoin de raconter des histoires, cela donne de l'importance à leur vie.

Derrière le téléviseur il aperçut un petit caméscope relié à la prise d'entrée du poste par un gros fil noir.

Il trouva les deux télécommandes sur la table basse, sortit un stylo de sa poche et appuya sur *ON* et sur *PLAY* pour mettre les deux appareils en marche.

Une image bancale de la pièce dans laquelle ils se trouvaient s'afficha à l'écran. On avait tiré une chaise devant le collage. Soudain un jeune homme apparut. Plus vieux, les cheveux plus longs et le corps un peu plus étoffé, c'était bien le gamin de la photo. Susan ne s'était pas trompée.

Il bricola le caméscope un moment, jusqu'à ce que l'image soit droite, puis recula et vint s'asseoir sur la chaise. Un tee-shirt gris, un jean, pieds nus, un collier autour du cou.

— Putain ! s'exclama Susan.

Elle pêcha son calepin au fond de son sac et s'assit sur le canapé, les yeux rivés à l'écran. Archie pensa lui dire de se lever et lui faire la leçon sur tous les indices potentiels qu'elle effaçait avec son pantalon, mais il n'en avait pas vraiment l'énergie.

Le mort s'adressa à quelqu'un hors du champ de la caméra. On dut lui donner le feu vert car il fit un sourire timide au caméscope, croisa les jambes et noua les mains sur son genou avant dc se pencher en avant.

« Bon, dit-il, si vous voyez ces images, c'est que les choses auront mal tourné. »

Il inspira profondément, gonfla les joues puis poussa un soupir.

« Je suppose qu'il faut que je commence par quelques explications. Quand j'avais huit ans, mon frère a attrapé une mononucléose. Il en avait douze à l'époque. On ne savait pas qu'il avait ça. Il se plaignait depuis un mois d'avoir mal à la gorge, mais mes parents pensaient qu'il avait un rhume. Le problème avec cette maladie, c'est qu'elle fait grossir la rate. Il faut s'abstenir de toute activité physique fatigante pendant au moins six semaines. Pendant un cours de gym, un gamin a bousculé mon frère. Une de ces choses absurdes. »

Archie vint s'asseoir à côté de Susan.

« On peut vivre sans rate, poursuivait le mort. C'est ce qui se passe quand votre rate éclate. On se contente de vous l'enlever. On appelle ça une splénectomie. Il est resté à l'hôpital une semaine. Tous les élèves de sa classe lui ont envoyé une carte. C'est à ce moment-là que j'ai commencé à y penser. »

Le jeune homme retroussa le coin de sa bouche.

— Bon Dieu, ça paraît dingue, non ?

— On peut arrêter ? demanda Susan qui prenait des notes à toute allure.

— Non, répliqua Archie.

« Je jouais à l'hôpital. Je prétendais qu'on m'avait enlevé la rate à moi aussi. Je portais même un pansement. Pour finir, ça a cessé d'être un jeu. Je voulais qu'on me la retire. Elle me souillait, comme une chose étrangère à l'intérieur de mon corps, comme une tumeur. J'étais littéralement obsédé par ma rate. Je sais que ça peut sembler fou, j'ai suivi toutes sortes de thérapies… »

Le jeune homme abaissa la main et vint la placer contre ses côtes, à l'emplacement de sa rate, et Archie se rendit compte qu'il se tenait dans la même attitude, comme s'il cherchait la cicatrice que Gretchen lui avait laissée. Il mit sa main entre ses cuisses et ne bougea plus.

« … J'ai trouvé un toubib à Tijuana qui m'a dit qu'il réaliserait l'opération, mais quand il s'est dégonflé au dernier moment, je me suis senti vraiment déprimé. C'est alors qu'un ami m'a branché sur ce site web et, là, on m'a dit qu'on pouvait m'aider. Papa, Maman, tout le monde, pardonnez-moi. Je sais que je pourrais mourir, mais c'est plus fort que moi. Si je peux l'arracher de mon corps, je me sentirai mieux. »

La vidéo s'arrêta là et l'écran devint bleu.

Susan continuait de griffonner. Archie voyait son pouls battre à tout rompre dans son cou.

— Ce n'était pas Gretchen, dit-il. Elle ne l'a pas tué.

— Ce sont des fans, répondit Susan sans lever les yeux, des admirateurs.

Elle cessa d'écrire, posa son stylo sur son calepin et se tourna vers Archie. Elle était blême.

— Ils passent des essais, murmura-t-elle.

— Et vous pensez que c'est moi qui suis dingue, dit Archie en secouant la tête.

31

Les veines saillaient dans le cou d'Henry et il avait les oreilles roses comme une Mallat Triplex. Susan s'efforça de ne pas reculer lorsqu'il se planta au-dessus d'elle et d'Archie toujours assis sur le canapé.

— Vous avez perdu la tête tous les deux, ou quoi ?

Derrière lui, l'image du mort restait figée sur l'écran du téléviseur. Ils avaient regardé deux nouvelles fois la vidéo depuis son arrivée, mais elle n'en était pas devenue moins dérangeante.

Il tourna sa tête massive vers Archie et leva les mains, paumes en l'air.

— Entré par effraction ?

— J'avais une clé.

Henry était arrivé en compagnie de Claire et de quatre flics, à présent en train de fouiner dans l'appartement comme des gamins qui se seraient introduits dans un dortoir de filles. Ils avaient déjà trouvé le passeport du jeune homme dans un tiroir de la commode. Il s'appelait Fintan English.

— Et vous, vous avez un mandat ? demanda Susan à voix basse.

— J'enquête sur une série d'effractions commises ces deux derniers jours.

Il mit les mains sur les hanches et posa un regard exaspéré sur Archie.

— Comment j'explique ça au juge ?

— Il n'y a pas délit ici, Henry, répondit Archie en haussant les épaules.

— Alors, ce mort ? fit Susan en pointant un doigt vers le téléviseur.

Si elle s'était appelée Fintan English, elle aurait probablement claqué des doigts en plus.

— Un malade mental, dit Archie. Il voulait se faire enlever la rate. Il a trouvé des gens prêts à le faire sur Internet. On trouve des gens prêts à faire à peu près n'importe quoi sur Internet. Vider la cave. Enlever la rate. Tu devrais être content, c'est au moins un meurtre que Gretchen n'a pas commis. On va peut-être pouvoir se détendre un peu.

Henry poussa un profond soupir et se gratta la gorge.

— Donc il a tapé « *Personnes pensant que Gretchen Lowell est géniale* » sur Google, et il a atterri sur le site de votre fan-club de Gretchen.

— Ce n'est pas mon fan-club, rétorqua froidement Susan.

— Il a mis son histoire de merde sur le Net, poursuivit Henry, et il a trouvé des connards assez tarés pour faire le boulot. Il ne voulait plus de sa rate et eux voulaient jouer les tueurs en série. Ils se sont retrouvés au paradis des cinglés. Ils ont utilisé la maison abandonnée comme salle d'op, mais ils n'avaient pas l'entraînement de Gretchen et le gamin est mort.

— Peut-être bien que la rate de chèvre du défilé, c'était ça, dit Archie, de l'entraînement.

— Et la tête ? Et les deux cadavres de la Roseraie ? Et Courtenay Taggart ? Tu veux dire que tout cela est l'œuvre d'un fan-club de dingues ? Que Gretchen est planquée quelque part sous une yourte et qu'elle rattrape ses lectures en retard ?

Susan jeta de nouveau un coup d'œil à l'écran. La pause avait figé Fintan les yeux fermés. Elle l'avait vu mort la veille et à présent il était là, prêt à devenir le héros d'une vidéo morbide sur YouTube.

— J'en sais rien, dit Archie.

Susan le regarda. Elle était certaine d'une chose, Archie Sheridan en savait plus qu'il n'en disait.

— Vous allez nous laisser regarder le journal de vos appels, à présent ? demanda Henry.

Elle n'avait plus aucune raison de ne pas lui dire.

— C'est une impasse. J'ai cherché. On m'a appelée d'une cabine à environ un kilomètre de l'endroit où j'ai découvert le corps.

Bonne chance pour trouver des empreintes, se dit-elle *in petto*.

Henry porta un poing à sa bouche et l'appuya un moment contre sa lèvre supérieure, puis l'abaissa.

— Laissez-nous faire une copie de votre disque dur, alors.

— Afin de pouvoir remonter mon historique. Pas question.

À l'idée de voir Henry fouiller dans son ordinateur, avec son roman en cours, ses poèmes inachevés et ses recherches sur les hémorroïdes, elle sentit son estomac se révulser.

— Je travaille sur d'autres sujets, j'ai des sources importantes et des infos confidentielles.

Elle chercha du secours du côté d'Archie. C'était quelqu'un de raisonnable. Il la comprenait. Mais il restait là, assis sur le canapé, les yeux rivés sur l'image qui paraissait déjà morte de Fintan English.

— Les journalistes ne peuvent pas donner leur disque dur à la police, c'est une règle absolue.

— Le crime, dit Archie sans s'adresser à personne en particulier, c'était de ne pas lui fournir d'aide psychiatrique, il était malade. Ils se sont servis de lui.

Quelque chose passa entre eux et Henry s'éclaircit la gorge avant de se pencher vers Susan, les mains sur les genoux.

— Je vous avais dit de l'emmener chez moi.

— Désolée.

— Putain, je comprends rien à ce qui se passe, mais il devrait pas être ici. Embarquez-le. Si quelqu'un contacte l'un de vous deux, une adresse mystérieuse, une carte bizarre, un truc de ce genre, luttez contre votre instinct, ne violez pas la loi, appelez-moi !

Archie lui adressa un sourire absent.

— Sûr.

— Dégagez, maintenant !

Susan et Archie se levèrent et se dirigèrent vers la porte.

— Ça va aller de mal en pis, lança-t-il à Henry en partant. Ils commencent à s'amuser.

Ils franchirent la porte et se retrouvèrent sur la terrasse inondée de soleil. Les Vénus attrape-mouches étaient toujours là.

32

— Oh, mon Dieu ! s'exclama Susan à peine assise dans la voiture. J'ai bien cru qu'il allait nous arrêter tous les deux.

Elle laissa la portière ouverte et prit un paquet de cigarettes neuf dans la boîte à gants. Elle en alluma une, tira une bouffée et sentit aussitôt son rythme cardiaque ralentir.

— Autorisez-m'en la moitié d'une, dit-elle à Archie.

Il faisait chaud dans la voiture et elle n'avait pas la clim.

— Vous pouvez baisser la vitre, si vous voulez.

Il s'installa et boucla sa ceinture de sécurité.

— Je voudrais que vous m'emmeniez quelque part.

Elle lui jeta un regard incrédule. Est-ce qu'il blaguait ?

— Henry m'a dit de vous emmener chez lui.

— Je connais un des gamins de la photo. Sa sœur a été une des premières victimes de Gretchen. Je désire parler à sa famille. Savoir s'il est impliqué. Je leur dois ça.

Le cœur de Susan battait de nouveau la chamade. Elle tira une autre bouffée de sa cigarette. Sans aucun effet, cette fois.

— Vous ne l'avez pas dit à Henry. On devrait y retourner et tout lui dire. Tout de suite.

— Je veux déterminer jusqu'à quel point le gamin est impliqué.

— Impliqué dans quoi ?

— C'est un gosse perturbé. Comme Fintan English. Sauf que Fintan, lui, personne ne l'a aidé.

Elle tira une dernière fois sur sa cigarette avant de la jeter dans la rue, de fermer la vitre et de démarrer. Elle était censée interviewer les voisins de l'aide-soignant. Et puis merde, elle savait d'avance ce qu'ils allaient dire. *Il avait l'air si gentil.*

— Ce livre que je veux écrire sur l'influence de Gretchen Lowell sur la culture populaire, vous accepteriez de coopérer ?

Il poussa un soupir et se frotta les yeux.

— Pourquoi pas ?

— D'accord, on y va.

Elle démarra en faisant tomber une cascade de stylos de la boîte à gants sur les genoux d'Archie.

Il les ramassa, les remit en place et referma la boîte.

— Vous savez combien de personnes meurent chaque année en s'étouffant avec des stylos ? demanda-t-elle. Deux cents !

Il récupéra un paquet de cigarettes vide coincé sous sa cuisse et le jeta par terre.

— Et combien à cause du tabac ?

33

Lake Oswego était le lieu de résidence des riches.

Archie refusa de donner une adresse à Susan. Il se contenta de dire que c'était sur le lac. La ville portait le nom du lac. Les gens vraiment riches habitaient sur ses rives. Quel rapport entre l'argent et l'eau ?

Susan appela Derek afin que le journal puisse publier l'histoire de Fintan English. Il allait se charger d'écrire l'article et elle le cosignerait. Le *Herald* aurait le scoop. Tout le monde était content.

Lorsqu'elle eut raccroché, Archie demanda s'il pouvait emprunter le téléphone.

— On ne vous a pas rendu le vôtre quand on vous a relâché ?

— Quand je suis sorti. On ne m'a pas relâché, je n'étais pas incarcéré.

Il composa un numéro de mémoire.

— Archie Sheridan… Il faut que je le voie… Est-ce qu'il est là ?… Tout de suite.

Et il raccrocha. Tout cela paraissait bien mystérieux.

Ils traversèrent First Addition, le quartier le plus ancien de Lake Oswego, où l'on pouvait habiter avec des revenus un peu moins qu'obscènes. Il y avait des arbres et des jardins, et des vieux outils Crafstman commandés à Sears, et aussi un supermarché qui acceptait de vendre à crédit. La plus grande fierté de la ville était que Bruce Springsteen avait épousé à l'église du coin une fille du cru devenue depuis top-model. Le mariage n'avait duré que quatre ans, mais tout le monde en parlait encore.

— Lac Zéronègre, dit Susan.

Archie fronça les sourcils.

— Je ne crois pas que ça se dise encore.

— Je suis venue à des soirées par ici quand j'étais au lycée. On y trouvait la meilleure dope.

Ils passaient devant un centre commercial récemment construit. La façade représentait un chalet suisse, on l'aurait cru tout droit sorti d'Epcot Center[1].

— Les riches oisifs, dit Archie.

Ils continuèrent à rouler un moment sans parler, vitres baissées. Susan finit par se sentir mal à l'aise et mit la radio sur une station diffusant du rock alternatif. Elle avait eu plusieurs iPod et elle se les était toujours fait voler dans sa voiture. C'était tout Portland, des flopées de pacifistes et de végétariens, mais si on laissait sa voiture dans la rue, on avait toutes les chances que la serrure soit forcée et que l'iPod se retrouve sur eBay.

Ils franchirent quelques voies de chemin de fer, passèrent devant l'entrée de l'allée menant au Yacht Club, puis empruntèrent un pittoresque pont de pierre. À partir de là, l'environnement devint plus

1. Un des quatre parcs à thème de Disney World à Orlando en Floride.

tranquille et plus privé. Des canards barbotaient sur le lac, les maisons ressemblaient à des bateaux échoués dont les annexes à moteur dansaient sur l'eau. Les demeures se firent plus imposantes et la circulation plus rare. Tous ceux qu'ils croisaient leur souriaient et les saluaient de la main. On aurait dit que les maisons avaient été commandées en kit sur un catalogue Pottery Barn[1]. Les voitures étaient toutes des Land Rover, des Volvo et des BMW. Susan remarqua aussi quelques Civic, mais elle aurait parié qu'elles appartenaient à des étudiants de la prestigieuse université de Brown en vacances d'été.

Archie la fit tourner, après une boîte à lettres jaune, dans une allée privée jusqu'à une grille en fer.

Elle ne voyait pas la maison, mais putain, la grille en imposait.

— Qui habite ici ?

— Jack Reynolds.

— Il est riche ?

— Très riche.

Elle aperçut un interphone sur un poteau à unc longueur de voiture de la grille. On aurait dit un truc pour commander un burger.

Archie enleva sa ceinture et se pencha par-dessus elle. Son intrusion brutale dans son espace personnel lui fit l'effet d'un coup de poing à l'estomac. Ses cheveux noirs parsemés de gris effleurèrent son visage.

1. Chaîne de magasins spécialisés dans l'ameublement.

Quand on rougit, l'intérieur de notre estomac rougit aussi. « La Science des émotions » avait été le premier article de Susan à faire la une de la section « Bien-être ».

Archie appuya sur *TALK* et dit : Archie Sheridan.

Il n'y eut aucune réponse audible, mais un petit voyant rouge au-dessus du micro passa au vert et la grille s'ouvrit lentement. Archie se cala de nouveau dans son siège.

— Allez-y, on peut entrer.

— C'est parti.

Ils franchirent la grille et s'engagèrent sur un pont. Pas très long, six ou sept mètres, fait de gros blocs de pierre.

— Putain, une île, s'exclama Susan. Ils habitent sur une putain d'île.

— Garez-vous là, dit Archie en lui indiquant un terre-plein pavé où se trouvaient déjà quatre véhicules. Une Volvo argent, deux Prius et un pick-up arborant le nom d'une entreprise de jardinage.

Elle se gara près du pick-up.

Les façons de devenir riche au point de posséder une île étaient peu nombreuses en Oregon. Elle supposa que le Jack Reynolds en question avait dû retirer ses billes de la haute technologie au bon moment. Ou alors il avait inventé la veste polaire ou un truc comme ça. Quoi qu'il en soit, il s'était bien débrouillé. Elle se demanda s'il avait fait l'objet d'un portrait dans le *Herald*.

— Ce mec a un lien de parenté avec le gamin que vous avez reconnu sur la photo ?

— Il y a douze ans, Gretchen a tué sa fille. Le gamin de la photo est son fils.

— Vous venez souvent ici ?

— Autrefois. Mais là, ça faisait deux ans.

Deux ans. Depuis que Gretchen l'avait capturé.

Archie ouvrit la portière et descendit. Elle en fit autant et regarda autour d'elle.

— Pas besoin de fermer à clé, j'imagine.

L'île n'était pas très grande, Susan l'estima à un demi-hectare, tout en ne sachant pas vraiment à quoi correspondait un hectare. La maison était ancienne, ou du moins paraissait ancienne, comme une demeure Tudor sortie d'un décor de cinéma. En brique, avec des décorations en stuc et en bois, un toit pentu, de hautes fenêtres, plusieurs cheminées et des terrasses ornées de colonnes. Très nouveau riche.

— Là, dit Archie.

Mais il ne regardait pas la maison, il regardait vers la gauche où un embarcadère s'avançait sur le lac. Un homme en costume lui faisait signe de la main. Il ne paraissait pas assez âgé pour avoir un fils de vingt ans.

— C'est Reynolds ?

— Non, son avocat.

En s'approchant, elle aperçut un autre homme en train de laver au jet le pont d'un petit voilier. Il avait la soixantaine bronzée, bel homme aux longs cheveux gris et au visage symétrique taillé à la serpe. Il portait un jean coupé, un vieux tee-shirt et était bien sûr pieds nus. Il adressa un large sourire à Archie.

— Bonjour, Jack, dit Archie. Salut, Leo.

L'avocat tendit la main et Archie la lui serra.

— Ça fait trop longtemps. On a envoyé des fleurs à l'hôpital après la capture de Gretchen.

— Je m'en souviens. C'était très gentil. Je vous présente Susan Ward. Susan est reporter au *Herald*.

— Journaliste, dit-elle, mais peu importe.

Jack Reynolds lui adressa un clin d'œil. Il ressemblait à un George Hamilton d'une cinquantaine d'années.

— Bien sûr. Je lis vos articles. C'est du bon boulot.

Elle sentit son estomac se retourner.

Il sauta du bateau sans lâcher le tuyau et alla couper l'eau.

— Je suis allé faire un tour sur le lac, il faut profiter du beau temps quand on peut.

Il leva les yeux vers le ciel limpide bordé par le rideau de conifères qui entourait le lac.

— Il faut qu'on parle de Jeremy, dit Archie.

Jack enroula le tuyau à un support fixé sur la rambarde de l'embarcadère.

— Est-ce qu'il va bien ?

Susan se sentit de trop, comme si elle s'immisçait dans une conversation privée. Elle fit un petit pas en arrière. Puis, se sentant soudain gênée – après tout, elle était journaliste –, elle fit un petit pas en avant.

Les yeux d'Archie se posèrent sur elle et il continua.

— Il se pourrait qu'il fréquente des gens qui portent un intérêt malsain à Gretchen Lowell…

Jack termina d'enrouler son tuyau et se tourna vers lui. Les dernières gouttes d'eau prisonnières du tuyau tombèrent paresseusement sur l'embarcadère.

— … Je suis sûr que vous suivez l'actualité, poursuivit Archie d'un ton neutre. Nous avons identifié un corps découvert dans une maison abandonnée de North Portland. Un jeune homme du nom de Fintan English. On arrive de chez lui et j'ai vu une photo de Jeremy. Je crois qu'English a trouvé des gens sur Internet, des fans de Gretchen, qui ont accepté de lui enlever la rate. Il en est mort.

— Nous n'avons pas vu Jeremy depuis des mois, dit son père en regardant son avocat.

Celui-ci hocha la tête. Archie fronça les sourcils.

— J'imagine que vous avez les moyens de le contacter.

— Il a disparu ? demanda Susan. Disparu comme dans le film de Costa-Gavras ?

Les trois hommes l'ignorèrent.

L'avocat hésita, observant Susan pendant un moment, puis il se décida.

— Il a toujours des problèmes avec Gretchen. À vrai dire, ça s'est aggravé. Il s'est découpé un cœur sur la poitrine. Quand elle s'est évadée…

L'avocat laissa son regard se perdre sur le lac.

— … Quand elle s'est évadée, il a fêté l'événement.

Susan se rendit soudain compte qu'elle avait la bouche grande ouverte.

— Mais… Gretchen n'a pas tué sa sœur ?

Ils la regardèrent, ébahis, comme si elle venait de baisser son pantalon.

— Excusez-moi.

Jack se tourna vers son bateau. La coque en fibre de verre venait cogner doucement contre l'embarcadère.

— Jeremy a des problèmes. Entre autres, des troubles obsessionnels compulsifs. Vous vous y connaissez en bateau ?

Susan mit un moment à comprendre que c'était à elle qu'il s'adressait.

— Pas vraiment.

En vérité, son kidnapping et les heures d'angoisse sur le Chris-Craft aux mains de Reston quelques mois auparavant l'avaient plutôt dégoûtée des bateaux[1].

— C'est un sloop, dit Jack. Il est beau, non ?

— Sûr.

— Jeremy avait treize ans quand sa sœur a été assassinée. Il s'est pris d'intérêt pour l'enquête…

Il se tut un instant. Une mouette descendit en piqué et se posa sur l'embarcadère en raillant.

— … Au bout d'un moment il a perdu le sens des réalités. Il a idéalisé l'Artiste. Il s'est mis à dessiner son portrait tel qu'il l'imaginait, toujours un homme, avec de grandes ailes noires, des cornes… Les psys disaient qu'il était fasciné par la force du tueur. Quand Gretchen a été arrêtée, Jeremy était amoureux.

— C'était un enfant fragile, dit doucement Archie.

Jack avait toujours les yeux braqués sur son sloop.

— Il vous a toujours vénéré.

La mouette s'envola. Le bateau se balança.

— Est-ce que vous savez où il se trouve ? demanda Archie.

Jack Reynolds serra les dents, l'air déterminé.

— Je sais comment le trouver.

Archie s'avança vers lui.

— Trouvez-le et tirez-le de là. Mais d'abord, je veux savoir où il est et qui il fréquente.

1. Voir *Au cœur du mal* (Fleuve Noir, 2008 ; Pocket n° 13757).

Jack sourit mais ses yeux étincelèrent, trahissant de sombres pensées.

— Est-ce que je peux faire autre chose pour vous, Archie ?

— Ouais. Il me faudrait une arme et un téléphone avec une carte prépayée.

34

La mouette avait disparu.

Cela faisait dix minutes qu'Archie avait suivi Jack dans le château Tudor, abandonnant Susan sur l'embarcadère à la compagnie de l'avocat. Celui-ci se racla la gorge.

— Dites-moi, vous avez grandi en Oregon ?

Elle lui avait fait subir l'épreuve du silence. Manifestement, il n'avait guère l'air troublé.

— Comme ça, votre client a des armes et des téléphones qui traînent ici et là.

L'avocat portait un luxueux costume gris et une chemise noire au col ouvert. Susan admirait ses vêtements sans pour autant le trouver sympathique.

Il mit les mains dans ses poches et laissa son regard se perdre sur le lac.

— Il aime pouvoir parer à toute éventualité.

Bon. Susan plissa les yeux.

— Que fait exactement votre client ?

Il lui adressa un sourire machinal.

— Il travaille dans l'immobilier.

— Ah bon, dit-elle en sortant une cigarette de son sac à main.

Elle l'alluma et tira une bouffée. En temps ordinaire, elle aurait demandé l'autorisation.

— Lui et Archie sont amis ?

L'avocat marqua un temps d'arrêt, comme s'il réfléchissait avant de répondre.

— Archie a toujours été très ouvert quand il s'est agi de tenir la famille informée de l'avancement de l'enquête. Ils se connaissent depuis longtemps.

— Depuis combien de temps travaillez-vous pour lui ?

— Il a été mon premier client quand je suis sorti de la fac de droit.

— Laissez-moi deviner. Lewis et Clark ?

Tous les avocats de la ville passaient par l'université Lewis et Clark. Il arrivait à Susan de penser que c'était un passage obligé pour décrocher l'examen du barreau.

— Vive les Pioneers[1] !

— Ils auraient dû choisir Seaman.

— Je vous demande pardon ?

— Ils auraient dû prendre Seaman comme mascotte. Seaman, le chien de Lewis. Après tout, il a ouvert la piste de l'Oregon.

— Est-ce qu'Archie a des ennuis ?

Susan fit les yeux ronds.

— Comparé à…

Il dégaina son portefeuille, en sortit une luxueuse carte de visite et la lui mit dans la main.

1. La faculté de droit de Portland choisit le nom de Lewis et Clark en 1942 pour bien souligner l'esprit pionnier qui l'animait. Les étudiants prirent le nom de *Pioneers*, les pionniers, en 1946. Ils ont récemment choisi comme mascotte une sorte d'abominable homme des neiges du nom de Lewie.

— Tenez, vous pouvez toujours m'appeler, je suis vraiment avocat. Et je suis discret, ajouta-t-il dans un rictus.

Elle ne parvenait pas à le situer, et cela l'agaçait. Elle s'absorba dans la contemplation de ses chaussures.

— C'est beau par ici.

Il lui prit la cigarette qu'elle tenait, en tira une bouffée et la lui rendit.

Susan regarda la cigarette.

— Merci. Je suis en train d'arrêter, mais je vole encore une taffe de temps à autre.

Une autre mouette se posa sur l'embarcadère et picora un vieux morceau d'appât qui traînait là au soleil.

— Comment s'appelait sa fille ?

Il fit un geste en direction du bateau. À l'arrière, au-dessus du gouvernail, un nom brillait en lettres noir et or.

— Isabel. C'était ma sœur…

Il reprit la cigarette et aspira une autre bouffée.

— … Jack Reynolds est mon père. Jeremy est mon petit frère…

Il tira sur la cigarette jusqu'au filtre, jeta le mégot par terre et l'écrasa.

— … Une foutue famille.

35

— On ne se parle plus ? demanda Archie.

Ils avaient pris la 43 et roulaient vers le sud en direction de Portland. Susan ne répondit pas. Sur une station de rock alternatif, un DJ délirait sur la chirurgie esthétique.

Archie haussa les épaules. Il avait posé le revolver et le téléphone que lui avait donnés Jack Reynolds sur ses genoux. Il sortit les balles du barillet et les déposa dans un petit vide-poches prévu pour la monnaie, puis il rangea l'arme et le portable dans la boîte à gants.

— Qu'est-ce que vous faites ?

— Si jamais on tombait sur les flics.

— Non, pas ça. Qu'est-ce que vous foutez, merde ?

— J'essaie de sortir un gosse paumé d'un mauvais pas.

Elle agita la main en direction de la boîte à gants.

— Vous avez un flingue. Pas déclaré.

— En effet.

— Qui c'est ce type ?

— Il travaille dans l'immobilier, dit-il en souriant.

Elle sentit ses mâchoires se crisper. Un de ces jours, elle allait l'empoigner par les épaules et le secouer jusqu'à ce qu'il crache la vérité. En attendant, elle devait avoir recours à des moyens plus subtils.

— Son avocat est mignon.

Elle vit Archie lui lancer un regard en coin.

— N'y pensez même pas.

— Et pourquoi ?

— Leo travaille pour Jack.

— Il fait quoi ? Il rédige des contrats de vente d'apparts ?

— Jack est responsable de l'importation de presque toute l'héroïne qui transite par la côte Ouest.

— Pourquoi vous vous foutez de moi ?

— Je suis sérieux, dit-il en tendant le bras vers la radio. Vous permettez que je change de station ?

— J'aime cette chanson, répliqua-t-elle en lui écartant la main.

Il poussa un soupir et se cala dans son siège.

Ils traversaient First Addition à présent, sur la portion de l'autoroute qui longe la rivière reliant le lac Oswego et John's Landing.

— C'est un trafiquant de drogue ?

— *Le* trafiquant. Le nom tout en haut de la pyramide.

Susan posa la question évidente :

— Et pourquoi vous ne l'arrêtez pas ?

À leur gauche, au-delà des vieux cèdres et des lierres, s'élevaient quelques-unes des plus belles demeures de Portland, et au-delà encore, plus haut sur la colline, s'étendait le bucolique campus de Lewis et Clark. La vérité était que Susan y avait postulé en quittant le lycée et que sa candidature n'avait pas été retenue.

— Sa fille a été assassinée.

— Et ça lui donne droit à une carte *Vous êtes libéré de prison* ?

— Il est malin. Rien à voir avec les types qui vendent des cristaux de crack aux junkies dans la vieille ville.

Susan regarda Archie. Il débloquait.

— Qu'est-ce qu'il y a ? demanda-t-il.

— Vous venez de demander un flingue à un truand. Vous essayez d'aider son taré de fils qui a peut-être participé à l'opération qui a coûté la vie à un pauvre hippy. Sans parler des autres cadavres, d'une tête. Et que sais-je encore, merde ?

Archie resta un moment sans rien dire.

— Il était là, chuchota-t-il.

Susan tourna la tête vers lui. Il regardait la rivière.

— Jeremy. On l'a trouvé dans la voiture. Gretchen les avait enlevés tous les deux. On l'a trouvé sur le siège passager. La gamine était à l'arrière. Il avait treize ans.

Encore un secret. Les flics avaient un témoin. Quelqu'un qui avait vu l'Artiste. Quelqu'un qui aurait pu l'identifier bien avant même qu'ils sachent que l'assassin était une femme. Et ils avaient tout étouffé.

— Pourquoi ne l'a-t-elle pas tué ?

— Et moi ? Pourquoi elle ne m'a pas tué ? Pourquoi fait-elle ceci ou cela ?

Susan commençait à appréhender le sens de ces révélations. Archie n'était pas le seul. Gretchen avait laissé la vie sauve à quelqu'un d'autre.

— Les gens pensent que vous êtes la seule victime à avoir survécu.

— On l'a caché à la presse. Les psys ont dit qu'il était dans un état second. Il ne se souvenait de rien.

— Ce meurtre, elle vous l'a avoué ?

— Non, c'est une des affaires que je n'ai jamais pu clore.

Il jeta un coup d'œil à l'heure affichée dans la voiture. Il était presque midi.

— Vous n'aviez pas un article à boucler ?

36

Susan déposa Archie devant la maison d'Henry et attendit qu'il fasse signe aux flics garés un peu plus loin et qu'il entre. Ensuite elle appela Ian. Il mangeait en travaillant, chose qu'il ne faisait que lorsqu'ils étaient à la bourre. Son estomac se mit à gargouiller en l'entendant mastiquer.

— Où en est l'histoire du service de psychiatrie ?

Il avait envoyé deux autres reporters couvrir le meurtre de Courtenay Taggart. Elle ne voyait pas l'intérêt d'aller elle-même interviewer les voisins de l'aide-soignant ou importuner la famille de Taggart au téléphone.

Elle fouilla sous son siège et y trouva un paquet de chips.

— Je voudrais creuser la piste des fans de Gretchen, dit-elle en ouvrant le paquet. Est-ce que Derek t'a envoyé l'histoire de Fintan English ?

Elle enfourna une chips, saveur sel et vinaigre. Sa voiture en était pleine. On les donnait avec les sandwiches qu'elle achetait pour déjeuner, mais elle était toujours rassasiée avant. Il y en avait sous les sièges, à l'arrière, dans le coffre. Si jamais elle tombait en panne dans le désert, elle aurait de quoi festoyer pendant des jours, mais elle risquerait aussi d'avoir très soif.

— C'est énorme, Ian. Il se pourrait bien que Gretchen Lowell n'ait rien à voir là-dedans. Ce sont ses admirateurs. C'est pour ça qu'ils balancent des cadavres aux endroits où elle a déjà commis des crimes.

Ian attendit une seconde avant de répondre.

— Aujourd'hui, on titre *L'ARTISTE FRAPPE À NOUVEAU*. On s'en tient à ça tant qu'on n'a rien de neuf.

Susan manqua s'étouffer et cracha une bouchée de chips.

— T'es en train de me dire de laisser tomber la piste des admirateurs ?

— Je suis en train de te dire de faire ton boulot et de me pondre deux colonnes sur le meurtre de l'hôpital d'ici à ce soir.

Elle l'entendit se lever et aller fermer la porte de son bureau.

— Gretchen fait vendre. Nos ventes en kiosque ont doublé depuis la semaine dernière.

— Les imitateurs psychopathes aussi. Si nous sommes les premiers à révéler l'affaire, le nom du journal va faire le tour du monde. C'est bon pour les contrats publicitaires, non ?

— Ils font vendre aussi, t'as raison, pendant deux ou trois jours. Ensuite tout le monde s'en fout. Ils n'ont pas les jambes de Gretchen. Il faut qu'on tienne quelque temps encore au niveau actuel, tous nos jobs sont en jeu. Si je peux montrer ces chiffres, je pourrai peut-être en sauver certains. Il s'agit d'un plan de licenciement massif, la direction a établi une liste. On est dessus tous les deux, *Suzy*.

Elle sursauta en entendant le *Suzy*. Sur quoi il raccrocha.

Elle contempla un moment son téléphone, puis le lança dans son sac.

Comme ça, elle était censée faire un boulot de reporter débutant sur une histoire qui risquait d'être bidon au lieu d'explorer une piste qui pouvait conduire à la vérité. Et pendant ce temps-là, Archie Sheridan avait un flingue et n'allait pas rester les bras croisés. Elle ignorait ce qu'il avait en tête, mais il allait faire quelque chose pour aider ce gamin.

Elle descendit de voiture et alla frapper à la porte de la maison d'Henry.

Archie ouvrit, un téléphone à la main, comme s'il s'apprêtait à passer un coup de fil. Elle remarqua vaguement que ce n'était pas celui que Jack Reynolds lui avait donné. Elle lui tendit le paquet de chips.

— Vous en voulez une ?

— Vous êtes revenue pour ça ? demanda-t-il en fourrant le portable dans sa poche.

— Je veux aider. Je ne sais pas ce que ça cache, mais ce n'est pas la bonne adresse. J'veux dire, cette maison ne devrait pas se trouver là.

Archie ne semblait pas comprendre.

— 397 North Fargo, la maison où j'ai trouvé le corps. J'ai cherché sur Google, cette adresse n'existe pas.

Il regarda la voiture de police par-dessus l'épaule de Susan.

— Regagnez votre bagnole et faites le tour du pâté de maisons. Je vais sortir par-derrière.

— On peut aussi se connecter, dit-elle en brandissant son ordinateur portable. Vous êtes tellement vieux jeu, ajouta-t-elle en le bousculant pour entrer.

37

Elle s'assit sur le canapé et posa l'ordinateur sur la table basse faite d'un solide bloc de bois flotté poncé, laqué et doté de pieds. Des exemplaires d'*American Rider*, *Popular Woodworking* et *Harper's* traînaient dessus à côté d'une bouteille de bière vide. Au mur, des posters de l'Alaska et des photos encadrées d'un biplan, d'un bateau de pêche et d'Henry Sobol, paraissant trente ans de moins, au milieu d'un groupe entourant Jimmy Carter.

Susan alluma l'ordinateur et commença à chercher des réseaux Wi-Fi. Elle se sentit un peu nerveuse quand Archie vint s'asseoir à ses côtés. Le seul qui apparut s'appelait *Guerrierdelétoiledunord*, ce ne pouvait être qu'Henry. Hélas, il était accompagné d'un petit cadenas.

— L'accès est protégé.

— Essayez *Lynyrd Skynyrd.*

Susan jeta un coup d'œil perplexe à Archie, mais rentra néanmoins les mots.

— Négatif, ça ne marche pas.

Elle essaya quelques autres mots : *Alaska*, *Harley*, *Menuisier*. Rien.

— Essayez *Claire*, suggéra Archie.

— Comme c'est romantique !

Elle tapa *Claire*. Refusé.

— Merde ! Ça paraît toujours tellement facile au cinéma de deviner des mots de passe. Vous voulez qu'on aille voir l'historique ?

— Non, j'ai une idée.

Il s'appuya contre le dossier du canapé pour décrocher le téléphone fixe et composer un numéro. Quelqu'un dit bonjour au bout du fil, Susan reconnut la voix d'Henry.

— Ton mot de passe Wi-Fi, c'est quoi ?

Henry marmonna quelques paroles incompréhensibles.

— Merci, à ce soir. *Lynyrd Skynyrd 1.*

— Il a ajouté *1* pour que ce soit plus dur à deviner.

— Ouais, il est malin.

— Pas aussi malin que nous.

Elle rentra le mot de passe et se connecta à Google Earth.

— Qu'est-ce que vous voulez faire ?

— La maison se trouve dans le coin des 300. Je peux rentrer tous les numéros 300 quelque chose et vérifier les images jusqu'à ce qu'on reconnaisse la maison. Ou je peux zoomer sur le quartier, chercher le toit, cliquer dessus et on trouvera tout ce qu'on veut savoir. Tenez, là, regardez. 333 North Fargo. On le voit nettement sur la terrasse, 333. Quelqu'un a masqué cette adresse, l'a transformée en 397. Pourquoi donc ?

— Parce que le nombre est important.

— D'accord, mais pourquoi ?

— Parce que ce n'est pas une adresse, c'est une date. Mars 1997. Nous n'avons trouvé qu'une seule victime ce mois-là, Isabel Reynolds.

— Elle avait les cheveux noirs, comme son frère Leo ?

— Ouais.

— Je crois que j'ai vu sa photo sur un des sites d'admirateurs que j'ai explorés.

Elle réfléchit un moment, essayant de retrouver le nom, puis elle rentra *www.ilovegretchenlowell.com.*

— Vous vous foutez de moi, dit Archie en découvrant l'adresse.

La page d'accueil s'afficha : une photo de Gretchen.

— Attendez, vous allez voir.

Un clic sur la photo et un menu apparut *: Nouvelles d'Admirateurs, Poésie, Galerie de Photos, Forums et... Archie Sheridan.*

Elle voulut cliquer sur *Galerie*, mais Archie posa la main sur son bras.

— Cliquez là.

Elle fit glisser la souris sur le nom d'Archie et cliqua. Des photos apparurent : sa famille, la maison d'Hillsboro, son mariage, la remise des diplômes à la fac et à l'école de police, des photos de lui sur les scènes de crime, en train de donner des conférences de presse. Une biographie. L'histoire de son implication dans la création de la Brigade spéciale. Il y avait même un lien avec *Nouvelles d'A*.

— Qu'est-ce que c'est que ça ? demanda Archie en montrant le lien *Nouvelles d'A.*

Susan avait espéré qu'il ne poserait pas la question.

— Les gens écrivent des histoires, ils imaginent ce qui s'est passé entre Gretchen et vous, quand elle vous a torturé.

Archie se gratta la tête.

— Il y a combien de sites de ce genre ?

— J'en ai trouvé plus de quatre cents. Tenez, voilà ce que je voulais vous montrer.

Elle cliqua sur *Galerie* et descendit jusqu'à ce qu'elle trouve la photo qu'elle cherchait, intitulée *Reynolds Isabel*. Elle avait été prise sur la scène de crime. On la voyait recroquevillée sur la banquette arrière, les mains attachées sur le ventre, la bouche bâillonnée. Elle avait la tête renversée en arrière et une plaie noire marquait l'endroit où on l'avait égorgée. Elle s'était vidée de son sang sur le siège et le liquide poisseux avait collé des touffes de cheveux emmêlés au skaï. Elle avait les yeux à demi ouverts, les paupières gonflées, et les veines striaient sa peau. On aurait dit qu'elle avait été sculptée dans un bloc de marbre italien.

Elle était morte depuis plusieurs jours et Jeremy Reynolds avait assisté à toute la scène. Se remet-on jamais de pareilles horreurs ?

— Allez sur le forum, dit Archie.

Elle le regarda. Penché en avant, les coudes sur les genoux, il était à fond dedans à présent. Sur le forum ils trouvèrent des dizaines de messages, la plupart accompagnés d'icônes en rapport avec Gretchen, sa photo, un cœur, un scalpel.

— Quand le Mouvement de Libération de la Terre était vraiment actif, ses membres communiquaient grâce aux forums. Ainsi ils ne donnaient pas leur adresse e-mail, ils se rendaient sur un site Web convenu d'avance et utilisaient le forum pour organiser leurs réunions.

Il posa le doigt sur le pavé tactile et entreprit de faire défiler les messages.

— Là, cria-t-il soudain en touchant l'écran.

Susan lut le message à haute voix :

— *Fruits et légumes. Minuit. Ce soir*. Fruits et légumes ?

— Pavillon des fruits et légumes aux Halles. On a trouvé une des victimes de Gretchen là-bas, dans le sous-sol d'un entrepôt. L'endroit idéal pour une réunion des admirateurs de l'Artiste. Vous voulez y aller ?

— Putain, tu parles si je veux !

38

Susan passa le reste de la journée à travailler. Elle alla même jusqu'à frapper à la porte des voisins de l'aide-soignant. *Il avait toujours l'air si gentil.* Elle harcela au téléphone les membres de la famille de Courtenay Taggart. *Une fille si gentille.* Le soir venu, elle mangea des lasagnes aux légumes avec sa mère, attendit 23 h 30 et alla chercher Archie.

Il la retrouva à l'endroit convenu, dans la rue derrière la maison d'Henry. Il ne lui dit pas s'il était sorti en se glissant par une fenêtre, et elle ne demanda rien.

À cette heure, il n'y avait pas de circulation, et ils mirent un quart d'heure pour rejoindre les Halles. Elle se gara sous le pont de Morrison Street. L'enchevêtrement d'autoroutes au-dessus de leur tête faisait de l'endroit un décor urbain particulièrement réaliste. Il y avait d'ordinaire davantage de bruit, mais il était tard, et seul le vacarme d'un semi-remorque troublait de temps à autre le silence. Archie vida ses poches et mit deux portables dans la boîte à gants avant de glisser le revolver que Jack Reynolds lui avait donné dans sa ceinture et de le dissimuler sous sa chemise. Susan vérifia sa bombe lacrymogène. Il faisait sombre la nuit dans ce quartier et, avec ses larges avenues et ses quais de chargement en béton, l'endroit semblait particulièrement désert.

— Par ici, dit Archie.

Elle le suivit et, passé le coin de la rue, il l'entraîna vers un énorme entrepôt. On en trouvait des quantités dans la zone industrielle du sud-est de Portland, mais celui-ci, avec ses cinq étages, était particulièrement impressionnant.

D'un bond, Archie sauta sur le quai de chargement et se dirigea vers une sortie de secours non signalée.

— Je suis venue voir un spectacle ici quand j'étais au lycée, dit Susan tandis qu'il refermait la porte coupe-feu derrière eux. Il y avait un club ouvert à tous à l'étage.

— Fascinant.

Visiblement on ne stockait plus de fruits et légumes dans l'entrepôt, mais plutôt des tatamis et des meubles en provenance d'Asie empestant le verni. Quelques tubes néon tremblotant éclairaient des empilements de commodes ouvragées brillant de mille feux, des lampes chinoises, des coffres, des statues de Bouddha et des cache-pot. Susan ne repéra aucune caméra de surveillance. S'ils étaient venus voler des futons, rien ne les aurait arrêtés.

— Par ici, répéta Archie.

Il franchit une autre porte et trouva un interrupteur. Une batterie d'ampoules nues poussives s'alluma, leur révélant un grand couloir. Le plancher était gondolé et, en suivant Archie, Susan eut soudain l'impression de tanguer sur un bateau. Les murs disparaissaient sous des images colorées peintes à la bombe.

— Au moins les graffitis sont intéressants, dit Archie.

Elle s'approcha pour mieux voir. À côté de certains dessins, elle découvrit des pastilles rouges.

— C'est de l'art.

Archie ne répondit pas. Elle insista.

— Sûr, regardez les pastilles rouges. On est dans une galerie d'art.

— C'est rien qu'un couloir humide.

— Une galerie sauvage. Aucun frais fixe. Beaucoup de ces vieux entrepôts accueillent l'art underground.

Susan crut entendre Archie soupirer.

— Il faudrait vraiment que cette ville se mette à faire appliquer les règles de sécurité incendie.

— Vous savez quelle est la première cause des incendies domestiques ? La cuisine. C'est pour ça que je ne cuisine jamais.

— Là-bas, dit-il en ouvrant une autre porte.

Lorsqu'il alluma elle découvrit un large escalier de secours menant à une pièce au sol en béton et à une nouvelle porte. Encore un sous-sol à donner la chair de poule. Bien sûr.

— Vous savez ce qui me plairait ? Davantage de crimes dans des endroits clairs et aérés, et pas dans des caves.

Il entreprit de descendre les marches. Il n'y avait qu'une seule ampoule au pied de l'escalier et l'endroit paraissait tout droit sorti d'un film d'horreur japonais.

— Qu'est-ce qui vous fait penser que Jeremy va être là ? Si ça se trouve, il est venu à une autre réunion, plus tôt.

Elle eut soudain la vision des membres d'une secte de buveurs de sang assis en cercle et ingurgitant du mauvais café tout en se racontant des histoires de leur enfance. Comme chez les Alcooliques Anonymes, mais avec davantage de sang et de jacasseries. On pouvait assister à une réunion de tueurs d'enfants le matin et à une autre d'amateurs de crimes sexuels à midi.

— Je ne crois pas que ça marche comme ça, dit Archie.

— On devrait peut-être préparer un plan. Qu'est-ce qu'on raconte ?

Ils ne pouvaient pas arriver comme ça sans une histoire.

— Est-ce qu'on est fans des tueurs en série à la recherche d'une réunion d'admirateurs de Gretchen Lowell ? Ou un gentil couple tombé en panne d'essence cherchant un endroit pour passer la nuit ?

Elle regarda Archie, puis baissa les yeux.

— Peu importe. Personne ne nous prendra jamais pour un couple.

Elle réfléchit un moment.

— J'ai trouvé. On serait des inspecteurs chargés de la sécurité des bâtiments.

La porte du bas s'ouvrit et une fille apparut. Sous l'ampoule nue, sa peau paraissait à la fois brillante et floue, comme la neige sur un écran de télé en panne. Susan et Archie se figèrent. Elle portait un short et des bas résille, un débardeur noir, un corset noir à lacets de style gothique et des bottes lacées pointues, équipées de talons de quinze centimètres, qu'on aurait dit récupérées sur l'épave du *Titanic*. Pour compléter le tableau, elle s'était affublée d'une paire de lunettes de motocycliste des années 1920 remontée sur le dessus de la tête.

Une fugueuse, se dit Susan. *Elle se cache ici. Sans doute plus effrayée de nous voir que nous de la rencontrer*. L'histoire des inspecteurs de la sécurité lui parut soudain bien faible. Elle regretta de ne pas avoir son clipboard.

Archie était trois pas devant elle et Susan ne voyait pas son visage. Elle aurait voulu qu'il dise quelque chose. Il se tut.

— Bonjour, lança-t-elle à la fille. Mon mari et moi sommes tombés en panne d'essence.

La gamine ne lui accorda même pas un regard. Elle dévisageait Archie. Le rouge lui monta aux joues. Elle sembla vaciller sur ses jambes, à moins que ce ne fût l'effet des bottes. Puis elle articula deux mots « Archie Sheridan », suivis d'un petit couinement, comme un chaton en plein cauchemar.

Susan avait un jour rencontré le chanteur Jack White et réagi à peu près de la même façon.

— En personne.

La fille avait un piercing à chaque sourcil. Elle leva la main et entreprit d'en tripoter un.

— Vous êtes venu, waouh !

Archie descendit une marche, se déplaçant lentement comme s'il s'approchait d'un animal blessé.

— Je cherche Jeremy.

La gamine hocha la tête, mais Susan n'aurait su dire si elle réagissait aux paroles d'Archie ou si elle tremblait d'excitation.

— Tu connais Jeremy ? demanda la journaliste.

La fille fronça ses sourcils piercés et lui lança un regard perplexe.

— Je ne suis pas sûre que vous ayez le droit d'amener une invitée, dit-elle à Archie.

L'histoire de ma vie, pensa Susan. Elle n'arrivait même pas à obtenir une invitation à une réunion de fans des tueurs en série.

Archie s'avança un peu plus, son sourire semblait dire : « N'aie pas peur, fais-moi confiance. »

— Je suis sûr que ça ne posera pas de problème, dit-il.

Les joues prirent une teinte rouge foncé.

— Sans doute pas.

Elle haussa les épaules et Susan remarqua à quel point elle était maigre, presque squelettique. Quel âge pouvait-elle avoir ? Seize ans ?

— Par ici, dit-elle en ouvrant la porte d'un grand geste gauche qui la fit paraître plus jeune encore. Tout le monde attend.

Archie descendit les trois dernières marches et se retrouva nez à nez avec la fille. Elle était petite et sembla se ratatiner encore davantage en sa présence. Avec son corset serré, ses bottes instables et ses grosses lunettes, on aurait dit un minuscule insecte aux mouvements maladroits. Susan s'engagea dans l'escalier derrière eux d'un pas mal assuré.

— Ils attendent, répéta la gamine.

— Est-ce que Jeremy attend ? demanda Archie.

— On aime Jeremy, dit-elle en souriant, les yeux brillants, tout comme on vous aime, Archie.

Susan aurait éclaté de rire si la situation avait été moins sinistre. Elle guetta un signe d'Archie, un clin d'œil, un petit coup de coude, quelque chose qui l'aurait rassurée en lui faisant comprendre qu'ils étaient embarqués sur le même bateau, rien. Elle serra un peu plus fort son sac et sa bombe lacrymogène.

La fille renifla bruyamment et s'essuya le nez avec sa manche.

— Vous n'avez pas idée, on est vos plus grands admirateurs, vos plus grands fans.

Puis, en s'excusant d'un geste, elle enjamba une tache sur le sol en béton et franchit une porte au bas des marches. Ils se retrouvèrent dans un autre couloir mal éclairé.

— Attention au sang, dit-elle en plissant le nez, ça glisse.

— Du sang ? s'exclama Susan.

— Je blague, dit la fille en riant.

39

Archie régla son allure sur celle de Susan, si bien qu'ils avançaient côte à côte quelques pas derrière la gamine. Il savait où ils allaient. Il était venu une dizaine de fois dans ce sous-sol. Il avait descendu les mêmes escaliers, emprunté les mêmes couloirs pour rejoindre l'ancienne chaufferie.

Sept ans plus tôt, Gretchen avait tué un homme ici. Il avait étudié la scène de crime, relevé la moindre lésion sur le cadavre, vu le corps de la victime ouvert sur la table du médecin légiste. Il avait prévenu sa femme et ses enfants. Il s'était rendu chez eux, avait sonné et leur avait annoncé que leur mari et leur père était mort.

À l'époque, le rez-de-chaussée était un dépôt-vente de matériel de bureau d'occasion. Bureaux métalliques, classeurs de rangement, piles de cloisons amovibles en acier, et des quantités de chaises couleur prune et bleu pâle alignées sur une centaine de mètres.

Pas de galerie bidon. Les étages étaient vides et les fenêtres murées.

— Est-ce qu'il y a toujours des rats ? demanda-t-il.

Susan se crispa. La fille haussa les épaules.

— On en aperçoit de temps en temps.

Le bruit d'une goutte d'eau tombant d'un tuyau percé quelque part résonnait dans la structure en béton, mais l'air était frais et agréable. Le plafond bas semblait plus bas qu'il ne l'était en réalité et Archie se surprit à baisser machinalement la tête en marchant.

Le revolver était coincé dans sa ceinture, caché sous sa chemise au creux de ses reins. Il le sentait, comme si quelqu'un le poussait de la main, l'entraînant toujours plus profondément dans le sous-sol. Il aurait du mal à le sortir en cas d'urgence, mais si jamais il en avait besoin, il l'avait, et des amateurs n'iraient pas le chercher à cet endroit. C'était cela ou du ruban adhésif pour le fixer sur sa nuque, et il n'en avait pas. D'ordinaire il portait son arme personnelle dans un holster d'épaule, mais celle-là se trouvait pour l'heure dans une boîte, rangée dans un placard.

— Vous êtes bien silencieux, dit la fille.

— Nous nous concentrons sur le chemin qui mène à notre perte, répondit Susan.

Ils arrivèrent à la porte de la chaufferie, une lourde porte en acier gris. Elle était facile à repérer : une grande pancarte jaune avec, dessus, écrit *CHAUFFERIE* en lettres capitales noires y était fixée. La fille frappa deux fois, puis une, puis encore deux.

— Pas possible, dit Susan, ébahie, un code ?

— Ils sont là. Archie Sheridan et une nana.

— Susan Ward, cria Susan.

La porte s'ouvrit.

— Je me demande combien de personnes meurent chaque année dans un sous-sol, dit la journaliste en se tournant vers Archie.

Il faisait noir dans la chaufferie. Archie et son équipe avaient installé une batterie de projecteurs quand ils y étaient venus, révélant la moindre toile d'araignée, la moindre tache de sang. Sans cet éclairage puissant qui soulignait chaque recoin et chaque fissure, la pièce paraissait plus vaste, sans forme, les angles gommés. La lumière du couloir dessinait un rectangle jaune biscornu sur le sol, de la poussière flottait dans l'air, des bruits de tuyauterie se faisaient entendre dans le silence au-dessus de leur tête.

Celui qui avait ouvert la porte s'était reculé dans l'ombre, au-delà de l'imposante chaudière hors d'usage. Il lui avait fallu faire cinq pas, Archie avait compté les frôlements assourdis des tennis sur le béton. La chaudière était de la taille de sa première voiture. Il distingua trois silhouettes dans l'ombre à côté d'elle.

Le faisceau d'une torche le frappa en plein visage. Il tourna la tête, cligna des yeux, puis se força à regarder droit devant lui, vers la lampe. Susan se tenait près de lui et il lui toucha le poignet du bout des doigts pour lui faire comprendre de ne pas bouger. Il sentait le revolver s'enfoncer dans son dos.

Il avait cru que Gretchen avait laissé les corps dans le parc et à Pittock pour attirer son attention. En fait, ces individus avaient agi pour attirer son attention à elle. Ils voulaient l'impressionner. Ils voulaient se rapprocher d'elle. Ils voulaient se servir de lui pour arriver jusqu'à elle.

— Je suis venu, dit-il en direction de la torche. Et maintenant, quoi ?

Le faisceau se dirigea vers le sol et un homme s'avança. Il fallut un moment à Archie, aveuglé par l'obscurité soudaine, pour chasser les étoiles de ses yeux. L'homme avait une trentaine d'années, une barbe mal taillée et des plugs dans le lobe des oreilles de la taille d'un bouchon de champagne. Il avait le look d'un client de boutique bio.

Il adressa un sourire à Archie, découvrant des dents limées en pointe.

— On était pas sûrs que vous alliez venir.

Les doigts de Susan se refermèrent autour de la main d'Archie.

— Il y a longtemps que je n'étais pas venu ici.

Les dents étaient un bon point. Grâce à elles, on allait pouvoir identifier ce type. Les flics adoraient les modifications corporelles. Les tatouages ? Trop communs, la moitié du monde en portait. Impossible de lancer une balle sur les pelouses de l'université de l'Oregon sans atteindre une fille avec un papillon tatoué à la cheville. En revanche, limez vos blanches quenottes en dents de requin et vous devenez unique. Tout le monde se souviendra de vous.

Archie sourit.

— C'est pas toi le chef ici, dis ?

Susan vit le visage de Sharky se défaire. Elle serra plus fort la main d'Archie. Il la regarda et elle montra la chaudière d'un signe de tête. Une des silhouettes venait de s'avancer.

— Le reste du fan-club ? demanda Archie.

— On serait plutôt un collectif, dit Sharky.

La fille rit.

Archie plissa les yeux pour mieux voir la silhouette qui s'était avancée : un homme, grand. Pas moyen d'en voir davantage.

— Jeremy ?

La silhouette ne bougea pas.

— Je ne crois pas que ce soit Jeremy, dit Susan.

Archie n'aimait pas la façon dont les choses évoluaient. Il se tourna vers la fille.

— Il y a toujours une tache de sang ?

Sharky dirigea le faisceau de sa lampe vers le sol, près du mur opposé.

— Là-bas.

Archie fit semblant de ne pas la voir.

— Allume. L'ambiance est super, très *Les Griffes de la nuit*, mais si t'allumes, je pourrai vous montrer ce qui s'est passé.

Archie gardait les yeux braqués sur Sharky qui échangea un regard avec l'homme près de la chaudière, comme pour lui demander son accord. L'autre dut hocher la tête, car Sharky se décida :

— OK.

Quelqu'un alluma. Rien de terrible, trois ampoules nues. Personne n'avait pris la peine d'installer des néons dans ce sous-sol. Peut-être attendaient-ils que les ampoules grillent d'abord.

Archie se tourna de nouveau vers la chaudière. L'homme n'avait pas bougé. Il portait un pantalon noir, un tee-shirt gris et un bas en nylon sur la tête. Les mains dans les poches, il paraissait détendu. Derrière lui, se tenaient deux jeunes d'une vingtaine d'années, sans masque.

— Nous y voilà, dit Archie.

— Racontez, dit l'homme masqué.

Archie feignit de s'intéresser à la tache de sang. Susan lui lâcha la main et lui murmura :

— Allez-y.

Il s'écarta d'elle. Cela faisait sept ans, mais la tache était toujours là, telle qu'il en gardait le souvenir : de la taille d'un tapis de bain, à une longueur d'homme du mur. Quelqu'un l'avait amoureusement débarrassée de la poussière qui la recouvrait.

Sept ans. Mais c'était difficile d'enlever une tache de sang du béton. Cela demandait des efforts. Il fallait utiliser un Kärcher, un chalumeau, frotter, gratter, poncer, la noyer sous les produits chimiques… À quoi bon déployer tant d'efforts pour une vieille chaufferie ? Qui allait jamais venir y voir ?

Il hésita une seconde. Susan n'avait pas besoin d'entendre ce qu'il allait raconter. Il la regarda. Elle répéta :

— Allez-y.

— Elle l'a attaché sur une chaise avec du ruban adhésif…

Il parcourut la pièce du regard, mais il ne regardait pas les gens, il cherchait la chaise. Elle avait disparu. Quelqu'un au moins avait eu la décence de l'emporter.

— … une chaise de bureau banale, prise dans une boutique au-dessus, bleu pâle.

Il ignorait pourquoi, mais ce détail l'avait toujours frappé, le tissu bleu clair de la chaise paraissait ringard, déjà à l'époque. On l'aurait dit venue de la salle d'attente d'un dentiste.

— Elle a utilisé un rouleau complet d'adhésif, cinquante mètres. Un des techniciens l'a mesuré. Il a mis une heure pour libérer le corps avant de l'envoyer à la morgue. Il était momifié des chevilles jusqu'au cou.

Archie jeta un coup d'œil à Susan. Le visage impassible, la journaliste ne bronchait pas. *Courageuse*, pensa-t-il pour aussitôt se donner mentalement un coup de pied tant il s'en voulait de se montrer condescendant.

Il leva la main et toucha son torse, palpant ses épaisses cicatrices sous le tissu de sa chemise.

— Elle lui avait sculpté la poitrine. Elle faisait toujours ça, mais cette fois les incisions étaient profondes, elle s'était acharnée de manière inhabituelle.

Il lança à Sharky un sourire mauvais.

— Le ruban adhésif l'a empêché de se vider de son sang.

La fille avait fait un pas vers Sharky et jouait de nouveau avec son piercing.

— L'adhésif, c'est efficace pour arrêter une hémorragie, entre autres qualités.

Sharky souriait, mais c'était un sourire de façade, une autre sorte de masque.

L'homme au bas nylon demeurait parfaitement immobile. Il fallait qu'Archie rende son récit plus horrible encore. Beaucoup plus horrible.

— Ensuite elle lui a ouvert le menton, environ deux centimètres en dessous de la lèvre inférieure, une ouverture de cinq centimètres de large.

Il s'approcha de la fille. C'était le maillon faible. S'il parvenait à retourner quelqu'un, ce serait elle. Il leva la main et, du pouce, effleura sa lèvre inférieure. Elle était pétrifiée, mais ne recula pas. Elle tenait bon. Il enfonça le pouce dans son menton.

— Ensuite elle a fait passer la langue dans l'incision.

Il laissa l'image s'imprimer dans le cerveau de chacun.

— Et après elle a enfoncé des aiguilles de piercing dans la partie de la langue qui sortait.

Il fit glisser sa main sur le visage de la gamine et tapota l'un des clous de ses sourcils.

— Des aiguilles creuses de cinq centimètres de long. Trois. Elle en a laissé deux en place afin qu'il ne puisse pas rentrer la langue et a retiré la troisième.

La fille détourna la tête. Pas beaucoup, mais assez pour l'éloigner de la main d'Archie. Il la regarda, suspendue en l'air, puis serra le poing et laissa retomber le bras le long du corps. Ce n'était encore qu'une enfant.

Il se tourna vers Sharky et les autres.

— Dans la langue, il y a une grosse veine qui saigne beaucoup apparemment.

Il marqua un temps d'arrêt. Le visage de Susan était impénétrable, mais elle avait croisé les bras sur sa poitrine. Un jus noirâtre tombait goutte à goutte du joint rouillé d'un tuyau d'évacuation au plafond.

— Il a mis seize heures à mourir. Il avait perdu presque cinq litres de sang. Mais il a fini par mourir d'asphyxie. Sa langue a gonflé et il s'est étouffé.

Il regarda de nouveau la fille. Ce bon vieil Archie. Il leur filait une sacrée frousse.

— Vous trouvez toujours ça drôle ?

La gamine fit un petit pas en arrière. Elle avait la chair de poule, mais c'était peut-être seulement parce qu'il faisait frais dans le sous-sol.

— Nous l'avons trouvé quatre jours plus tard, assis là dans le noir, ligoté sur sa chaise, la langue gonflée comme une aubergine, de la bave et du sang partout. Ça fait drôle de voir la langue de quelqu'un sortir par le mauvais orifice, les lèvres bleuies et la bouche ouverte.

— Et ses yeux ? demanda l'homme masqué.

Archie crut déceler un sourire derrière le masque, mais le bas nylon lui aplatissait tellement les traits qu'il ne pouvait en être sûr.

Les détails concernant les yeux n'avaient pas été rendus publics.

— Elle lui avait enfoncé une aiguille dans chaque pupille.

— Mon Dieu, murmura Susan.

— Tel est le prix du péché, dit l'homme masqué.

L'un des jeunes derrière lui ricana. Archie baissa le timbre de sa voix. Il était temps de passer aux choses sérieuses.

— Terminé maintenant. Retourne chez tes parents, dit-il à la fille. Ou dans ton foyer, ajouta-t-il à l'attention de Sharky. Je me fous de savoir où vous allez. Gretchen Lowell est une criminelle psychopathe, pas une sorte d'antihéros. On est dans la vie, la vraie vie. Cet homme s'appelait Can Giang. Il était venu du Vietnam avec sa femme. Ils tenaient un commerce en centre-ville. Après sa mort, son fils de quinze ans a dû quitter le lycée pour s'occuper de la boutique. C'était un homme, un être humain.

La fille tira sur les franges de son short.

— C'est lui qui voulait.

— La ferme ! aboya l'homme masqué.

— Fintan voulait qu'on le fasse, il nous a suppliés. On savait pas qu'il allait mourir.

— Ta gueule, Pearl !

La fille allait craquer. Archie avait réussi à la toucher.

— Où est Jeremy ? lui demanda-t-il.

— Jeremy fait partie de notre famille, dit Sharky.

— Jeremy est la seule personne à part vous qui ait survécu à Gretchen Lowell, dit l'homme masqué en s'avançant vers Archie. Jeremy est quelqu'un de spécial, comme vous, ajouta-t-il en lui tapotant la poitrine.

— Jeremy n'était qu'un gosse. Il ne se souvient de rien.

— Si, il se souvient. Montre-lui, dit-il à Sharky.

Celui-ci souleva sa chemise tout en découvrant ses dents de requin en un sourire effrayant. Archie sentit un frisson lui parcourir le dos. Gretchen n'avait pas de mode opératoire précis. Elle faisait n'importe quel truc taré qui lui passait par la tête sur le moment. Mais elle finissait toujours par sculpter la poitrine de sa victime. Archie en était arrivé à reconnaître les marques, les incisions qu'elle laissait, comme un conservateur connaît les toiles de son musée. Chaque trait était précis. Chaque victime une œuvre unique.

Il se souvenait des blessures d'Isabel Reynolds : seize incisions verticales sur la cage thoracique côté gauche, un entrelacs d'incisions minuscules sur le ventre et, sous la clavicule gauche, tracé au scalpel, un cœur finement dessiné. Encore plus particulier, Gretchen avait sculpté un ensemble de petits triangles sur les côtes, du côté droit.

Sharky portait les mêmes stigmates sur la poitrine.

— C'est Jeremy qui m'a fait ça. Qu'est-ce que vous en pensez ?

Archie sentit son sang se glacer. Les photos prises à la morgue étaient sous scellés. Si Jeremy avait sculpté ces marques sur la poitrine de Sharky, cela voulait dire qu'il se souvenait. Il savait ce qui s'était passé. Il avait été témoin. Grâce à lui, il pourrait peut-être boucler le dossier. Il se racla la gorge.

— Il faut que je lui parle.

L'homme au masque vint se planter devant lui. Il distingua ses courts cheveux bruns sous le bas.

— Vous commencez à nous prendre au sérieux ?

Archie avait entendu parler de scarifications, de mutilations, mais ça ? Il baissa la chemise de Sharky.

— Vous croyez que ça l'amuserait ? Qu'elle prendrait ça comme une sorte d'hommage tordu ?

— Je sais pourquoi elle est ici, dit l'homme masqué en désignant Susan du pouce. Elle cherche un scoop. Mais vous, pourquoi vous êtes là ? Vous vous êtes posé la question aussi, non ? ajouta-t-il en s'adressant pour la première fois à la journaliste.

— Je me demande pourquoi vous êtes le seul à porter un masque, rétorqua-t-elle.

L'homme modifia légèrement sa posture, tel un boxeur inspirant avant de porter un coup. Archie, toujours de l'autre côté, près de la tache de sang, était beaucoup trop loin. Il fit un pas en direction de Susan et tenta d'attirer l'attention de l'homme masqué.

Trop tard, les choses avaient déjà commencé à bouger. Sharky passa derrière elle et l'entoura de ses bras, lui plaquant les bras contre le corps. Elle ouvrit la bouche, davantage de surprise que de peur, et voulut prendre quelque chose dans son sac. Il le lui arracha et le lança dans la pièce.

Archie vit le coup venir. Il vit l'homme masqué approcher un objet pointu et brillant du visage de la jeune femme : une aiguille de piercing. Sharky resserra sa prise. Elle tenta de lutter, mais il appuya la pointe de l'aiguille contre la peau lisse de sa joue et elle ne bougea plus.

Il tourna son visage impénétrable vers Archie.

— Je crois que vous êtes venu pour autre chose.

Personne ne bougea. L'aiguille touchait la joue de Susan et, si elle esquissait le moindre geste, elle lui percerait la peau. Susan écarquilla les yeux.

— Les principaux vaisseaux de l'artère linguale irriguent la langue, poursuivit l'homme au masque. C'est la grosse veine dont vous parliez. Vous avez déjà mangé du Manchego, le fromage espagnol ? Perforer une langue avec une aiguille, c'est comme couper une tranche de Manchego avec un couteau. Les cartilages font un bruit sec, puis mou, comme quand on perce la peau d'une courge.

— Laissez-moi deviner, dit Susan. Vous bossez dans un resto ?

Sharky plaqua une main sur le front de la journaliste et lui tira brutalement la tête en arrière, coinçant l'arrière de son crâne contre son épaule.

Elle n'avait pas encore compris ce qui se passait. Archie, lui, avait compris, mais il ne pouvait rien faire.

— Ça va aller, lui murmura-t-il, ça va aller.

L'homme masqué enfonça l'aiguille dans la joue de Susan. Elle entra sans effort, comme une punaise dans du liège. La peau à l'intérieur se tendit une fraction de seconde, puis la pointe de l'aiguille la creva, juste sous l'œil. Tout se passa si vite qu'elle eut à peine le temps de crier. Lorsque tout fut terminé, l'aiguille de cinq centimètres resta plantée dans sa joue.

Archie sentait son arme appuyer dans ses reins. Il pouvait tenter de la sortir, mais il l'avait coincée sous sa chemise et, pour la récupérer, il lui faudrait quelques secondes. Que valait-il mieux, courir le risque que, pris de panique, ils la blessent davantage pendant ces quelques secondes, ou ne rien faire ?

Les yeux de Susan lançaient des éclairs de colère et d'incrédulité. Elle tenta de lever les mains, mais Sharky la tenait serrée. Elle hurla :

— Putain, merde, vous m'avez percé le visage !

Elle regarda Archie, l'implorant du regard de faire quelque chose. Elle savait qu'il avait un revolver et se demandait pourquoi diable il ne s'en servait pas.

— La peau, reprit l'homme au masque en sortant une autre aiguille qu'il approcha du menton de Susan, c'est plutôt comme un grain de raisin gelé… C'est par ici que Gretchen a incisé votre cher immigré ?

La jeune femme renonça à lutter et se força à fermer les yeux. Un minuscule filet de sang descendait le long de son menton et de son cou pour disparaître sous le col de son tee-shirt blanc.

Archie rassembla tout le calme dont il disposait et se concentra sur elle.

— Susan, regardez-moi.

Il s'attendait à moitié à ce qu'elle l'ignore. Il l'avait entraînée ici. Sans renforts. Sans insigne. Et un dingue masqué lui avait enfoncé une aiguille dans la joue. Il n'allait pas jouir de beaucoup de crédit auprès d'elle après ça.

Pourtant elle ouvrit les yeux.

Il essaya de respirer la confiance, de projeter du courage par son regard.

— Ça va aller, répéta-t-il.

Elle hocha la tête. Un mouvement si imperceptible qu'il crut l'avoir imaginé.

Sans la quitter des yeux, il apostropha l'homme masqué.

— Qu'est-ce que vous voulez ?

Lui voulait surtout sortir Susan de ce guêpier.

— Je veux que vous me rendiez un service.

— Ne comptez pas sur moi pour vous aider à vous enfuir.

— Je veux que vous me coupiez.

Ses paroles restèrent suspendues en l'air comme de la poussière. Tout le monde attendait. Archie entendait Susan respirer.

Sharky se mit à fourrager dans sa poche et Archie perçut le son d'une boîte métallique qui s'ouvrait avec un bruit sec. Il refusait de quitter Susan des yeux. Il refusait de détourner le regard. C'était le moins qu'il pouvait faire pour elle, l'aider à rester calme.

Elle aperçut ce que Sharky tenait une fraction de seconde avant Archie. Il vit la peur s'afficher dans ses yeux. Mais lui savait déjà de quoi il s'agissait. Il l'avait deviné en entendant le mot *couper*. Si bien que lorsque Sharky leva la lame d'acier vers le cou de la jeune femme, il ne réagit pas du tout.

Rester calme.

À présent, la respiration de Susan se faisait haletante. Archie craignit qu'elle ne tombe en syncope. Il lui fallait penser vite et bien.

Il tendit la main gauche, saisit la main droite de la jeune femme et la pressa. Il la trouva froide. Il sentit son pouls battre dans sa paume. Elle le regarda et lui pressa la main à son tour.

Il avait un plan.

Il tendit la main droite vers le scalpel. Sharky le lui plaça dans la paume. Il était plus grand que celui utilisé par Gretchen pour lui sculpter le torse, mais pas aussi beau. Il était jetable alors que l'instrument de l'Artiste était haut de gamme.

Archie referma la main sur le manche en plastique.

— Où ? demanda-t-il à l'homme au masque.

Archie sentait l'odeur aigre de l'haleine de Bas Nylon. Il entendait grincer les dents de Sharky. Il sentait le pouls de Susan battre sous ses doigts.

Quelqu'un entrant à l'improviste aurait pensé que tous les quatre tenaient une discussion intime : l'homme masqué collé contre Susan, Sharky derrière elle et Archie en face lui serrant la main.

— Soulevez ma chemise, ordonna l'homme au masque.

Archie serra plus fort la main de Susan avant de la lâcher. Il fit un pas en avant. Il était si près d'elle à présent que son épaule droite touchait l'épaule nue de la jeune femme, juste au-dessus du bras de Sharky. Il sentait contre sa chemise la poitrine de la journaliste se soulever et retomber au rythme de sa respiration. Il sortit le tee-shirt de Bas Nylon de son pantalon et le releva. Il attendit un moment avant de regarder. Il savait ce qu'il allait voir.

Le torse de l'homme n'était que plaies et meurtrissures.

Ses blessures étaient mieux cicatrisées que celles de Sharky. Il y en avait des dizaines faites au fil du temps. Les plus anciennes semblaient vieilles d'un an au moins, les plus récentes étaient encore rouges et à vif.

— J'ai fait ça moi-même, dit-il. Je veux que vous fassiez mieux. Je veux que mes cicatrices ressemblent aux vôtres.

— Vous vous êtes épilé, à ce que je vois, dit Archie.

Susan esquissa un sourire, mais tressaillit quand l'aiguille bougea dans sa joue.

Bas Nylon désigna le scalpel du menton.

— Allez-y, coupez-moi.

Archie brandit l'instrument et l'agita.

— Laissez-la partir.

Personne ne bougea.

Il raffermit sa prise sur le scalpel.

— Ça, c'est la prise palmaire, dit-il.

Il tenait le manche avec le majeur, l'annulaire et l'auriculaire, le pouce maintenant fermement l'instrument en place, l'index tendu appuyant sur le dos de la lame.

— On l'appelle aussi prise du couteau à découper, vous voyez pourquoi.

Il scia dans l'air une tranche imaginaire. Même dans la pénombre, le scalpel brillait. Rien que de le voir, il en avait l'estomac retourné mais il ne voulait surtout rien en laisser paraître.

— Cette prise est la meilleure pour les premières incisions et pour pratiquer des entailles plus profondes.

Il raffermit de nouveau sa prise, tenant cette fois le scalpel entre le bout du pouce, de l'index et du majeur et traça dans l'air des mots imaginaires.

— La prise dite porte-plume. Il faut se méfier et prendre garde de laisser le manche trop longtemps sur l'index, sinon, vous risquez une crampe…

Il regarda la lame et fronça les sourcils.

— … c'est mieux pour les petites lames. Gretchen préférait la prise palmaire, la plupart des professionnels aussi.

Il se pencha vers l'homme masqué, si près qu'il put voir la couleur de ses yeux au travers du bas : bleus.

— Laissez-la partir. Je ferai ce que vous voulez.

L'homme écarta la seconde aiguille du menton de Susan et, dans le même mouvement, saisit l'aiguille qui lui transperçait la joue et l'arracha. Elle hurla.

— Merde !

Cette fois, Sharky la laissa porter les mains à son visage et elle les plaqua sur sa joue meurtrie.

— Fichez le camp d'ici, lui dit doucement Bas Nylon.

De rage, elle rejeta la tête en arrière.

— Pas question.

Archie abaissa le scalpel et se pencha vers elle. Il déposa un baiser sur la main qui couvrait sa blessure et murmura :

— Faites-moi confiance.

Elle les dévisagea tous un moment, puis s'avança pour ramasser son sac.

— Non. Laissez-le.

Elle regarda Archie qui hocha la tête, puis fit demi-tour et partit en courant, la main toujours collée à sa joue.

— Montrez-moi les vôtres, dit l'homme masqué.

— Bien sûr, répondit Archie en souriant.

Il commença à déboutonner sa chemise. La fille s'approcha et les deux jeunes les rejoignirent. Sharky se léchait les lèvres. Tous voulaient voir l'œuvre de Gretchen.

Quand il eut fini de déboutonner sa chemise, il l'ouvrit et tendit la main pour relever celle de Bas Nylon. Il compara les dégâts.

— C'est pas tellement différent.

L'homme masqué ne regardait plus le visage d'Archie. Il était fasciné par son torse. Il avança des mains tremblantes et effleura les cicatrices du bout des doigts.

Pendant ce temps, Archie glissait la main droite vers ses reins. Il laissa tomber le scalpel et sortit le revolver de sa ceinture.

L'instrument produisit un son métallique en rebondissant sur le béton. Mus par le même réflexe, la fille et ses quatre acolytes baissèrent les yeux. Le temps qu'ils les relèvent, Archie braquait son flingue sur la poitrine de Bas Nylon.

— Je vous arrête pour violence avec arme. Au minimum. Merci beaucoup. Grâce à vous, je me suis senti sain d'esprit.

Il vit l'éclair une fraction de seconde avant d'être frappé par la décharge. L'onde de douleur le submergea. Il avait déjà été tasérisé une fois, pendant sa formation à l'école de police. Ça ne l'aida pas. On ne s'habitue pas à ce genre de truc. Les muscles paralysés, il s'écroula sur le sol, incapable de bouger. La réalité lui apparut par bribes balbutiantes. Il avait perdu son arme. C'était la fille. Elle l'avait touché par-derrière, sous les côtes. Elle lui administra une deuxième dose au même endroit. Il se recroquevilla sur le sol, vaincu par la décharge électrique, toutes les cellules de son corps tétanisées. La fille. Une gosse. Comme Jeremy.

Quel âge ? Seize ans ?

Elle le tasérisa une nouvelle fois. Son corps tressauta involontairement, soulevant un petit nuage de poussière sur le sol. L'ampoule jaune au plafond se fit plus petite, comme si elle s'éloignait.

Le Taser tenait son nom d'un livre d'aventures pour enfants : *Tom Swift et son fusil électrique*[1], le genre de détail sans intérêt que Susan adorait.

Il regretta de ne jamais le lui avoir dit.

1. *Tom Swift and his Electric Rifle*. En ajoutant un A, cela donne TASER.

40

— On a combien de temps ? demande Gretchen.

Archie enlève sa veste et la pose sur le dossier d'une chaise.

— Une heure.

Ils sont chez elle, dans le cabinet où elle reçoit ses patients. Dehors le temps est gris. La pluie glacée frappe en rafales infatigables les vitres derrière le bureau. Par la fenêtre, il aperçoit les pruniers du jardin secoués par les bourrasques, leurs feuilles pourpres tremblant sous les trombes d'eau.

Gretchen tire les lourds rideaux de velours.

— Tant que cela ?

Il est 10 heures du matin et cela fait six heures qu'il est debout, pour l'essentiel dehors sous la pluie. Il a laissé ses chaussures couvertes de boue derrière la porte d'entrée et attend là, les chaussettes gorgées d'eau.

Elle s'approche et pose la tête contre sa poitrine, comme pour écouter les battements de son cœur. Le parfum de ses cheveux le calme. Quand il est avec elle, il parvient presque à oublier toutes les morts qui l'entourent. C'est un des prétextes qu'il se donne pour venir la voir. Elle préserve sa santé mentale. Il travaille mieux. Relativisme moral.

Il montre le dossier qu'il porte sous le bras et le lance sur le bureau.

— J'ai dit à Henry que je venais te consulter.

Elle relève la tête et caresse ses cheveux trempés.

— Que t'est-il arrivé ?

— J'arrive d'une scène de crime. Le troisième cadavre en un mois.

Le regard de Gretchen se remplit de douceur et de tendresse.

— Ça ne me plaît pas que tu sois obligé de voir ces horreurs.

Elle l'embrasse sur la joue, le prend par la main et le guide jusqu'à un fauteuil. Il s'assied et elle s'installe par terre devant lui. Elle s'empare d'un de ses pieds et lui enlève sa chaussette détrempée.

Elle fait courir ses doigts de sa cheville à la pointe de ses orteils.

— Tu as des pieds superbes.

Il sait qu'elle ment. Il a les pieds blancs et calleux, affublés d'oignons gros comme des billes.

— Anne pense que tu as raison. Il se pourrait que le tueur soit une femme après tout…

Même dans des moments comme celui-là, il ne peut empêcher son esprit de retourner vers son travail.

— … Si c'est une femme, Anne croit qu'elle a peut-être des complices. Elle dit que les tueurs en série dominants prennent parfois des partenaires à la personnalité moins forte.

— Pas des partenaires, répond Gretchen en lui enlevant son autre chaussette. Plutôt des apprentis.

Archie hausse les épaules.

— Henry pense que ce ne sont que des conneries. Ça remet en cause tout ce que nous savons des tueurs en série. Des hommes blancs, ventripotents, la quarantaine qui ont des problèmes avec leur mère et des camionnettes avec portes coulissantes.

— Peut-être seulement ceux qui se font prendre, dit-elle en grimpant sur les genoux d'Archie.

Elle s'installe confortablement quand soudain elle baisse les yeux et lui adresse un sourire coquin. Elle le taquine :

— On dirait que tu es prêt !

— C'est mon flingue.

Elle tend la main et caresse le holster de cuir accroché à sa ceinture.

— Ton flingue, il est là, sur le côté.

Elle décroche le holster et le pose sur la table basse près du fauteuil.

Puis elle fouille dans les poches de son pantalon et en sort son portable, ses clés et un petit calepin. Elle pose le tout à côté du revolver.

Dans l'autre poche, elle trouve une paire de gants en latex.

— C'est pour manipuler les pièces à conviction.

Elle lance les gants sur la table, déboucle sa ceinture, la sort des passants et la laisse tomber par terre.

La ceinture est un cadeau de Debbie.

Qu'est-ce qu'il venait faire ici ?

Il prend le visage de Gretchen dans ses mains. La voix brisée par le désespoir, il murmure :

— Il faut qu'on parle. Je ne peux pas continuer comme ça.

Elle lui écarte les genoux et s'installe à ses pieds devant lui. Il ne tente rien pour l'arrêter. Ils ont déjà fait l'amour, mais cela continue de l'émerveiller. Il n'en croit pas sa chance. Comment une femme comme elle peut-elle le désirer ?

Elle déboutonne son pantalon, descend la fermeture Éclair et se penche vers son sexe. Son visage disparaît derrière une masse de cheveux blonds.

La pluie s'arrête. Archie laisse aller sa tête en arrière et ferme les yeux.

41

Quelqu'un avait éteint la lumière. En sortant dans le couloir, Susan se heurta à un mur d'un noir d'encre. Elle n'avait jamais connu pareille obscurité. Elle s'immobilisa une seconde, ne sachant trop quoi faire. Puis elle s'élança en courant, la main gauche frôlant le mur de béton. Il était frais au toucher et piqueté là où, au fil du temps, le revêtement s'était effrité. Elle se concentra sur ce contact, il lui permettait de ne pas être avalée par le noir.

Au milieu de cette obscurité absolue, le bruit l'assaillait de toutes parts. Fracas de tuyauterie. Gargouillis d'eau. Écho de ses bottes résonnant sur le béton. Elle entendait battre son cœur et palpiter ses tempes. Jamais de sa vie elle n'avait respiré aussi bruyamment. Chaque son était un monstre arrivant derrière elle, un assassin prêt à lui poser la main sur l'épaule, à renverser sa tête en arrière et à l'égorger.

Elle entendait une petite voix dans sa tête. Une voix qui ressemblait beaucoup à celle d'Archie.

Continue de courir.

Ne panique pas.

Sors de là.

Appelle à l'aide.

Son téléphone était resté au fond de son sac, là-bas dans la chaufferie, avec sa bombe lacrymogène, mais Archie avait mis le sien dans la boîte à gants de sa voiture.

Elle ferma les yeux et se concentra sur sa main qui frôlait le mur. Elle trouva un certain réconfort derrière ses paupières closes. Son obscurité à elle. Son contrôle. Elle se força à réfléchir, à oublier les bruits du bâtiment et les battements de son cœur, afin de retrouver le chemin qu'ils avaient suivi à l'aller, le chemin qui la ramènerait à l'air libre.

Au passage, elle reconnut quelques tuyaux qu'ils avaient vus. Elle approchait. Soudain sa main rencontra quelque chose. Elle s'arrêta et palpa le mur. Elle le retrouva, un levier faisant office de poignée de porte. Le bas de l'escalier. Elle le bascula, poussa la porte d'un coup d'épaule, se glissa dans l'ouverture et la referma derrière elle.

L'obscurité n'était plus la même. À présent elle distinguait les contours de son corps, les marches et, en haut des marches, une autre porte. Celle-ci n'était pas complètement étanche et, tout autour, filtraient des rais de lumière, brillante, merveilleuse lumière laiteuse. C'était allumé, c'était allumé dans l'entrepôt au-dessus.

Elle monta l'escalier quatre à quatre et déboucha dans l'immense entrepôt éclairé au néon, au milieu des tables en laque, des commodes chinoises et des paravents de geishas. Elle ne s'arrêta pas et continua de courir. Elle se précipita dehors et s'enfonça dans la nuit, galopant d'une traite au milieu de la rue déserte jusqu'à sa voiture.

C'est alors seulement qu'elle songea qu'elle n'avait pas les clés.

Elle était coincée. Elle ne put s'empêcher de penser que le sort la punissait pour avoir acheté ce foutu porte-clés de l'Artiste.

Elle appuya la tête contre le toit de la Saab et lutta pour refouler ses larmes.

Il compte sur toi.

Elle avait fait un jour un article sur un voleur de voitures. Il en avait volé deux cents à l'âge de seize ans. Elle se redressa et se mit à tourner autour de la voiture en quête d'une solution pour l'ouvrir.

Pour voler une voiture, il faut une cale en caoutchouc, un cintre en métal et un gros élastique. On redresse le cintre en repliant une extrémité à angle droit. On entoure le bout avec l'élastique et on enfonce la cale entre la portière et la carrosserie, juste assez pour pouvoir glisser le cintre à l'intérieur. Il suffit ensuite d'aller chercher le bouton de déblocage avec le bout caoutchouté du cintre.

C'est fou les trucs qu'on apprend en faisant du journalisme.

Surtout des trucs inutiles.

Elle ramassa un morceau de trottoir cassé et le balança dans la vitre côté passager.

La vitre explosa, projetant des éclats de verre dans toute la voiture. Elle passa la main à l'intérieur, ouvrit la portière, la boîte à gants et trouva le téléphone.

Elle fit le 911.

Et cette fois, elle appela Henry, pas le journal.

42

Elle s'écroula sur le siège conducteur et attendit, comme Henry lui avait dit de le faire. Elle avait enlevé presque tout le verre avant de s'asseoir et s'était secouée pour débarrasser le devant de son tee-shirt de quelques éclats. Il faisait noir sous le pont et elle regretta de ne pas avoir garé sa voiture sous un réverbère. Son véhicule tremblait chaque fois qu'un camion passait au-dessus de sa tête. Elle se sentit presque heureuse, même reconnaissante, en entendant se rapprocher le hurlement des sirènes. Lorsqu'on appelle le 911 en pleine nuit, ils s'inquiètent et se la jouent *Hill Street Blues*[1].

Elle risqua un œil. Les flics se ruaient sur l'entrepôt comme la misère sur le monde. Il en entrait par toutes les portes.

Elle se recroquevilla jusqu'à ce que son visage touche quasiment le levier de vitesses. Elle trouva une vieille serviette McDo qui traînait sur le plancher de sa

1. Série policière diffusée dans les années 1980 sur NBC. *Capitaine Furillo* en France.

voiture depuis quinze jours, elle s'en saisit et la plaqua contre sa joue. Elle sentait le ketchup.

D'autres sirènes retentirent. Des lumières rouges, blanches et bleues se réfléchissaient dans son rétroviseur, baignant la voiture dans un kaléidoscope de couleurs.

— Restez dans votre voiture jusqu'à ce que j'arrive, lui avait dit Henry. Promettez-le-moi.

Susan tripota la poignée de la porte. Tous ces flics ignoraient où se trouvait Archie. Elle le savait, elle.

Alors quoi ? Elle se précipitait pour tout raconter ? Elle tenta d'imaginer le scénario. Ça se terminait par une double arrestation pour entrée par effraction. Et si Archie avait fini par accepter de couper le type ? Comment expliquer tout ça ?

Et merde !

Elle jeta un coup d'œil au portable qu'elle tenait toujours dans sa main. Elle avait appelé les flics avec un téléphone qu'Archie tenait d'un trafiquant de drogue.

Pas la chose la plus intelligente à faire.

Elle fouilla dans la boîte à gants et trouva l'autre appareil qu'elle avait vu Archie y ranger.

Un petit voyant rouge clignotait : le signal messages. Pourquoi avait-il besoin de deux téléphones ? Peut-être le second ne lui appartenait-il pas ? Peut-être qu'il le gardait pour quelqu'un ? Elle, il lui arrivait régulièrement d'emporter le portable des gens. Elle en avait probablement trois ou quatre qui traînaient sur la banquette arrière. Elle avait probablement aussi quelques vieux appareils à cadran, il y avait longtemps qu'elle n'avait pas fait le ménage.

Elle appuya sur le bouton et un SMS apparut :

Comment vas-tu, mon chéri ?

Susan sentit sa gorge se nouer.

Elle eut du mal à empêcher son doigt de trembler pour faire défiler le journal des messages.

Il y avait des centaines de textos. Tous provenant du même numéro.

Comment vas-tu, mon chéri ?

Comment vas-tu, mon chéri ?

Comment vas-tu, mon chéri ?

Mon chéri. C'était ainsi que Gretchen appelait Archie.

Elle essayait d'entrer en contact avec lui.

Elle regarda le journal des numéros composés. Il n'y en avait qu'un. Vers le numéro d'où venaient les SMS. Il l'avait appelée.

On frappa à la vitre. Elle faillit laisser tomber le téléphone. Elle leva les yeux et découvrit le visage d'Henry.

Elle glissa le portable dans sa poche.

— Je vous attendais dans la voiture.

— Montrez-moi où il est.

Elle descendit et claqua la portière derrière elle. Il était déjà parti et elle dut courir pour le rattraper. Les rues dans ce quartier étaient larges et parcourues de vieux rails de chemin de fer. Une autre voiture de police arriva à toute allure et effectua un dérapage à quatre-vingt-dix degrés pour s'arrêter.

— Dites, quand on appelle le 911, ils envoient vraiment la cavalerie !

— J'ai demandé des renforts. Je ne voudrais pas vous décevoir, mais quand vous avez téléphoné, le flic qui a pris votre appel n'a pas trouvé très crédible votre histoire d'aiguille de piercing et d'agresseur masqué.

Elle n'avait peut-être pas très bien choisi ses mots, mais elle était plutôt paniquée.

Claire arriva en trottinant.

— Ils ont fouillé les sous-sols, sans trouver personne. Seulement ça, dit-elle en montrant un scellé avec un revolver à l'intérieur. Et ça, ajouta-t-elle en tendant son sac rouge à Susan.

Susan prit son sac.

Henry lui glissa un regard soupçonneux.

— Vous avez déjà vu ce flingue ?

C'était l'arme que Jack Reynolds avait donnée à Archie, elle en était certaine.

— Je n'y connais pas grand-chose en matière de revolver. Que voulez-vous dire, *sans trouver personne* ? demanda-t-elle à Claire.

— Ils ont trouvé l'arme dans la pièce où vous aviez dit d'aller, l'ancienne chaufferie, mais il n'y avait personne. On continue à fouiller les sous-sols. Ensuite on fouillera étage par étage. On a bouclé le bâtiment. Ils ne peuvent pas sortir.

— Vous avez vu quelqu'un sortir ? demanda Henry.

— Je me cachais dans ma voiture.

Elle s'en voulait à mort. Elle aurait dû garder un œil sur l'entrepôt. Henry lui avait dit d'attendre dans la voiture, pas de se coucher sur le plancher. Les fans tarés de Gretchen savaient bien qu'elle allait appeler les secours. Ils avaient filé, forcément.

Henry la prit par les épaules.

— Susan, c'est important…

Elle le voyait cogiter pour trouver les bons mots. Il finit par se décider.

— … Archie est-il allé avec eux, ou est-ce qu'ils l'ont emmené ?

Bonne question. Archie avait la fâcheuse habitude de partir avec des dingues. Mais il avait réussi à la sortir de là. Il savait qu'ils étaient dangereux.

— Je sais pas.

Elle ne savait plus de quoi Archie était capable.

— En tout cas, pour l'instant, je laisse Archie en dehors de cette affaire.

— Il se pourrait qu'il soit parti avec eux s'ils lui ont promis de le conduire à Jeremy.

— Jeremy ?

— Jeremy Reynolds.

Henry prit une profonde inspiration et échangea un regard avec Claire.

— Jeremy Reynolds est embarqué dans cette histoire ?

— Archie a vu sa photo dans l'appartement de Fintan English.

Henry secouait la tête.

— Il est allé trouver Jack Reynolds ?

Susan se contenta d'un haussement d'épaules évasif.

— Est-ce qu'on va retrouver les empreintes d'Archie sur ce flingue ?

Elle regarda ses pieds et hocha la tête. Si Henry avait été un personnage de dessin animé, on aurait vu de la fumée s'échapper de ses oreilles.

— Reste zen, lui souffla Claire.

Il mit les mains sur les hanches et leva les yeux vers le ciel. Susan se dit qu'il valait mieux qu'elle crache le morceau.

— Les admirateurs. Ils prétendent que Jeremy se souvient de ce qui s'est passé. Vous savez, avec Gretchen.

Henry la fusilla du regard.

— Conneries, tout ça.

— C'est pas ce que pense Archie. Un des types avait des cicatrices sur la poitrine, des incisions. Un cœur. Et puis ces curieux petits triangles. Il dit que c'est Jeremy qui les a sculptés.

— Comment pouvait-il savoir pour les triangles ? marmonna Henry.

Un flic rouquin arborant un badge au nom de Whatley surgit derrière lui.

— Excusez-moi, chef, on enquête sur quoi ici, au juste ?

Henry désigna Susan d'un mouvement de tête.

— Une affaire d'agression.

Whatley la regarda lentement. Elle avait laissé la serviette McDo dans sa voiture. Elle porta la main à sa joue. Elle ne saignait même plus. Elle se sentit mal, comme si elle leur causait une déception.

— Vous devez être une VIP, dit le flic en se grattant le menton. Ça en fait du monde pour une agression.

Elle lui lança un sourire resplendissant.

— C'est vraiment rassurant de constater la réactivité de notre police.

— Retournez au travail, maintenant, dit Claire.

— D'accord.

Il tourna les talons et regagna l'entrepôt.

Henry s'approcha de Susan. Il ne s'était pas rasé, des ombres grises se dessinaient sur sa tête et son menton.

— Partout où je suis allé aujourd'hui, je suis tombé sur vous, dans les ennuis jusqu'au cou, et même plus haut.

— Ils voulaient nous impliquer, Archie et moi. Ils ont tout organisé.

Henry leva les mains en signe de frustration.

— Gretchen rôde, elle continue de tuer. Je me contrefous de Fintan English et de Jeremy Reynolds, et vous feriez bien d'en faire autant.

— Et si c'était lié ?

— Vous avez du sang sur le menton.

Elle essuya la tache du bout d'un doigt et mit le doigt dans sa bouche. Sucré et vinaigré.

— Du ketchup, dit-elle.

43

Lorsque Archie se réveilla, il flottait. Il voyait le sol, un mètre en dessous de lui, parallèle à son corps. Il avait le cou raide, mal à la tête, le dos et les jambes en feu. Ses bras pendaient, le bout des doigts à quelques centimètres du béton. Il les leva. L'effort lui fit tourner la tête. Le sol bougea. Sauf que ce n'était pas le sol qui bougeait, il ne tarda pas à s'en rendre compte, mais lui. Il se balançait. Le mouvement lui déchira le corps, la douleur aiguë de sa chair qui s'ouvrait le submergea et il retomba dans le noir.

Quand il revint à lui, la douleur s'était transformée en une sorte de brûlure lancinante. Il était toujours suspendu au-dessus du sol. Il leva lentement un bras et se toucha l'omoplate. La peau était tendue comme un tambour, décollée d'une dizaine de centimètres. Il fit glisser sa main sur la chair étirée qui formait comme un cône et sentit un objet métallique et courbe qui lui perçait la peau. Un crochet. Il tenta de rouler sur lui-même, de tourner la tête pour voir s'il pouvait se détacher, mais le moindre mouvement déclenchait des douleurs intolérables.

L'homme au masque s'accroupit devant lui. Il portait un peignoir gris miteux et n'avait pas enlevé le bas qui lui couvrait le visage. Depuis combien de temps était-il là ? Il avait à peine conscience de la pièce où il se trouvait. Il faisait sombre. Le sol était en béton. On l'avait changé d'endroit. Il leva la tête pour regarder autour de lui, mais il ne vit personne dans la vaste pièce vide. Des canalisations couraient au-dessus de lui, et des fixations rouillées, destinées à des appareils depuis longtemps disparus, pendaient du plafond.

— Ne faites donc pas cette tête d'enterrement.

— Que m'avez-vous fait ?

— Suspension corporelle.

Bas Nylon se leva et fit lentement le tour d'Archie, se penchant pour toucher les endroits où les crochets transperçaient la peau.

— Six crochets dans le dos et deux à chaque jambe.

Il poussa légèrement Archie pour le faire se balancer. Celui-ci dut lutter pour ne pas vomir.

— Le truc, c'est de bien répartir le poids. Sinon la peau craque.

Archie le sentit vérifier les fixations. À chaque contact, son corps le brûlait.

— Les crochets sont attachés à des cordes en nylon…

Il revint devant Archie qui aperçut ses pieds nus.

— … et les cordes à un système de poulies que je commande.

Archie se sentit soulevé de quelques centimètres supplémentaires. Les crochets étirèrent sa peau, la douleur le submergea, insupportable.

— J'ai été obligé de vous déshabiller, à cause des crochets. Ne m'en voulez pas.

— Tu commences à m'emmerder sérieusement, dit Archie, grimaçant de douleur.

L'homme au masque tendit la main et la posa sur son épaule pour le stabiliser.

— Respirez. Si vous vous détendez, je pense que vous finirez par aimer ça.

— Tu n'as pas trouvé ce truc dans le manuel de Gretchen.

— J'improvise.

— Je veux voir Jeremy.

Bas Nylon s'accroupit de nouveau devant Archie.

— Il vous comprend. Je crois qu'il peut vous aider, à condition que vous acceptiez, dit-il en hochant sa tête aux traits écrasés par le bas d'un air pensif.

— J'aurais plutôt cru que c'était l'inverse.

L'homme régla quelque chose au niveau des fixations.

— Vous avez beaucoup en commun.

— Je veux le voir.

Archie avait toujours aimé Jeremy. Un gosse étrange, calme. Kidnappé par Gretchen Lowell, il avait probablement vu sa sœur torturée et assassinée. Archie avait toujours cru qu'il ne se souvenait de rien, parce qu'il l'espérait. Se souvenir d'une horreur pareille, se souvenir de Gretchen, c'était un truc à vous rendre complètement dingue.

— Enlève ton masque, Jeremy, laisse-moi te voir.

Jeremy enleva le bas en nylon et le laissa tomber sur le béton.

— Eh bien, mon gars, t'es dans une sacrée merde, dit Archie.

44

Susan avala une gorgée de café tiède et fit apparaître une nouvelle série de photos sur l'ordinateur.

— Quelque chose ? demanda Claire.

— Vous n'auriez pas de photos rien que des dents ?

— Croyez-moi, si ce mec est dans le système, ses dents vont apparaître comme signe particulier.

Les bureaux de la Brigade spéciale se trouvaient dans les locaux d'une ancienne banque que la ville lui avait attribués lorsque Archie avait repris du service pour traquer l'Étrangleur de Cinq Heures. La dernière fois que Susan y était venue, c'était parce que Gretchen s'était échappée de prison et avait enlevé Archie.

Il était 2 heures du matin, mais, au vu de l'activité, on ne l'aurait pas cru. Ils étaient tous là, des enquêteurs aux standardistes. Des cartes couvraient les murs, hérissées de punaises indiquant tous les lieux, toutes les scènes de crime susceptibles d'avoir un lien avec Gretchen.

La Brigade spéciale du *Herald* pouvait bien s'être lassée et avoir perdu le moral au cours des derniers mois, la vraie Brigade continuait de travailler dur.

Trois photos étaient épinglées au-dessus des cartes. Des photos anthropométriques, une jeune femme et deux hommes dans la cinquantaine.

— Qui c'est ? demanda Susan.

— Nos victimes. Tous les trois étaient SDF. L'homme à gauche s'appelait Abe Farley.

Claire se leva et s'approcha du mur. Farley avait une longue barbe poivre et sel et un visage buriné, le regard vide.

— Cinquante-six ans. Aperçu la dernière fois en décembre 2004. C'est sa tête qu'on a trouvée à Pittock Mansion.

Elle posa le doigt sur la photo du milieu. L'homme avait des cheveux blonds qui lui tombaient sur les épaules et un long visage à l'air majestueux.

— Jackson Beathe. Disparu depuis mars 2005. Plutôt pas mal, non ? La femme trouvée avec lui sur le banc de la Roseraie s'appelait Braids Williams. Disparue en 2006.

Mince et bronzée, elle souriait sur la photo.

— La cause de la mort reste à préciser, mais il semble que les deux du banc aient été poignardés.

Susan contempla les trois visages, des vies réduites à de simples photos.

— Comment vous les avez identifiés ?

— Ils avaient été portés disparus. La famille, les amis, les travailleurs sociaux. On a un fichier des personnes disparues. Et puis on avait leur dossier dentaire.

Claire fit face aux photos et effleura le visage de Braids Williams d'un geste tendre.

— Quelqu'un les a poignardés, leur a arraché les yeux, les a enterrés pendant quelques années et les a déterrés. Les yeux ont été conservés dans le formol.

Elle laissa retomber sa main et fit face à Susan.

— Fintan English a hérité des yeux de Braids Williams. On a retrouvé les autres dans les toilettes de l'aire d'autoroute.

Henry apparut à la porte. Manches retroussées il portait une pile de documents.

— À mon avis, c'est pas Gretchen qui a tué les SDF. Trop soft, pas assez imaginatif.

— Donc vous écartez Gretchen.

— Je ne suis pas encore prêt à écarter qui que ce soit.

— On décortique le disque dur de l'ordinateur de Hay, l'aide-soignant, dit Claire, pour voir s'il fréquentait des sites liés à Gretchen. Il se pourrait qu'il fasse partie d'un de ces groupes.

Susan grimaça. Le toubib avait désinfecté le trou dans sa joue et mis un pansement, mais personne ne lui avait proposé d'antalgique. Elle effleura sa blessure du bout des doigts.

— Essayez *ilovegretchenlowell.com,* c'est le site que fréquentaient les tarés de l'entrepôt.

Claire poussa un soupir.

— Super, merci. Je vais donner tout ça à Martin, dit-elle à l'attention d'Henry. Prenez soin de vous, Susan, ajouta-t-elle avant de quitter la pièce.

Henry étala des photos sur la table devant la jeune femme.

— Les fugueurs signalés l'année dernière.

Susan la reconnut instantanément. Elle posa la main sur la photo.

— C'est elle.

— Vous êtes sûre ?

Elle regarda plus attentivement. Elle lut le nom, Margaux Clinton.

— C'est elle, ils l'appelaient Pearl.

Henry retourna la photo et la scruta.

— Peut-être un nom donné dans la rue. Elle vient d'Eugene. Je vais envoyer quelqu'un de là-bas parler à sa mère. Et je vais lancer un avis de recherche.

— Elle a quel âge ?

— Seize ans.

On frappa à la porte et un flic en uniforme entra, suivi de Leo Reynolds. Il portait un costume superbement coupé et une chemise blanche amidonnée, col ouvert sans cravate. Les cheveux encore mouillés, il devait sortir de la douche. À 4 heures du matin, il avait pris le temps de mettre des boutons de manchette.

Le visage d'Henry se crispa et son regard alla de Susan à Leo, puis de Leo à Susan. Il grogna, les dents serrées :

— Qu'est-ce que c'est que ça ?

— C'est moi qui l'ai appelé, dit Susan. C'est mon avocat.

Henry la fusilla du regard. Il était encore plus fort que Felicity pour lancer des coups d'œil désapprobateurs. Elle se tassa sur sa chaise.

— Où est ton dingue de petit frère, Leo ?

— Je n'en sais rien, mais je veux le sortir de là. Crois-moi, si je savais où il est, je te le dirais.

Henry s'approcha de Leo.

— Il faut qu'on parle à Jeremy. Il connaît ces gens. Il faut aussi que je parle à ton père, ajouta-t-il après une pause.

Leo répondit d'une voix douce et posée, mais ferme.

— Mon père a engagé tout le poids de son organisation pour tenter de localiser Jeremy. Mieux vaudrait peut-être remettre cet entretien à plus tard.

— Archie fait confiance à Jack, intervint Susan.

Elle n'était pas certaine que ce soit vrai, mais pour l'instant elle avait besoin de lui et de son fils. Et Archie avait besoin d'eux aussi.

Henry se frotta le visage d'une main épaisse. Quand il la retira, sa peau avait rougi. Il posa les deux paumes à plat sur la table et se pencha vers Susan. Son regard se fit dur, ses yeux bleus étaient injectés de sang.

— Archie a mauvaise conscience vis-à-vis de Jack parce que Gretchen a charcuté et assassiné sa fille. Archie fonctionne à la culpabilité. Si vous n'avez pas encore compris ça, vous n'avez rien compris du tout.

— On va les retrouver, dit Leo. On va tous les retrouver.

Il prononça ces paroles avec une telle confiance que Susan faillit bien le croire.

Leo plongea la main dans la poche de son costume et en sortit un morceau de papier soigneusement plié en quatre qu'il tendit à Henry.

— Un hôtel dans le centre. Jeremy logeait là jusqu'à ces derniers jours. J'ai payé la chambre jusqu'à ce soir, alors, si vous voulez jeter un coup d'œil, vous avez jusqu'à demain midi avant qu'ils ne débarrassent ses affaires.

Henry s'empara du bout de papier, le lut et cligna plusieurs fois des yeux.

— D'accord, merci.

— Vous ne croyez quand même pas qu'Archie serait parti avec ces mecs ? dit Susan en regardant les trois visages sur le mur.

— Vous n'avez pas idée de ce qu'il a subi, lâcha Henry.

Elle n'en avait pas idée, bien sûr, mais Jeremy, si.

— Vous pouvez perdre du temps à obtenir un mandat, ou bien, puisque c'est moi qui ai payé la note, je vous fais entrer.

— Qu'est-ce que vous cherchez ? demanda Henry.

— Rien, répondit Leo en souriant, uniquement le plaisir de votre compagnie.

45

L'hôtel Joyce était un trou à rats au cœur du vieux Portland, non loin d'un endroit baptisé *Rue de la Vaseline* à cause de ses nombreux bars gays. Trois étages, une façade en briques couleur ivoire sale et un auvent fatigué vert wagon.

Henry, Claire, Susan et Leo franchirent la porte vitrée. Une pancarte indiquait le prix des chambres : de vingt-cinq à trente-cinq dollars la nuit. Derrière la réception, un vieil édenté bâilla en les regardant arriver.

— 426, dit Leo.

Ils traversèrent le hall miteux et grimpèrent un escalier à la moquette marron. Les murs, autrefois blancs, étaient beiges tachetés. On avait peint les rampes et les moulures en vert.

La 426 se trouvait au dernier étage, non loin de l'escalier. Sur la porte un autocollant proclamait : *LES ENFANTS ONT BESOIN D'UN PÈRE ET D'UNE MÈRE !* Leo ouvrit et tous les quatre entrèrent. Il y avait un grand lit, une petite table de chevet, une commode et une vieille télé avec le nom de l'hôtel gravé sur le côté, au cas où quelqu'un aurait l'idée saugrenue de la voler.

— Eh bien, dit Claire en enfilant une paire de gants en latex, jetons un coup d'œil.

— Ne touchez à rien, grogna Henry à l'attention de Susan et de Leo, en enfilant lui aussi des gants.

Susan fit le tour de la chambre. Le lit était fait, et deux serviettes de toilette blanches, tellement usées par les détergents qu'elles semblaient devoir se déchirer si quelqu'un les touchait, étaient pliées et posées sur le dessus-de-lit à côté d'un gobelet en plastique encore emballé et de deux savons grands comme des boîtes d'allumettes.

— Il est soigneux, dit Susan.

Personne ne lui répondit. Henry fouillait la commode et Claire la table de chevet. Quant à Leo, il regardait par la fenêtre qui semblait doublée d'un grillage.

Elle alla ouvrir la penderie. Aucun vêtement, rien que des cintres en plastique, un rouge, un blanc et un bleu. Et des dizaines et des dizaines de photos de Gretchen.

— Venez voir.

Henry surgit derrière elle.

Elle avait reconnu le collage. Les bords parfaitement découpés. C'était la même personne qui avait fait celui qu'elle avait vu chez Fintan English.

— Je vous avais bien dit qu'il souffrait d'un TOC, dit Leo.

— Regardez ça, s'écria Claire.

Susan et Henry se retournèrent d'un bloc. Près de la table de chevet, Claire lisait un cahier bleu à spirale fatigué.

— Ne me dis pas que c'est son journal !

Elle écarquilla les yeux et secoua la tête.

— Je ne sais pas ce que c'est, dit-elle en tournant les pages. Du délire pour l'essentiel. Des lettres à Gretchen. Et ça.

Elle montrait une page couverte de paragraphes écrits au crayon et, au milieu, le dessin d'un visage de femme.

— C'est un brouillon pour une page de *couple.com*. Une femme d'une trentaine d'années. Blonde. Psychiatre.

— L'aide-soignant, George Hay, dit Susan. Ses amis disent qu'il avait commencé à fréquenter quelqu'un.

— Si ça se trouve, il ne l'a jamais rencontrée, dit Claire.

— Ce n'est pas non plus Gretchen qui a tué Courtenay, poursuivit la journaliste. Jeremy a fabriqué une identité et s'en est servi pour manipuler Hay et le conduire au meurtre. Le type masqué, c'était lui.

Elle sentait l'excitation la gagner. Tout lui paraissait clair à présent.

Henry se tourna lentement vers Leo.

— Ton frère, il est juste un peu fêlé ou complètement dingue ?

Debout devant la fenêtre grillagée, celui-ci répondit sans se retourner :

— Plutôt complètement dingue.

46

Susan était assise dans sa voiture en face de l'hôtel Joyce et tapotait son volant recouvert de peau de mouton. Il fallait qu'elle trouve Jeremy, et qu'elle le trouve vite, avant qu'il ne fasse subir quelque chose de terrible à Archie.

Elle jeta un coup d'œil à son sac posé sur le siège passager. Dedans, le portable utilisé par Gretchen pour envoyer des SMS à Archie. Elle ouvrit le sac et contempla les téléphones qu'elle y avait glissés. Celui fourni à Archie par Jack Reynolds et l'autre, que Gretchen lui avait fait passer d'une manière ou d'une autre. Le numéro d'où elle avait envoyé les textos n'avait pas été effacé du journal. Elle possédait un moyen d'entrer en contact avec Gretchen.

Elle sortit l'appareil et regarda l'écran. Vingt-quatre appels manqués et quinze nouveaux textos.

Où es-tu, mon chéri ?

Où es-tu, mon chéri ?

Où es-tu, mon chéri ?

Gretchen aussi cherchait Archie. Ce qui voulait dire qu'elle n'était pas impliquée dans cette affaire. Les dingues avaient tué cinq personnes.

Elle caressa les touches du portable. Une idée idiote. Mais Archie l'avait appelée une fois. La preuve était là, dans le journal. Ils étaient déjà en contact.

Susan ignorait la nature actuelle des relations entre Gretchen et Archie, du moins leur ampleur. L'Artiste était une psychopathe. Une tueuse. Et elle était méchante, et vicieuse. Mais elle avait sauvé la vie d'Archie. Deux fois.

Peut-être qu'elle recommencerait ?

Elle tapa un SMS.

Archie est en danger.

Elle l'envoya.

Elle regarda le sablier tourner sur l'écran avant de disparaître. Elle avait le sentiment désagréable d'avoir fait exactement ce que Gretchen aurait voulu qu'elle fasse.

Elle vit Leo Reynolds monter dans une Volvo argent, de l'autre côté de la rue. Elle empoigna son sac, descendit de sa voiture et traversa en courant. Elle frappa à sa portière.

Il sursauta, leva les yeux et baissa la vitre.

— Vous ne rentrez pas chez vous, dites ?

— C'est mon frère, j'en suis responsable.

— Laissez-moi venir avec vous.

Henry et Claire avaient appelé les techniciens de l'Identité judiciaire pour qu'ils passent la chambre de Jeremy au peigne fin. Susan était livrée à elle-même, et elle ne savait pas par où commencer.

Leo hésita.

— Archie est mon ami. Il m'a sauvé la vie. J'en suis responsable moi aussi.

Elle le vit la jauger, le visage baigné par l'éclairage bleu du tableau de bord.

— Bon, d'accord.

Il appuya sur un bouton et elle entendit le verrouillage se débloquer. Elle se précipita vers la portière droite et monta.

— Où allons-nous ? demanda-t-elle.

— Il est temps de faire confiance aux éléments inférieurs.

Elle le regarda sans comprendre.

— J'ai des amis dans les bas-fonds, dit-il en haussant les épaules.

Tu parles ! se dit-elle.

47

— On appelle ça la position *Superman*, expliqua Jeremy. C'est la moins douloureuse. Et puis j'ai trouvé que ça convenait bien. Archie Sheridan, le super flic.

Si c'était la position la moins douloureuse, Archie était heureux de ne pas avoir à expérimenter les autres. Sa tête explosait, sans doute l'abus de Taser. Mais ses muscles, qui n'avaient guère apprécié non plus les doses massives de courant électrique, commençaient heureusement à se détendre un peu. Il ne pouvait lever la tête assez haut pour voir la pièce si bien que, pendu là, il contemplait le sol en s'efforçant de continuer à faire parler Jeremy.

— Il y a un nom pour chacune des positions de suspension. On peut être pendu à plat, tourné vers le haut, les crochets dans la poitrine et les jambes. On appelle ça le *Coma*. Comme dans le film[1]. Vous savez, cette scène où tous les personnages sont accrochés au plafond ? On peut aussi se suspendre par les omoplates,

1. Film de Michael Crichton (1978), d'après le roman de l'Américain Robin Cook.

accroché debout. Ça s'appelle le *Suicide*, parce que si c'est bien fait, on a l'air de s'être pendu.

Il dénoua son peignoir et l'ouvrit. Il était nu dessous, le bas-ventre à hauteur des yeux d'Archie. Il s'était rasé le pubis et son scrotum, enserré dans un anneau métallique, était étiré d'une bonne quinzaine de centimètres. Rien que de regarder, Archie en eut l'estomac retourné.

Jeremy se débarrassa de son peignoir et le laissa tomber par terre, puis il mit une main sous ses testicules et les leva pour qu'Archie les voie.

— J'ai commencé le soir où je suis rentré à la maison. Je voulais sentir la douleur. Alors j'ai attaché mes couilles au montant du lit et je me suis penché en arrière. Plus tard j'ai vu des images sur Internet et j'ai commencé à expérimenter les étirements. Avec des cordes au début, pour finir avec des anneaux. Je le porte tout le temps, dit-il en montrant celui qui lui enserrait les bourses.

— Ce n'est pas ta faute si tu as survécu. Tu ne pouvais rien faire pour sauver ta sœur.

— C'est important de s'échauffer avant chaque séance. Pour se décontracter.

Il ramassa un tube de vaseline sur le sol, s'en mit un peu sur les doigts et entreprit de s'enduire les testicules en remontant le long de son sexe. Archie détourna les yeux.

— Je vous montre ça parce que je pense que ça vous aidera à comprendre. Regardez-moi, s'il vous plaît.

Archie releva la tête. Jeremy commençait à entrer en érection. Un tuyau paraissant solide passait au-dessus de sa tête. Deux cordes y étaient attachées. Il grimpa sur un tabouret en plastique, attacha l'anneau à l'extrémité d'une des cordes, se saisit de l'autre pour contrôler le poids et repoussa le tabouret d'un coup de pied. Il se retrouva suspendu par les couilles. Ses bourses s'étirèrent d'une vingtaine de centimètres. Il se pencha lentement en arrière et lâcha la corde qu'il tenait. Il se balançait doucement, le visage empourpré, le dos cambré, la tête et les pieds au même niveau.

— Il y a d'autres façons de te punir, Jeremy.

Au bout d'un moment, il empoigna la corde au bout de laquelle il était suspendu et s'en servit pour se redresser et saisir l'autre. Il oscilla pour reprendre pied sur le tabouret, se décrocha et se laissa tomber par terre. Il se recroquevilla sur le côté et commença à se masturber. Il ne semblait pas avoir conscience d'Archie, ni se soucier de sa présence. Il ne s'exhibait pas vraiment, sans être pour autant discret.

Lorsqu'il jouit, tout son corps trembla et le jet de sperme alla atterrir un mètre plus loin, petite traînée laiteuse sur le sol en béton.

Le gosse était plus cinglé qu'Archie le pensait.

— Vous devriez essayer, dit Jeremy en roulant sur le dos et en s'essuyant les mains sur ses cuisses nues. Vous n'avez jamais rien ressenti de pareil.

Gretchen avait fait très fort avec Archie, mais elle s'était surpassée avec Jeremy Reynolds.

— Quand as-tu commencé à te souvenir ?

Le jeune homme regarda fixement le plafond.

— Quand elle vous a capturé, dit-il en agitant une main. La presse. Tout le monde en parlait. Ça a ravivé des souvenirs. Des flashs au début, puis les détails sont revenus.

— Ça a dû être affreux.

Jeremy tourna la tête et regarda Archie.

— Vous comprenez, dites ?

Il ne comprenait que trop bien. Du moins, il se trouvait dans une position unique pour imaginer. Pourtant, il se dit que ce n'était pas une raison pour se pendre par les couilles.

— Elle a tué ta sœur. Tu as besoin d'aide. Il y a des gens qui peuvent t'aider. Moi, on m'a aidé.

Jeremy se leva et posa le peignoir sur ses épaules.

— Vous pouvez m'aider, et moi, je peux vous aider. Parce que nous, nous savons, n'est-ce pas ?

Il approcha ses lèvres de l'oreille d'Archie.

— Nous la connaissons. Nous connaissons la douleur et le plaisir. L'univers tout entier n'est qu'un immense jardin des tortures. Du sang partout.

— Soit.

Jeremy poussa légèrement Archie qui se mit à se balancer d'avant en arrière.

— Comment vous sentez-vous ?

— Comme une marionnette.

Jeremy leva le bras et tira sur les suspensions pour remonter Archie.

Celui-ci se raidit, serrant les poings pour ne pas hurler sa douleur. Puis elle se calma.

— Soufflez.

Archie s'exécuta.

Jeremy approcha de nouveau ses lèvres de son oreille.

— Vous savez à quoi je pense ? Quand je suis suspendu là et que j'ai l'impression que mes couilles vont exploser ?

Archie comprit qu'il s'agissait d'une question rhétorique.

— Je pense que vous la baisez. Je l'imagine en train de vous faire mal, de vous faire faire des choses, puis je vous imagine sur elle, vous la forcez, vous la baisez à mort. Si fort et si profond que lorsque vous jouissez, c'est dur et brûlant, comme un poing fouillant l'intérieur de son corps.

Jeremy ferma les yeux. Tout cela n'était que fantasme. Il ne pouvait pas savoir qu'Archie et Gretchen avaient eu une liaison.

— Quand on est la tête en bas, ça ne fait pas monter le sang au cerveau ? demanda Archie qui préférait changer de sujet.

— On s'y habitue.

48

Leo Reynolds gara sa Volvo sur le parking d'un club, le *Dancing Bare*, juste en face d'une statue en ciment de dix mètres de haut représentant Paul Bunyan[1], dans le quartier de Kenton, à North Portland.

On avait érigé la statue en 1959 pour accueillir les visiteurs de la Foire internationale et célébrer le centenaire de la fondation de l'État d'Oregon. Le géant barbu portait un pantalon bouffant serré à la taille et aux chevilles, de hautes bottes noires et une chemise à carreaux rouges et blancs. Il s'appuyait sur une hache géante.

Le soleil se levait et le ciel rosé donnait à la triste façade marron du *Dancing Bare* un air particulièrement sinistre. Paul Bunyan leur jeta un regard lubrique.

Archie était aux mains de Jeremy et elle allait dans un club de strip-tease.

Elle jeta un coup d'œil sceptique à son téléphone. 5 heures du matin. Aucun bar n'était ouvert si tard.

1. Bûcheron géant, personnage mythique du folklore américain.

— Club privé, lâcha Leo en descendant de voiture et en se dirigeant vers la porte d'entrée.

Susan le suivit. Une pancarte orange et noir en plastique annonçait clairement que le club était fermé. Elle s'apprêtait à dire quelque chose du genre : *Je vous l'avais bien dit*, quand il dégaina son BlackBerry et tapa un numéro.

— C'est moi, je suis à la porte.

Celle-ci s'ouvrit presque aussitôt et un homme surgit, la main sur la poignée intérieure. Grand et barbu, il portait une chemise de laine à carreaux. Susan se retourna et regarda Paul Bunyan, puis le portier.

— Vous n'êtes pas la première, dit-il à la jeune femme.

Il sourit, découvrant une incisive en or, et posa une main épaisse sur l'épaule de Leo.

— Comment va, Leo ?

Il ouvrit la porte en grand et les fit entrer dans un couloir étroit couvert de lambris. Des affiches, proposant de rencontrer « *de plus près* » une fille ou une autre, couvraient les murs. Paul Bunyan resta en retrait et se rassit sur une chaise près de la porte avant de se replonger dans la lecture de *Un thé au Sahara*.

Comme toutes les boîtes de strip-tease où Susan était allée, celle-ci sentait la sueur, le tabac et la bière. La moquette était d'un marron miteux, tout comme les murs imprégnés de fumée de cigarette. Il n'y avait que peu de clients, deux mecs dans la cinquantaine accoudés au bar, et deux autres devant une petite scène sur laquelle dansait une femme vêtue seulement d'une culotte noire à volants. Elle avait des seins énormes qui se balançaient au rythme de son corps, avec de gros tétons couleur lie-de-vin. Susan était fascinée, les tétons à eux seuls étaient plus gros que ses seins tout entiers. La chanson *Milkshake* hurlait dans les haut-parleurs. Un woofer fatigué faisait trembler les basses. Personne ne semblait s'amuser. Pour une soirée privée, elle ne paraissait guère festive.

Leo ne s'arrêta pas. Il prit Susan par la main et contourna le bar et quelques tables pour la conduire dans une autre salle. C'était là, apparemment, que ça chauffait. Il y avait une grande scène avec une barre en cuivre et une danseuse entièrement nue. Plusieurs hommes fumaient, assis au premier rang. Une serveuse vêtue d'un minishort et d'un tee-shirt jaune était appuyée contre un mur. Elle sourit en apercevant Leo.

Au-delà de la scène principale, à l'arrière du bar, se trouvait une troisième scène équipée d'un large rebord qui en faisait le tour. Un seul client : un Noir d'une vingtaine d'années, genre gangsta rap, attablé devant une bière et un paquet de billets.

La danseuse était nue elle aussi, les seins d'une taille plus normale, le corps mince et ferme entièrement épilé. Elle avait des cheveux si blonds, si longs, si soyeux et joliment ondulés que Susan pensa qu'elle portait peut-être une perruque. Elle bondit et enfourcha la barre de cuivre à un mètre du sol avant de se mettre à tourner, tête renversée, dos cambré, un genou replié, pointe du pied tendue, ses longs cheveux flottant derrière elle, les seins au garde-à-vous. *Ah, ah,* se dit Susan, *des implants*.

— Vous avez l'air fascinée, dit Leo.

— J'aime beaucoup ses cheveux, répondit-elle en rougissant.

Il l'entraîna vers la scène. Elle essaya de se redresser afin de paraître plus grande et bomba le torse pour faire ressortir un peu son 80 A. Arrivés au bord de la scène, Leo lui lâcha la main et tapa sur l'épaule du rappeur.

Il leva la tête et écarquilla ses yeux chassieux.

— Eh, man, comment va ?

En y regardant de plus près, Susan se rendit compte qu'il n'était pas du tout gangsta rap. Plutôt un étudiant se donnant des airs. Pantalon baggy, veste de survêt, sweat aux couleurs des Blazers. Pas le genre ghetto. Ce gamin n'avait pas grandi à Detroit, à Compton, ni même à North Portland. Il avait probablement joué au basket dans l'équipe du lycée de Lake Oswego. Elle en aurait mis sa tête à couper.

La danseuse effectua une autre rotation autour de la barre. Elle avait une étoile tatouée au ras du pubis. Elle était si près d'eux que Susan dut faire un pas en arrière pour ne pas être fouettée par ses cheveux quand elle tournoya devant eux.

— T'as une seconde ? demanda Leo.

Le type fronça les sourcils, puis haussa les épaules.

— Sûr, cousin.

Il se leva, rajusta son pantalon, puis se souvint de sa bière et se retourna pour prendre son verre.

La danseuse fit le grand écart devant eux, crinière déployée. Elle était jolie. Susan aurait aimé qu'elle soit laide. Ç'aurait été plus juste si elle avait eu un corps superbe et un visage grêlé aux joues creuses.

— Salut, Leo, lança-t-elle.

— Salut, Star.

Susan la détailla pour lui trouver des imperfections. Elle avait un tout petit peu de cellulite sous les fesses. Il faudrait s'en contenter.

Susan et le rappeur pas très gangsta suivirent Leo jusqu'à une table entre les deux scènes et s'installèrent.

Elle alluma une cigarette, tira une bouffée et la posa sur le cendrier Camel qui trônait au milieu de la table.

— Je te présente Susan. Elle est journaliste au *Herald*.

La musique était forte et il devait hausser le ton pour être entendu, mais il parvenait à le faire sans paraître forcer sa voix.

— Vous pouvez l'appeler « Cousin ».

— Vous êtes cousins ?

— J'ai été adopté.

Leo prit la cigarette dans le cendrier et tira une bouffée.

— Tout ça reste entre nous, Susan, d'accord ?

Elle hocha la tête. Elle n'avait pas la moindre idée de ce qui se tramait.

— Source anonyme, complètement.

Cousin les regarda comme s'ils avaient perdu la tête. Il but une gorgée de bière et reposa le verre sur la table.

— Je cherche trois types et une fille. Jeremy est embarqué dans un truc. Je veux le retrouver. Et je veux trouver ceux avec qui il est. Ce sera dans les journaux demain. La police va diffuser sa photo, ainsi que celle de la fille et des portraits-robots des autres.

Cousin cligna des yeux.

— Tu veux que j'aide les flics à retrouver ton frangin ?

— Susan, décrivez les amis de mon frère à mon associé.

Elle fouilla dans son sac et en ressortit son calepin.

— Je vais vous l'écrire en même temps.

Elle se lança dans la description du mec aux dents taillées en pointe, de l'homme au bas nylon et des deux autres types. Puis elle arracha la page de son carnet à spirale et la tendit à Cousin.

— Ça te dit quelque chose ? demanda Leo.

Cousin s'empara du papier et le regarda.

— Des junkies ?

Leo tira une autre bouffée de la cigarette de Susan.

— Ils évoluent dans ce milieu, j'imagine.

Susan posa la pointe de son stylo sur la page blanche de son calepin et se pencha en avant.

— Vous dealez ?

— Source anonyme, dit-il en se reculant.

Elle haussa les épaules et referma son carnet.

— Simple curiosité.

Il avala sa dernière gorgée de bière et fit signe à la serveuse toujours appuyée au mur.

— Intermédiaire.

— Vous dealez quoi ?

Leo soupira et laissa sa tête tomber dans ses mains.

— Cocaïne, dit Cousin en souriant. Pure, pas coupée. Je vendais de la coupée, mais putain, tout le monde t'appelle à la fermeture des bars et pas moyen de dormir. Les junkies, eux, ils sont au pieu à 11 heures.

Il fouilla dans la poche de son survêt Adidas et en sortit un petit sac en plastique. Il versa un peu de poudre blanche sur la table.

— Vous en voulez ?

— Non, répondit-elle en s'efforçant d'avoir l'air blasée.

Cousin se coupa une bonne grosse ligne.

— Leo ?

— Non, merci.

— Comme tu veux.

Il avait une paille verte de la longueur d'un petit doigt et il sniffa la ligne, puis il renversa la tête une seconde et se boucha la narine.

Quand il baissa la tête, il avait les yeux humides et un grand sourire. Il agita la paille en direction de Susan.

— Sûre ?

— Et puis merde, dit-elle.

Elle n'avait pas pris de coke depuis la fac. Elle était fatiguée et elle ne risquait pas d'être au lit avant un moment.

Elle lui prit la paille et il lui prépara une ligne en riant.

— Vous êtes sûre de vouloir faire ça ? demanda Leo.

Elle se pencha au-dessus de la table, se boucha une narine et inspira. La drogue la brûla et elle ferma les yeux en faisant la grimace. Elle avait l'impression d'avoir les sinus en feu, comme si elle venait de sniffer de l'eau de Javel. Le fond de sa gorge se remplit de mucosités amères. Il lui fallut un moment pour en identifier le goût, de l'essence. Elle se força à avaler une fois ou deux et se pinça les narines.

— Waouh !

— C'est de la pure, dit doucement Leo.

Lorsqu'elle ouvrit les yeux, Cousin continuait de se balancer sur sa chaise. Elle sentit une poussée d'énergie l'envahir tandis que la sensation de brûlure disparaissait. Le mauvais goût au fond de sa bouche diminua. Des picotements gagnèrent son visage et ses bras.

C'était meilleur que dans son souvenir.

— Le crack, c'est comme ça ?

Cousin cessa de rire.

— Vous croyez que je prends du crack ? Putain, ma fille, je touche pas à ce truc. Si t'y touches, ta vie est foutue.

Leo éteignit la cigarette dans le cendrier Camel.

— Trouve-moi ces mecs. C'est important pour le vieux. Fais passer le message. Je veux qu'ils sachent qu'on les cherche.

— Allons-y, dit-il à Susan. Avant que vous nous fassiez tous arrêter.

Il se leva et elle le suivit.

— Vous avez des amis intéressants.

— Mon travail m'amène à fréquenter et à aider des gens dans toutes les sphères de la communauté.

Ils firent quelques pas.

— Star ? demanda Susan.

Leo détourna la tête et fit un geste évasif de la main.

— On a couché ensemble une fois ou deux.

Elle sentit la déception lui nouer l'estomac. Stupide. Il avait fait l'amour avec une strip-teaseuse équipée d'implants, et alors ? Elle avait mieux à faire que se lancer dans une nouvelle aventure déplacée. Il fallait qu'elle se concentre sur la recherche d'Archie.

Ils passèrent devant la loge des danseuses. Une plaque de rue verte affichait *Impasse du Strip*.

Le cerveau de Susan tournait à mille à l'heure.

Leo Reynolds ignorait son existence. Pas comme ça. Elle avait des cheveux violets et le corps d'un gamin de douze ans. Lui couchait avec des strip-teaseuses et semblait être l'avocat de la pègre. Sa sœur avait été assassinée. Son frère était embarqué dans une folie meurtrière avec un groupe de tarés fans de Gretchen Lowell. Et son père était un gros bonnet de la drogue.

Il avait conduit la police chez Jeremy. Il y était allé avant. Il connaissait le collage, le cahier. Désormais, tout le monde allait être au courant. Le visage de Jeremy, son histoire, sa famille, tout cela allait faire la une des médias. Mauvais pour les affaires.

Quelque chose ne tournait pas rond.

Ils passèrent devant le portier sosie de Paul Bunyan et sortirent dans la lumière du petit matin.

Le ciel rougeoyait, nimbant la statue d'un halo flamboyant qui lui donnait encore davantage l'air d'un tueur à la hache.

Il était presque 6 heures et cela faisait plus de cinq heures qu'Archie avait disparu.

Alors qu'ils approchaient de la voiture, Leo lui tendit un mouchoir blanc parfaitement plié.

— Vous avez le nez qui coule.

Elle renifla, s'essuya le nez, et lui rendit le mouchoir. Il fronça un sourcil en le voyant taché de morve, mais il le replia sans un mot et le remit dans sa poche.

Arrivés à la voiture, il lui ouvrit la portière et elle monta.

— Votre père sait que vous aidez la police ?

Il referma la portière, fit le tour du véhicule et s'installa au volant.

— Oui, dit-il en la regardant.

— Il vous arrive de faire des choses sans son accord ?

— Il n'approuverait pas que je sois avec vous.

49

L'effet de la coke s'était dissipé et Susan dut se forcer pour avoir l'air à peu près éveillée. Ian avait pris l'habitude de tenir les réunions éditoriales dans son bureau plutôt que dans la salle de conférences. Il s'installait à sa table et les autres, pleins d'admiration, bavaient devant son autorité. Il n'y avait que deux chaises pour six reporters participant aux réunions, si bien que quatre devaient rester debout ou s'asseoir par terre.

En général, Susan s'arrangeait pour arriver de bonne heure et prendre une des chaises, mais elle était venue directement après que Leo l'avait déposée à sa voiture et il ne restait plus qu'une place par terre.

— Donc, dit Ian, il semble que nous soyons en présence d'une secte d'admirateurs d'une tueuse en série. Ils sont tous impliqués dans les meurtres récents que nous avons attribués à l'Artiste. Deux ont été identifiés…

Il avait récupéré un tableau blanc dans la salle de conférences et l'avait installé derrière son bureau, ce qui lui permettait d'écrire des idées d'articles, de les souligner, de les rayer ou de les entourer. Il avait aussi scotché dessus les photos de Jeremy et de Pearl.

— … Jeremy Reynolds, de Lake Oswego. Son père est un ponte de l'immobilier et du capital-risque. Margaux Clinton. Seize ans. Fugueuse. D'Eugene. Qui sont-ils ? demanda-t-il, le stylo figé en l'air. Qu'est-ce qui les a fait déraper ? On a aussi trois victimes, je n'ai pas les photos. Emballons le tout pour sortir une histoire sur la victimisation des SDF, les bagarres de clochards, la violence contre les étrangers, ce genre de trucs… Et, bien sûr, je crois le moment venu de nous interroger sur notre obsession culturelle pour Gretchen Lowell.

Susan regarda autour d'elle. Plutôt bien rangé pour un bureau de journaliste. Un fanion des New York Yankees sur le mur. Un poster d'*Absence de malice*[1]. Un exemplaire encadré de *l'Oregon Herald* du jour de naissance de Ian (en 1963 ! Mon Dieu, un vieux !). Deux piles de journaux hautes d'un mètre chacune. Sur un panneau d'affichage, à côté d'une coupure de presse vieille de cinq ans annonçant son prix Pulitzer, il avait collé une citation recopiée sur un bout de papier : « Des millions de gens ont vu tomber la pomme, seul Newton a demandé pourquoi, Bernard Baruch[2] ». Aussi un dessin tiré du *New Yorker* montrant un type censé être Archie Sheridan assis dans un bar. Le barman lui tendait un verre en disant : « Gretchen Lowell insiste pour vous payer une bière. »

— Je connais la réponse, lança Susan.

1. Film de Sydney Pollack avec Paul Newman (1981).

2. Homme d'affaires, conseiller économique des présidents W. Wilson et F. D. Roosevelt.

Ian, qui avait continué sur le thème de l'antihéros dans la société, s'arrêta brusquement et lui lança un regard agacé. Elle répéta :

— Je connais la réponse.

— Pardon ?

— C'est nous qui avons créé cette obsession. Nous.

Les murs du *Herald* étaient minces comme du papier à cigarette et tout le monde pouvait entendre ce qui se disait, à moins de murmurer. Mais Susan s'en foutait.

— Nous avons fait de Gretchen une célébrité.

Ian resta figé, le stylo en l'air. Il se figeait toujours quand on le contrariait. Elle s'en foutait. On lui avait percé la joue, Archie avait disparu, et elle perdait son temps à une réunion stupide, et en plus, ils allaient tous se faire virer.

— Il y a des gens ici qui la considèrent comme une héroïne.

Elle regarda ses collègues l'un après l'autre, assis par terre, maladroitement appuyés contre le mur. Derek, lui, trônait sur une des chaises. Jamais il n'arrivait assez tôt pour en avoir une. Elle n'osait imaginer à quelle heure il avait débarqué pour s'installer là. Ni pourquoi ?

Elle décroisa les jambes et se leva.

— Les fans ont des sites. Ils mettent à jour sa page sur Wikipedia. Ils écrivent des nouvelles dont elle est la vedette. Et l'enregistrement de son appel au 911 quand elle s'est livrée ? Quelqu'un l'a remixé, mis en musique et a enregistré une vidéo qu'on peut voir sur YouTube. Il y a des tee-shirts avec sa photo et la légende *J'♡l'Artiste*. Et pas seulement des tee-shirts, des pyjamas pour bébés. *Esquire* l'a placée dans sa liste des femmes les plus aimées l'année dernière. J'ai entré son nom sur eBay et j'ai trouvé un jeu de scalpels, que Gretchen aurait utilisés pour découper quelqu'un, proposé aux enchères. C'est monté à 900 dollars.

Elle resta là, la goutte au nez, le pansement sur la joue. Elle était furieuse, plus que furieuse. Elle allait être virée, mise sur liste noire, elle s'en moquait. Elle ne pouvait pas s'arrêter. Les mots sortaient entre deux sanglots.

— On a tout orchestré. D'article en article, la même merde. Tous les prétextes étaient bons pour publier sa photo, parce que tout le monde sait que sa photo fait grimper les ventes en kiosque de vingt-cinq pour cent. Et quand on avait rien de nouveau, on trouvait autre chose, par exemple *Comment fabriquer un déguisement de Gretchen Lowell pour Halloween*...

Elle rit, un rire forcé, et s'essuya le nez dans sa manche.

— Celui-là, c'est moi qui l'ai écrit.

Ian ferma son stylo et le posa sur son bureau. Il le fit d'une manière un rien théâtrale et le stylo roula sur la table pour finalement tomber sur la moquette. Personne n'esquissa un geste pour le ramasser. Personne ne bougea une oreille.

— Notre métier, c'est de vendre de la pub. On peut faire payer nos pubs plus cher si on vend plus de journaux. Gretchen Lowell fait vendre. Le *Baltimore Sun*, le *Chicago Tribune*, le *L.A.Times*. Tous ont vu leur rédaction décimée. Tu veux qu'on nous rachète ? Ou tu veux écrire des articles que des tas de gens liront et qui permettront à nos démarcheurs de convaincre Starbucks de mettre un encart dans notre petit journal moribond ? Tu as le choix : soit tu vends des pubs pour le

Frappuccino, soit tu vas vendre des Frappuccinos. Alors, tu veux être journaliste, ou barista chez Starbucks.

— Je veux être journaliste, lança Susan.

Ses paroles lui semblèrent ridicules au moment même où elle les prononçait. Quelqu'un ricana.

— Alors ponds-moi un article où tu racontes pourquoi tu as dû te faire soigner un trou dans la joue à 2 heures du matin dans le quartier des Halles. Ensuite un autre sur trois colonnes pour expliquer notre obsession culturelle pour Gretchen Lowell. Tu peux y mettre tout ce que tu viens de dire.

— Trois colonnes ?

— Tu vas y arriver ?

— Sans problème.

— Alors, vas-y, fonce.

Elle regarda Ian. Tout compte fait, ce n'était peut-être pas le roi des connards.

L'un des reporters leva la main.

— Je peux partir ?

— Tu rêves !

Susan quitta la pièce à reculons et ferma la porte derrière elle avant que Ian ne change d'avis.

50

Anne Boyd était la meilleure profileuse qu'Henry connaissait. C'était le troisième spécialiste envoyé par le FBI pour aider la Brigade spéciale dans sa chasse à l'Artiste. Elle avait passé des mois à Portland, loin de son mari et de ses deux fils. Henry l'appela d'une table à la terrasse du *Taco del Mar*, sur le Martin Luther King Jr Boulevard. Le restaurant était une ancienne station-service. À Portland, chaque endroit était un ancien quelque chose. Les bureaux de la Brigade spéciale étaient une ancienne banque. On pouvait manger un burger et voir un film dans une ancienne école primaire. Même l'ancienne brasserie Henry Weinhard en centre-ville avait été convertie en appartements certifiés verts. Tout était transformé. Les habitants de Portland adoraient recycler.

Il était 11 heures du matin à Portland. 14 heures en Virginie.

Henry composa le numéro d'Anne. Elle décrocha aussitôt.

— Henry, on l'a arrêtée ?

— Non, non.

Il entendait des bruits de cuisine et des chahuts d'ados en fond sonore.

— Bon, vous ne m'appelez pas pour me demander des tuyaux sur la mode.

— Jeremy Reynolds, ça vous rappelle quelque chose ?

— Ne quittez pas.

Il l'entendit fermer une porte, puis le silence.

— Si vous me racontiez ce qui se passe.

— Archie est sorti de l'hôpital.

— Il en a le droit. Il y était entré de son plein gré.

Une femme sortit du resto avec un burrito et regarda autour d'elle pour savoir où s'asseoir. Elle s'installa le plus loin possible d'Henry.

— Il y a ce groupe de…, je sais pas.

Il posa la tête sur sa main. Il faisait chaud et il ne portait pas de veste, pourtant il sentait la sueur perler sous son holster d'épaule.

— Un genre de fan-club de Gretchen Lowell.

Putain, le monde devenait fou.

— Ils sont tombés sur ce pauvre taré qui fantasmait sur l'ablation de sa rate.

— Intégrité corporelle, désordre identitaire. Je n'ai jamais entendu parler d'une fixation sur un organe.

Henry agita la main.

— Peu importe. Ils se sont rencontrés sur Internet. Ils lui ont enlevé la rate. Sauf que le mec est mort. Parce que, vous savez, ces types, ce sont pas des putains de toubibs.

La femme au burrito faisait semblant de lire le *Portland Mercury*, mais elle ne cessait de le regarder à la dérobée.

— Susan Ward a découvert le corps grâce à un tuyau anonyme, et Archie a trouvé qui était le mec grâce à un autre tuyau anonyme.

— Intéressante coïncidence, ces tuyaux.

— Je ne vous le fais pas dire. Sauf que c'est pas très drôle.

— Continuez.

— Il se trouve que le mort était un copain de Jeremy Reynolds.

— Le frère d'Isabel Reynolds ?

Henry hocha la tête, bien qu'Anne ne puisse pas le voir.

— Apparemment il fait partie du fan-club. Hier Archie sort de l'hôpital, va voir papa Jack et lui demande de retrouver Jeremy. Il lui demande aussi un flingue. Et puis hier soir, lui et Susan Ward vont à une réunion de ce putain de club.

— On les attendait.

— Bien sûr qu'on les attendait. Un tuyau anonyme les y a conduits tout droit et Susan s'est fait percer le visage.

— Percer le visage ?

— Avec un genre d'aiguille de piercing.

La femme au burrito avait à présent posé son journal et le dévisageait ouvertement.

— Le chef de la bande qui porte, écoutez bien, qui porte un bas sur la tête, veut qu'Archie le coupe. Au moins deux de ces connards se sont déjà sculpté la poitrine, à la manière de Gretchen. Il accepte à condition qu'ils laissent partir Susan. Elle file en courant. Elle croit entendre Archie hurler, mais ça pourrait être n'importe qui. Elle m'appelle. Mais, quand on arrive, tout le monde a dégagé, Archie a disparu. Le flingue est par terre.

— Et vous pensez qu'Archie est parti avec eux, de son plein gré ?

— J'en sais rien. Je le croyais en voie de guérison. Mais il s'agit d'un fan-club de Gretchen Lowell. Il est comme un membre à vie là-dedans. Et s'il veut sortir Jeremy Reynolds de ce truc, rien ne l'arrêtera. Vous le connaissez.

— Il a toujours semblé vouloir protéger Jeremy.

— Le gamin a assisté à l'assassinat de sa sœur. J'imagine qu'il a été un peu marqué.

La femme ramassa son burrito et partit se réfugier à l'intérieur. Henry fit mine de lui tirer dessus avec deux doigts lorsqu'elle passa devant lui.

— Donc on a de bonnes raisons de penser que ce groupe est impliqué dans les meurtres récents. Ce sont des imitateurs.

— Je vais vous dire quelque chose de complètement non-professionnel, dit Anne.

— Je suis tout ouïe.

— Jeremy Reynolds est dangereux.

— Sans blague ?

— Il a subi un choc déstructurant, dit Anne en poussant un profond soupir. Il a survécu à un événement qui a changé le cours de sa vie. Il ne pouvait manquer d'être traumatisé. C'est pour cela que je n'ai jamais noirci les conclusions de mes rapports.

Henry n'était pas psy, mais il avait vu assez de violence pour savoir dans quel état elle laissait les gens.

— Il venait d'assister au meurtre de sa sœur.

— Sa sensibilité était morte, mais ce n'est pas mon avis professionnel. Mon avis en tant que psychiatre figure dans mes rapports : choc déstructurant. Si vous voulez mon opinion en tant que mère, Jeremy Reynolds est dangereux.

— Susan dit que sa mémoire lui est revenue.

Il raconta à Anne ce que la journaliste lui avait dit des cicatrices sur sa poitrine semblables à celles d'Isabel.

— Chez un gamin comme lui, sans aide psychologique appropriée, pareille expérience risquait de le faire disjoncter. Il a cherché de l'aide dans des structures alternatives. Internet, le fan-club. Et il a dû vouloir rencontrer des gens à qui parler.

— Comme Archie. La seule personne capable de le comprendre.

Archie avait quitté l'hôpital et était allé dans les sous-sols à la recherche de Jeremy. Il fallait que quelqu'un connaisse le rapport qui les liait. Il fallait que quelqu'un imagine qu'Archie, sachant ce que Jeremy avait vécu, serait prêt à tout pour tenter de le sauver.

— Susan pense que l'homme au masque était Jeremy.

— Bien vu, répondit Anne.

51

Au bout d'un moment, Archie se rendit compte que la douleur causée par les crochets devenait une sorte de bruit de fond. Il laissa son corps se détendre, bras ballants, les doigts effleurant le sol. Il respirait lentement, profondément. L'apesanteur le désorientait, il avait le vertige, sa tête tournait de plus en plus. Son cerveau luttait en vain. Quand il essayait de se concentrer sur un point, sa vision se brouillait.

Sa tension baissait.

À ce rythme, il ne tarderait pas à perdre connaissance.

— Je peux vous descendre, maintenant, dit Jeremy.

Archie leva la tête. La pièce se mit à tourner.

— Je crois que ce serait une excellente idée.

Jeremy tira sur un mécanisme qu'il ne voyait pas et, après quelques secousses douloureuses, Archie atterrit en douceur sur le béton, allongé sur le ventre, les bras sous la poitrine, une joue plaquée au sol. Le ciment était frais. Jeremy lui souleva la tête et approcha un bidon de ses lèvres.

— C'est de l'eau sucrée, pour remonter votre taux de glucose.

Il ouvrit les lèvres et Jeremy introduisit le goulot dans sa bouche avant de presser le bidon. L'eau était à température ambiante, fade comme un Coca éventé. Archie téta goulûment. Son cerveau s'éclaircissait au fur et à mesure que le liquide descendait dans sa gorge. Quand Jeremy retira le bidon, Archie parvint à s'asseoir, les genoux ramenés contre la poitrine.

— Enlève les crochets, murmura-t-il.

Jeremy s'agenouilla à côté de lui.

— Il faut que je le fasse vite. Plus on va vite, moins ça fait mal.

Archie le sentit s'activer. Il sentait la pression du linge que Jeremy appliquait sur les blessures pour arrêter l'hémorragie, mais il ne sentait aucune douleur. Il comprenait qu'un crochet était enlevé uniquement grâce au bruit qu'il faisait lorsque le jeune homme le laissait tomber dans un maxipot de yaourt vide.

— Je vais vous masser pour expulser l'air de votre peau. Pour éviter une infection. Ça va faire un peu mal.

Jeremy se mit à le frictionner en tournant autour des blessures. C'était plus troublant que douloureux, comme des grains de Rice Krispies éclatant sous sa peau. L'air s'échappait de sa chair avec un petit bruit sec et un jet de sang chaud jaillissait, éclaboussait et coulait le long du dos d'Archie. Il posa le front sur ses genoux et se recroquevilla en serrant ses tibias.

Ensuite, il sentit Jeremy lui frotter le dos avec quelque chose de frais.

— Une solution antiseptique.

Il nettoya le sang et continua à le masser, remontant le long de sa colonne vertébrale jusqu'à ses épaules et son cou, puis lui caressant le crâne sous ses cheveux.

— Est-ce que Gretchen vous touchait comme ça ?

— Oui. Les dessins que tu as faits sur le type aux dents taillées, tu te souviens d'avoir vu Gretchen les faire sur Isabel ?

— Je l'ai regardée les faire.

— Tu veux me raconter ce qui s'est passé, Jeremy ?

— Oui, mais d'abord le scalpel.

52

Henry aurait été heureux de ne jamais remettre les pieds dans le service psychiatrique de Providence. Il détestait l'odeur. Il détestait les caméras de surveillance et les portes fermées à clé. Il détestait les infirmières. Et surtout il détestait le fait que son meilleur ami y ait passé deux mois.

— J'espère que ça vaut le coup, dit-il.

Il attendait dans le couloir en compagnie de Claire et de Sarah Rosenberg. Ils regardaient la salle d'activités où un psychologue du service était assis en face de Frank, l'ancien compagnon de chambre d'Archie. Il interrogeait tous les malades mentaux à propos de la mort de Courtenay Taggart. L'hôpital n'acceptait que ses propres psys pour s'occuper de ses dingues.

Henry pensait que ce n'était que des conneries.

— Frank n'a pas de sœur, dit Sarah.

Il prit le temps de digérer l'affirmation avant de grogner :

— Et merde !

— Votre psy l'a vu dans son dossier, poursuivit-elle en regardant Frank au travers de la vitre. Personne n'a jamais eu l'idée de vérifier.

Claire, bras croisés, ne bougeait pas. Henry voyait l'inquiétude commencer à lui tordre la bouche. Ils savaient tous les deux ce que cela signifiait.

— C'est elle, lâcha Claire.

— Sarah, faites-moi entrer.

— Il ne voudra pas. Il est catégorique.

Henry regarda Frank par la vitre. Affalé sur la table, son pyjama d'hôpital trop grand pour lui, des chaussettes blanches roulées autour des chevilles, il paraissait faible et vulnérable. La proie idéale pour Gretchen.

— Laissez-moi lui parler.

Rosenberg le regarda un moment, hésita, puis finit par hocher la tête.

— D'accord, je vous fais entrer. Mais il est malade. Si vous le traumatisez, je perds ma place.

— Je vais éviter l'huile bouillante.

— Sois gentil, ajouta Claire.

— Je suis toujours gentil, répondit-il en entrant dans la pièce sur les talons de Rosenberg.

Frank leva aussitôt les yeux et lui fit un signe de la main.

— Bonjour, Henry.

Celui-ci se fabriqua un grand sourire hypocrite.

— Bonjour, vieux.

Il prit une chaise et s'installa à côté de Frank tandis que Sarah s'asseyait à côté de l'autre psy. Ça se présentait bien : Henry et Frank contre les toubibs, une sorte d'alliance. Ce vieil Henry et son copain Frank contre les méchants du service de santé.

Le psy de l'hôpital, un homme dans la cinquantaine, chemise de golf et short à plis, se tortillait sur sa chaise en plastique, visiblement mal à l'aise.

— Tu m'as manqué ce matin, dit Henry. J'ai été désolé de ne pas rendre visite à mon vieux copain Frank.

— Archie est parti.

— Ouais, mais je peux continuer à venir te voir, pas vrai ? Je peux venir voir mon vieux pote.

— D'accord, lâcha Frank en souriant timidement.

— Je parie que t'as des tas de visites, pas vrai ? Je parie que ta sœur vient tout le temps te voir.

Le visage de Frank se ferma.

— Pas vrai ? insista Henry.

— Elle est occupée, dit Frank en détournant les yeux.

Henry croisa les mains sur ses genoux et se fendit d'un grand sourire.

— Dis-moi, tu as une sœur ?

Le front de Frank se renfrogna et il battit l'air de la main.

— Arrêtez de me demander ça.

Henry vit Rosenberg poser une main à plat sur la table.

— Qui d'autre t'a demandé ça ?

— Lui, dit Frank en montrant du doigt le psy à la chemise de golf. Et Archie.

Henry s'efforça de parler d'un ton égal, de garder une attitude neutre.

— Quand Archie t'a-t-il demandé ça ?

— Après que j'ai pris son téléphone. Je voulais pas, mais je l'ai entendu.

Il secoua la tête et mit les mains sur ses oreilles.

— Dring, dring. Je l'ai trouvé dans sa commode. Il était furieux. Il m'a obligé à le rendre. C'est à ce moment-là qu'il m'a demandé : « Est-ce que t'as une sœur, Frank ? »

Il baissa les mains et s'affaissa sur sa chaise, la tête rentrée dans les épaules.

— Il était furieux.

— Tu as parlé à quelqu'un de ce téléphone ?

— Non. Je voulais appeler ma sœur, mais je me rappelais plus le numéro. Je crois qu'elle aussi est furieuse. Elle m'appelle plus.

— Comment s'appelle ta sœur, Frank ?

Il se détourna, se recroquevillant encore davantage sur sa chaise.

— Je ne veux plus vous parler.

— Quand est-ce qu'elle t'a téléphoné pour la dernière fois ?

Frank se couvrit de nouveau les oreilles.

— Dring, dring.

Rosenberg se leva.

— Ça suffit.

53

Il y avait trois ascenseurs au *Herald,* mais jamais plus de deux ne fonctionnaient en même temps. Ce jour-là, celui du bout à droite était en panne. Susan attendait un des deux autres.

Une nuit blanche et cinq heures devant l'ordinateur l'avaient laissée épuisée et les yeux rouges, malgré la petite sieste d'une heure qu'elle avait réussi à faire à la cafèt'. Mais elle avait rendu ses trois colonnes à temps. Jamais elle n'avait écrit meilleur article. Quel dommage que Quentin Parker ne soit plus là pour le lire.

Son travail terminé, elle comptait rentrer chez elle et dormir. Leo Reynolds ne répondait pas à ses appels. Soit ses amis des bas-fonds n'avaient rien trouvé, soit il avait décidé de ne rien lui dire.

Quelques bonnes heures de sommeil et elle essaierait de nouveau.

L'ascenseur n'en finissait pas d'arriver. Elle appuya la tête contre le mur et ferma les yeux.

Elle se réveilla en sursaut lorsque les portes s'ouvrirent. Encore dans le brouillard, elle cligna des yeux. Là, dans l'ascenseur, elle découvrit Henry Sobol.

Il bloqua la porte et lui fit signe de monter.

— Il faut qu'on parle. Quel étage ?

Elle changea son sac d'épaule, le téléphone d'Archie toujours à l'intérieur. Elle n'avait pas reçu le moindre appel depuis son message.

— Rez-de-chaussée.

Il appuya sur le 1.

Au moment où les portes se refermaient, Derek Rogers se glissa dans la cabine.

— C'est vous Dick, non ?

— Non, Derek.

— Plus de dix-sept mille personnes sont gravement blessées chaque année aux États-Unis dans des accidents d'ascenseurs ou d'escalators, dit Susan.

Henry ne fit même pas semblant de trouver ça drôle. Il avait la mâchoire crispée et ses yeux ne semblaient guère disposés à rire. Susan aperçut un réseau de minuscules veinules rosissant sur sa joue.

— Donc, on a fini d'interroger les détenus du service psychiatrique cet après-midi.

— Les patients, le corrigea la journaliste.

Il l'ignora.

— Vous avez déjà rencontré le compagnon de chambre d'Archie ? S'appelle Frank. Dépressif. Un peu lent. Reçoit des tas d'appels de sa sœur, parle d'elle sans arrêt. Sauf qu'il n'a pas de sœur.

Tout cela n'avait pas grand sens pour Susan. Mais dans l'état de fatigue où elle se trouvait, elle n'était pas certaine que deux plus deux égalent quatre aurait eu beaucoup de sens.

— Donc il aurait menti à propos de sa sœur.

Henry appuya sur le bouton d'arrêt d'urgence. L'ascenseur s'arrêta en brinquebalant.

Elle leva les yeux vers le tableau lumineux. Le deux et le trois étaient allumés. Ils étaient bloqués entre deux étages. Soudain elle se sentit mieux réveillée.

— Vous n'avez pas le droit de faire ça, dit Derek en élevant la voix. C'est le seul ascenseur qui marche. Et s'il y avait le feu ?

Henry s'approcha de lui à le toucher.

— S'il y a le feu, vous êtes censé prendre l'escalier, lâcha-t-il entre ses dents serrées.

Derek recula contre la paroi.

— Bien, monsieur.

Le cerveau de Susan se désembuait.

Henry s'adossa à la paroi à côté de Derek et lui donna une petite tape sur le bras.

— Je vais vous dire ce que je pense. Je pense que Gretchen s'est fait passer pour la sœur de Frank. Je pense que, grâce à lui, elle gardait un œil sur Archie, même si Frank refuse de l'admettre. Il jure sur la Bible qu'il a une sœur qui l'adore. Mais il m'a parlé d'un téléphone. Un portable. Frank l'a pris dans la commode d'Archie et Archie est devenu fou furieux. Que pensez-vous de tout cela, Susan ?

Elle avait du mal à respirer.

— Vous savez quelque chose à propos d'un portable ?

— Non.

— Je vais vous dire ce que je pense : Gretchen est en ville. Peut-être qu'elle n'est jamais partie. Alors il se peut que ce fan-club de l'Artiste, ou je ne sais quelle connerie, soit responsable du bordel actuel, mais je n'ai pas trouvé la moindre preuve que notre aide-soignant meurtrier ait jamais utilisé un site de rencontres sur Internet. On a fouillé son ordinateur personnel. On a fouillé tous ceux auxquels il a accès dans son travail. On est même allé fouiller dans les ordinateurs de la bibliothèque de son quartier, et je vous assure que ça n'a pas été facile. Rien. Ce n'est pas Jeremy Reynolds qui l'a manipulé pour qu'il assassine Courtenay Taggart. C'est Gretchen. Je pense qu'elle s'est servie de l'aide-soignant pour faire passer un téléphone à Archie. Et je pense qu'elle lui a ordonné de tuer un malade du service parce qu'elle savait que ça pousserait Archie à sortir de l'hôpital. Et si jamais je découvre que vous étiez au courant pour ce téléphone, je vous promets que je vous en ferai chier.

— J'ai trouvé Pearl Clinton, dit Derek. J'ai reçu un coup de fil d'une femme qui tient une boutique sur Hawthorne Boulevard. *De la Terre à la Lune*. Elle dit que Pearl a travaillé chez elle. Je dois aller la voir. Vous pouvez venir, si vous voulez.

Personne ne dit rien pendant un bon moment. Puis Susan se décida à rompre le silence.

— Pearl pourrait nous mener à Archie.

Henry appuya sur le bouton d'urgence et, après quelque hésitation, l'ascenseur se remit laborieusement en marche.

54

De la Terre à la Lune se trouvait sur Hawthorne Boulevard, entre une brûlerie de café et un magasin de troc. Susan connaissait l'endroit. Le commerce était ouvert depuis environ un an. Il remplaçait une boutique d'objets gothiques qui avait remplacé un salon de coiffure.

Si vous apparteniez à une sous-culture, Portland serait un endroit pour vous.

— Là, cria Susan.

Henry se gara sur une zone de livraison juste en face de la boutique. Parfois elle aurait aimé être flic. Ou du moins avoir une voiture avec des plaques de police.

— Qu'est-ce que c'est que ce bazar ?

— C'est steampunk.

— Steampunk ?

— Une sous-culture. Un peu victorien. Un peu science-fiction. Le monde selon Jules Verne.

Il la regarda sans comprendre.

— Vous avez lu *La Ligue des gentlemen extraordinaires*[1] ?

1. Bande dessinée d'Alan Moore publiée en 1999. Elle met en scène des personnages et des situations tirés de la littérature de la fin du XIXe siècle.

— La *Ligue* ? Un bouquin sur le base-ball ?

— Peu importe. Pearl portait un corset et des lunettes de motocycliste. Le genre de trucs qu'on trouve ici. C'est logique qu'elle y ait travaillé.

Ils descendirent de voiture et entrèrent.

On aurait dit une boîte à bijoux. Les murs étaient peints couleur vert serpent de mer et le plancher en noir, le comptoir était couvert de velours rouge et les lustres en cuivre semblaient faits de pièces détachées de montres. Des tuyaux accrochés à des chaînes pendaient du plafond, parés de corsets, jupons et autres robes à tournure. Il y avait aussi des vêtements d'homme, manteaux, costumes, gilets et guêtres, ainsi que de vieux uniformes militaires. Sur des étagères en bois sombre, des montres de gousset excentriques, de vieilles ombrelles, des lunettes de motocycliste et des revolvers-laser.

La femme derrière le comptoir de velours rouge portait une robe Belle Époque noire sous un corset de cuir noir, une loupe en sautoir et, dans un médaillon en verre, ce qui ressemblait fort à une dent humaine. Elle arborait aussi une ceinture de cuir avec un revolver laser Flash Gordon dans chaque holster.

— Je suis du *Herald*, dit Susan. Je viens de la part de Derek Rogers.

— Vous m'en voyez ravie.

— Vous l'avez appelé ce matin. Nous cherchons Margaux Clinton. Elle est connue sous le nom de Pearl. Seize ans, un mètre soixante. Très maigre. Cheveux noirs coupés court. Lunettes de motocycliste. Comme celles-là, dit-elle en montrant une paire trônant sur l'étagère. Vous avez dit à Derek qu'elle avait travaillé ici.

— Je ne connais personne du nom de Derek Rogers. Et je ne lis pas le *Herald*.

— Vous n'avez pas appelé le journal ce matin ?

— Non, mais Pearl a bien travaillé ici. Je l'ai virée il y a un mois environ. Elle me volait.

Elle jeta un regard en coin à Henry avant de revenir à Susan.

— C'est une fugueuse ?

— Elle est recherchée dans une affaire impliquant plusieurs meurtres, dit Henry.

La femme lui lança un regard désapprobateur.

— C'est le père ? demanda-t-elle à Susan.

— Non. Je suis flic.

— Elle fréquente des gens peu recommandables, dit Susan en sortant une carte de son porte-monnaie et en la posant sur le comptoir dans l'espoir de compenser le côté flic.

— Je suis vraiment journaliste.

— Si elle s'est sauvée, c'est peut-être qu'elle avait une raison.

— Peut-être que ses parents voulaient qu'elle s'habille comme tout le monde, grogna Henry en regardant autour de lui.

La femme le détailla des pieds à la tête. Il portait un jean noir et un tee-shirt noir fané et taché de sueur. Elle ne parut guère impressionnée.

— Les gens vous regardent, ils font la grimace, dit-elle en prenant une pose à la *Vogue* et en battant des cils. Ils me regardent, ils sourient.

Henry s'approcha d'elle, la dominant de toute sa taille. Des gouttes de sueur perlaient sur son crâne rasé.

— Regardez-moi bien. Vous pouvez sourire, je m'en fous. Vous pouvez porter ces lunettes grotesques, je m'en contrefous. Ce qui m'intéresse, c'est de retrouver Pearl Clinton. Alors je vous donne dix secondes pour nous dire où elle est.

55

Le carrefour de Hawthorne Boulevard et de la 38e Avenue était un endroit privilégié pour les mendiants de tout poil et, d'après la femme qui tenait *De la Terre à la Lune*, Pearl y faisait régulièrement la manche, harcelant les promeneurs pour leur réclamer une pièce.

— Putain, faites gaffe, cria Susan à Henry qui venait d'éviter de justesse un cycliste.

Il grommela quelques mots et s'approcha du pare-brise pour mieux voir.

— Là !

Pearl s'engageait dans la 38e Avenue.

— Cramponnez-vous.

Il s'arrêta en faisant crisser les pneus et en montant sur le trottoir. Il ouvrit la portière et fonça.

Susan se redressa en s'agrippant au tableau de bord, descendit de la voiture et s'élança à sa poursuite.

Le temps qu'elle le rejoigne, il tenait Pearl par le bras.

— J'exige un avocat.

Il la serra plus fort, faisant saillir son biceps nu.

— Si je te boucle et t'appelle un avocat, ça voudra dire prévenir tes parents et les services sociaux. Réfléchis.

Un petit attroupement s'était formé. Il y avait toujours beaucoup de passants sur Hawthorne. Deux enfants des rues, quelques personnes avec des sacs à provisions, deux cyclistes qui s'étaient arrêtés et regardaient la scène, le casque à la main. Certains filmaient avec leur téléphone portable. Pearl hurlait :

— Une citoyenne harcelée par les flics.

— Henry ! dit Susan.

Il lâcha le bras de la gamine. Elle frotta l'endroit où il l'avait serrée et croisa les bras d'un air de défi.

— C'est pas un jeu. Dis-moi où se trouve Archie Sheridan.

— Je n'ai rien fait de mal, dit Pearl assez fort pour que tous les spectateurs l'entendent.

Henry cligna des yeux, il n'en revenait pas.

— Rien de mal ? Tu fais partie d'un club d'admirateurs d'une tueuse en série.

— Et alors ? J'appartenais à la Wicca[1] quand j'étais au lycée. Ça veut rien dire.

— Où est Jeremy Reynolds ?

Pearl se contenta de le dévisager.

— Laissez-moi lui parler, intervint Susan.

Henry menaça la gamine en agitant un doigt devant son nez.

— Il y a une famille d'accueil qui t'attend.

— Allez vous faire foutre !

1. Secte mêlant entre autres satanisme et paganisme.

Le visage du policier s'empourpra et Susan se glissa entre lui et la fille.

— Depuis combien de temps fais-tu partie d'un… – elle hésita, cherchant le mot juste – … d'un groupe d'admirateurs de l'Artiste ?

Pearl roula des yeux et soupira.

— J'ai rencontré Jeremy à la foire d'Eugene. Il m'a proposé de me joindre à eux. Ça m'a paru marrant. On se retrouve au milieu de la nuit dans un endroit glauque et on essaie de se foutre les jetons.

— Ils se mutilent pour avoir l'air de victimes, dit Henry.

— Ça, je le savais pas jusqu'à la nuit dernière.

— Parle-moi de la nuit dernière.

Pearl frappa le trottoir de la pointe de sa chaussure.

— Écoutez, la nuit dernière, c'est allé trop loin. Je savais pas qu'ils allaient faire ces conneries avec l'aiguille. Je croyais qu'ils voulaient juste s'amuser un peu.

— Jeremy n'est pas celui que vous imaginiez, pas vrai ?

Les gamines n'allaient pas dans des clubs parce qu'elles trouvaient ça marrant, elles y allaient à cause des garçons.

Pearl hocha la tête et ses yeux s'emplirent de larmes.

— Après votre départ, Archie Sheridan a sorti un flingue. Il voulait qu'on lui dise où se trouvait Jeremy. C'était plutôt bizarre, parce que, vous savez, il était devant lui.

Elle s'essuya le nez.

— Ensuite, il a pris une décharge de Taser. Vachement forte. Il aurait pu y rester.

— Et ensuite ? insista Henry.

— Je sais pas, dit-elle en reniflant. J'ai couru. Je suis partie en courant. J'ai remonté Grand et j'ai pris le bus 14 jusqu'à Hawthorne.

Henry se retourna et noua ses mains sur sa nuque.

— Ces meurtres, reprit Susan, les corps à la Roseraie, la tête à Pittock Mansion. Ce n'était pas Gretchen Lowell, c'était Jeremy.

La bouche de Pearl se crispa, ses yeux se plissèrent et elle baissa la tête.

— Je croyais qu'il m'aimait.

— Je sais, ma chérie, dit Susan en lui caressant le bras.

Elle laissa la gamine méditer un moment sur les infortunes de sa vie amoureuse, puis se pencha vers elle et demanda de sa plus belle voix de grande sœur.

— Jamais il t'a emmenée quelque part ?

56

Jeremy avait mis de la gaze sur les blessures d'Archie et lui avait donné une serviette éponge pour s'asseoir. Nus tous les deux, ils étaient assis face à face en tailleur, une boîte à scalpels ouverte posée entre eux sur le sol.

— Je ne pourrais pas m'habiller, dis ?

— Il faut que je vous voie.

Il s'empara du scalpel et le tint comme Archie le lui avait montré dans le sous-sol, comme un couteau de table. Il tendit l'autre main et promena ses doigts sur la cicatrice en forme de cœur sur la poitrine d'Archie.

Le torse de Jeremy était ravagé. Certains tissus cicatriciels paraissaient anciens, pâles et prêts à se rompre, on aurait dit qu'il se mutilait ainsi depuis des années. Des incisions profondes lui entaillaient la poitrine et lui zébraient le ventre, une fine cicatrice courait sous ses côtes à droite, à l'emplacement d'une splénectomie. Elle n'était pas assez épaisse pour être autre chose qu'une lacération superficielle. Il s'était coupé lui-même pour faire comme s'il avait subi une ablation de la rate. Pour ressembler à Archie.

Le long de ses bras, de ses jambes et à l'intérieur de ses cuisses, apparaissaient, sculptés encore et encore, les mêmes motifs de triangles qu'Archie avait trouvés sur Isabel. Certaines cicatrices étaient à peine décelables, d'autres semblaient récentes. Cela faisait des années qu'il s'automutilait.

Les doigts du jeune homme s'éloignèrent du cœur d'Archie et suivirent la cicatrice de dix centimètres qui lui barrait le ventre.

— Et celle-là ?

C'était la seule qu'il ne devait pas à Gretchen, différente des autres, un trait droit, fonctionnel, comme tracé par une autre main.

— Quand je suis arrivé à l'hôpital, je faisais une hémorragie interne. On a dû m'ouvrir pour nettoyer et réparer les dégâts causés lorsqu'elle m'avait enlevé la rate.

C'était la cicatrice dont il se sentait le plus déconnecté, parce que, contrairement à celles que lui avait infligées Gretchen, il n'en avait pas le moindre souvenir.

— De toute façon, Fintan l'aurait fait. Il l'aurait fait lui-même.

Archie jeta un coup d'œil au scalpel que tenait Jeremy. Il fallait qu'il gagne du temps.

— Tu l'as rencontré dans un camp de vacances ?

Jeremy avait le visage flasque, le regard distant.

— Je le connaissais depuis le lycée. Il était aussi chtarbé que moi.

Il posa la main sur son bras et frotta machinalement les cicatrices en forme de triangle, comme si elles le démangeaient. Il tenait toujours le scalpel dans l'autre main, le poignet posé sur le genou.

— Il voulait se faire enlever la rate. Il était obsédé, il ne parlait que de ça. Personne ne le prenait au sérieux. Sauf moi. J'ai lu quelques livres et regardé sur Internet. J'ai imprimé le protocole.

Archie pensa à la rate de chèvre abandonnée dans les toilettes de l'aire de repos.

— Et tu t'es entraîné sur des chèvres.

— Leur rate a à peu près la même taille. J'ai lu ça sur Internet aussi.

— Que sont-elles devenues ?

— Elles sont toutes mortes.

Il se pencha si près qu'Archie sentit son souffle sur son visage. Il approcha ses lèvres de l'oreille du policier.

— Je voulais savoir ce que ça faisait d'être elle, d'être Gretchen. Et ça m'a plu. J'ai aimé trancher dans sa chair, plonger les mains dans son corps. J'ai aimé l'odeur. Ça m'a rappelé Isabel.

Archie essaya de toutes ses forces de ne pas réagir. Jeremy le testait. Le jeune homme se recula et le regarda un long moment.

— Vous pouvez partir.

— Je sais.

— Mais vous restez.

— Parce que je m'intéresse à toi, Jeremy.

— Vous avez été gentil avec moi quand j'étais enfant, dit-il en posant les yeux sur le scalpel. Mon père et mon frère, je leur rappelais seulement ce qui était arrivé à Isabel. Je le voyais quand ils me regardaient.

Un tic nerveux agita sa lèvre supérieure et, dans le jeune homme assis en face de lui, perdu, abîmé, en colère, Archie retrouva le gamin qu'il avait rencontré des années auparavant. Jeremy plissa des yeux accusateurs.

— Je veux que vous m'emmeniez.

Les coins de sa bouche s'abaissèrent et ses lèvres se mirent à trembler tandis qu'il luttait pour refouler ses larmes.

— Vous savez ce qu'ils font, dit-il en haussant la voix. Ce sont des criminels.

Son visage ravagé par la douleur brisa le cœur d'Archie.

— Pourquoi ne m'avez-vous pas emmené ?

Archie n'y avait jamais pensé. Tellement occupé à traquer l'Artiste, à résoudre le meurtre d'Isabel et à le protéger de la presse et de Gretchen, il n'avait jamais vraiment songé à le protéger de son père.

— Je suis désolé.

Il ne trouva rien de mieux à dire.

Jeremy se mit à pleurer. Il pleurait comme un gosse, en se balançant, son nez coulait, il avait le visage rouge et déformé. Gretchen avait bien abîmé Archie, mais elle avait brisé Jeremy Reynolds.

Il prit plusieurs inspirations haletantes, resta un moment parfaitement immobile, puis leva calmement le scalpel et se l'enfonça dans la poitrine, juste sous le sein gauche.

— Ne fais pas ça, je t'en prie, non.

Il regarda le jeune homme promener la lame sur sa cicatrice en forme de cœur, s'efforçant de la faire ressembler davantage à celle d'Archie. Mais il appuyait trop fort. La peau se fendit et un jet de sang jaillit de la blessure.

Archie lui prit le poignet.

— C'est trop profond, Jeremy.

Le jeune homme tremblait, le visage enfiévré. Le scalpel continuait de glisser, tranchant chair et muscles. Il fallait qu'Archie le lui fasse lâcher.

— Pourquoi ne me laisserais-tu pas me couper pour que ce soit moi qui te ressemble ?

Jeremy se figea et leva les yeux. Pour la première fois, Archie aperçut une lueur claire et ferme dans son regard. Il n'était pas trop tard. Il tendit la main, paume tournée vers le haut.

— Donne-le-moi.

Jeremy arracha le scalpel de sa chair et le regarda en clignant des yeux. Puis il essuya la lame avec un coin de la serviette sur laquelle il était assis et le remit à Archie.

Il attendit.

— C'est bien.

Archie avait touché Jeremy, il avait le sentiment d'avoir gagné sa confiance, d'avoir réussi l'épreuve. Il ne lui restait plus qu'à s'exécuter. Il avait survécu à dix jours de torture aux mains de Gretchen. Quelques cicatrices de plus, qu'est-ce que ça pouvait bien faire ?

Il regarda les bras et les cuisses de Jeremy, les incisions en forme de triangle, les cicatrices que Gretchen avait gravées sur Isabel et sur aucune autre de ses victimes.

Il porta le scalpel à sa cuisse, à l'intérieur, juste au-dessus du genou droit, et il fit courir la lame sur sa peau. C'était facile. Elle était tranchante et il ne sentit pas la douleur. Un trait rouge de quelques centimètres apparut aussitôt.

— Elle avait une chaussette avec une brique dedans, dit Jeremy. Elle a frappé Isabel à la tête.

Archie leva les yeux.

Le gamin se souvenait.

Il savait qu'il aurait dû penser au psychisme fragile de Jeremy, à conclure l'enquête, à rassembler davantage de preuves contre Gretchen, et pourtant il ne pensait qu'à une chose : je ne suis pas seul.

Et il était heureux. C'était ce qu'il cherchait, non ? Il voulait que Jeremy se souvienne parce que cela signifiait que quelqu'un d'autre savait. Quelqu'un qui avait survécu. Quelqu'un d'aussi abîmé que lui.

Il ne voulait pas être seul.

Ni lui ni Jeremy ne voulaient être seuls.

Le jeune homme regardait dans le vide. Le cœur sur sa poitrine continuait de saigner, et il devait avoir du sang sur les mains parce qu'il s'en était barbouillé le visage et les bras.

— Elle l'a frappée fort. Elle l'a cognée ici, dit-il en se touchant le crâne, derrière l'oreille. Ensuite elle l'a attachée.

Archie se souvenait du rapport d'autopsie. Le récit de Jeremy correspondait à la petite fracture que le médecin légiste avait trouvée sur le crâne d'Isabel.

Le jeune homme se tut et regarda Archie ; ses yeux se posèrent sur la petite incision qu'il s'était faite sur la jambe.

Archie leva le scalpel et traça un autre trait de sang sur sa cuisse. Il fit cela lentement, il lui fallait être prudent, ne pas tailler trop profond. Jeremy reprit son récit.

— Isabel était sur la banquette arrière. J'étais sur le siège passager. Je n'étais pas attaché. On n'a pas parlé. Elle nous a conduits dans les bois.

Sa voix était neutre à présent, distanciée, comme s'il racontait les détails d'un rêve. Archie essuya le scalpel sur la serviette.

— Ça devait être un chemin forestier, elle s'est arrêtée plusieurs fois pour ouvrir une de ces barrières des Eaux et Forêts. On a roulé longtemps. Elle ne parlait pas. Isabel s'est réveillée et s'est mise à pleurer. Je l'entendais, mais j'avais trop peur pour me retourner ou dire quoi que ce soit.

Archie enfonça de nouveau la lame dans sa chair. Il y avait quatre enfants, victimes supposées de l'Artiste, tous torturés et trouvés avec le cœur, la signature de Gretchen, sculpté sur la poitrine. Il n'avait jamais réussi à obtenir des aveux. Elle avait toujours refusé d'en parler. Les enfants, c'était la récompense finale, inaccessible.

— On s'est garés au bord du chemin et Gretchen est passée à l'arrière avec ma sœur.

Archie enfonça la lame un peu plus profond. Il voulait la sentir. Il méritait de la sentir. Gretchen lui avait fait miroiter l'histoire des enfants comme une douceur, mais jamais il n'avait désiré qu'elle avoue, parce qu'il aurait dû écouter son récit, entendre ce qu'elle leur avait fait subir, et s'en souvenir toutes les nuits où il pensait à elle, la bite à la main. Sentir la lame.

— Elle l'a coupée avec un cutter. Elle avait un paquet de lames et lorsque l'une était émoussée, elle en mettait une neuve. Isabel pleurait et criait. Elle avait tellement peur. Gretchen lui a enlevé un sein. Elle disait que les Amazones se coupaient un sein pour mieux tirer à l'arc. Quand elle a eu dégagé la chair du muscle, elle l'a jetée par la fenêtre en disant : *Maintenant, tu es une Amazone*.

Archie sentait quelque chose. Mais ce n'était pas de la douleur, c'était du dégoût. Et pour la première fois depuis des années, il n'était pas dirigé contre lui. C'était elle qui le dégoûtait. Il voulait que Jeremy continue. Il voulait connaître tous les horribles détails. Chaque horreur qu'elle avait commise la lui faisait haïr davantage. La rage coulait dans ses veines comme des endorphines.

— Je ne sais pas combien de temps ça a duré. Des heures. À un moment, les yeux d'Isabel sont devenus vitreux, elle était pâle et inerte. Alors Gretchen a mis une lame neuve et lui a tranché la gorge. Elle m'a montré comment faire. Elle disait que tout le monde devrait savoir. De petites bulles de sang ont jailli de son cou. Quand elle a été morte, Gretchen a sculpté un cœur sur sa poitrine. C'est alors que j'ai compris qui elle était. L'Artiste. J'avais lu des histoires à son sujet. On est restés un long moment assis dans la voiture. La nuit est tombée. Je me suis mis à pleurer, elle m'a pris dans ses bras et m'a caressé les cheveux. Ensuite elle n'a plus rien dit. J'ai pensé qu'elle était furieuse contre moi. On n'a pas bougé pendant un jour complet et une nuit. Je sortais faire pipi et je revenais. Elle est sortie quelques fois elle aussi. Le deuxième jour, je lui ai dit que j'avais faim et nous sommes retournés en ville. Elle s'est garée et est partie à pied. Je ne savais pas si elle reviendrait. Je ne savais pas si je devais la suivre ou pas. Alors j'ai attendu. Au bout d'un moment, je me suis endormi.

Archie reposa le scalpel couvert de sang dans la boîte. Jeremy secouait la tête.

— Pourquoi elle ne m'a pas tué ?

— Je l'ignore.

— Elle s'est occupée de moi.

— Elle t'a torturé autant qu'elle a torturé ta sœur, dit doucement Archie. Seulement toi, tu dois vivre avec. Il n'y a pas d'explication.

Il parlait autant pour lui-même que pour Jeremy.

— Elle se moquait bien de toi. Tu ne lui dois rien.

Jeremy se mit à sangloter.

— Je m'en veux. J'ai tué ces gens. J'ai tué un homme qui dormait dans un parc et une fille que j'avais prise en stop. Et un autre homme que j'ai fait monter dans ma voiture sous prétexte de lui donner du boulot. Je les ai tués et j'ai gardé leurs yeux. Ils me rappelaient ceux d'Isabel. Des yeux morts, comme les siens.

— Tu les as mis sur les scènes de crime de Gretchen.

— Je voulais attirer son attention.

Archie regarda Jeremy, brisé, détruit – le déchet que Gretchen avait jeté dans le caniveau –, et il se promit de tout faire pour l'aider.

— Tu es dans de sales draps. Des gens sont morts. Tu as brutalisé une journaliste…

Il aurait pu continuer, mais le jeune homme ne semblait pas disposé à discuter d'une inculpation pour exercice illégal de la médecine.

— Aidez-moi.

— Ton père te trouvera un bon avocat.

Ils étaient tous deux abîmés. Face à face, leur torse ravagé à l'air. Archie avait l'impression de se regarder dans un miroir.

— Ça va aller. Tu vas t'en tirer. On va t'aider. Ça va aller, pour nous deux.

La lumière vacilla.

Archie leva les yeux. Il y avait quelque chose d'anormal.

Le plafond semblait descendre sur lui. Il secoua la tête en regardant Jeremy pour voir s'il avait constaté la même chose. Mais le jeune homme ne regardait pas le plafond, il regardait Archie, un léger sourire aux lèvres.

— On devrait partir d'ici, dit-il.

Il avait chaud, l'esprit confus. Peut-être une baisse de tension due à la suspension. Il voulut se lever, mais son estomac se retourna, comme si le sol était monté pour redescendre aussitôt, ou comme s'ils se trouvaient à bord d'un bateau pris dans la tempête. Il tomba à genoux.

Il leva les yeux vers Jeremy, pour voir s'il avait ressenti la même impression cette fois, mais le jeune homme n'avait pas bougé. Il restait assis là, immobile, tel un moine, et il le regardait. Puis ses yeux se posèrent sur le bidon d'eau sucrée.

— Qu'est-ce que tu as fait ?

Un picotement chaud lui chatouillait la colonne vertébrale et descendait dans ses bras. Il tenta une nouvelle fois de se lever, mais ses jambes se dérobèrent.

Il fut pris de nausée en reconnaissant les symptômes familiers.

Il voulut lever un bras mort pour toucher Jeremy, mais son champ de vision était déjà rétréci et sa tête tournait. Il tomba dans les bras du jeune homme. Il entendit un choc mou et il lui fallut un moment avant de comprendre que c'était le bruit de sa mâchoire heurtant l'épaule osseuse de Jeremy. Sa tête glissa de quelques centimètres et son visage vint se blottir contre la poitrine glabre et ravagée de cicatrices. Il sentit le goût du sang de la blessure se mélanger à sa salive. Il entendit battre le cœur de Jeremy tandis que son propre pouls ralentissait de façon anormale. Il rassembla toute son énergie pour prononcer un seul mot, qui sortit dans un râle rauque à peine perceptible : *Phentobomine*.

— Oui. C'est avec ça que Gretchen vous a drogué quand elle vous a capturé. Je l'ai lu dans *La Dernière Victime*.

Il tenait Archie et le berçait. Celui-ci ne sentait plus rien, mais il percevait le mouvement grâce à un mince rayon de couleur et de lumière.

Jeremy se dégagea de sous le corps d'Archie et le fit doucement rouler sur le dos.

— L'effet va disparaître d'ici une demi-heure, dit-il.

Il paraissait sincèrement désolé, ce qui ne compensait pas du tout le fait d'être abandonné nu et drogué sur un sol en béton. Archie voulut le retenir, mais les mots refusèrent de sortir.

— Ne t'en v…

Jeremy s'éloigna et disparut dans le noir.

— Je ne veux pas aller en prison. Ils ne veulent pas que j'apporte mes jouets.

Archie essaya de nouveau de parler, mais sa langue était trop épaisse, sa bouche trop sèche. Seulement une phrase, deux mots, mais il était incapable de les former, et Jeremy était parti : *Retourne-moi*.

Gretchen avait été infirmière. Elle savait comment utiliser la Phentobomine. Jeremy l'avait sans doute commandée sur Internet. C'était un gosse. Il avait peur. Il ne savait pas.

Il ne savait pas qu'il ne fallait pas laisser Archie sur le dos. Qu'il ne pouvait pas bouger et qu'il allait être étouffé par sa salive.

Les lumières vacillèrent et il entendit les râles laborieux de sa propre respiration. Il essaya de gonfler ses poumons lentement, d'aspirer autant d'oxygène que possible. Mais son corps le trahissait. Son cœur se mit à battre la chamade. Il se concentra, comptant les battements, essayant de rester en vie encore vingt battements, puis dix. Ses poumons le brûlaient. Les râles devinrent un horrible bourdonnement. Chacune de ses cellules voulait prendre une goulée d'air et il ne pouvait rien faire, allongé sur le béton, noyé dans sa propre salive.

Un agréable tourbillon noir l'enveloppa lorsque ses poumons consommèrent leur dernière réserve d'oxygène.

Archie se battait, il voulait que son corps respire, il voulait rester en vie quelques minutes encore. Il pesta, lutta, résista et réussit à obliger ses poumons à inspirer un mince filet d'air.

Alors deux mains s'emparèrent de son corps et le tournèrent sur le côté.

57

Susan serra son sac posé sur ses genoux. Une bombe lacrymogène, pour être plus efficace, doit être tenue droite, et le gaz vaporisé par petites pressions d'une demi-seconde au visage de l'agresseur. Les yeux et le nez sont les cibles les plus indiquées. La portée est de trois à quatre mètres en fonction de la pression de la bombe et du vent. Il faut vaporiser et reculer, puis vaporiser de nouveau. En reculant, on réduit les chances d'être victime de sa propre attaque chimique. Bien utilisées, les bombes lacrymogènes provoquent une dilatation instantanée des capillaires, une cécité temporaire et une inflammation du système respiratoire.

Henry lui jeta un regard en coin.

— Vous restez dans la voiture.

Va te faire…, pensa-t-elle en serrant un peu plus son sac bourré de bombes d'autodéfense.

Le squat de Jeremy se trouvait dans le quartier industriel au nord-ouest de Portland. Autrefois, l'endroit avait été un marais. Puis quelqu'un avait eu la bonne idée d'y installer un dépôt de chemin de fer. Ensuite les organisateurs de l'exposition de 1905 avaient découvert le terrain et trouvé qu'il serait parfait pour leur manifestation, en dépit de l'eau stagnante. L'expo connut un grand succès. Les gens des alentours vinrent à Portland pour les pavillons et restèrent pour la bière bon marché et les solides bûcherons. Les aménagements créés pour l'exposition rouillèrent ou pourrirent, les bûcherons retournèrent dans leurs forêts, et l'endroit se couvrit de petites usines qui ne fabriquaient rien, mais fournissaient toutes sortes de pièces détachées.

— C'est là, dit Pearl.

Le bâtiment était de plain-pied, bleu et sans fenêtres. Henry se gara devant. Les restes de l'enseigne peinte à la main d'une entreprise morte depuis longtemps pendaient toujours au fronton.

Pearl désigna une épave garée dans la rue.

— C'est sa voiture.

La bouche d'Henry se crispa. Il attrapa le micro de la radio sur le tableau de bord et demanda des renforts.

Susan eut soudain la chair de poule. Sur toute la longueur des quais de chargement à demi effondrés du bâtiment s'étalaient des affiches annonçant la sortie du prochain épisode des *Tueurs en série les plus sexy d'Amérique* consacré à Gretchen Lowell.

Henry raccrocha la radio et se tourna vers Susan.

— J'y vais. Restez dans la voiture, verrouillez les portières. Ne touchez à rien.

Puis, anticipant une protestation, il jeta un coup d'œil à Pearl et ajouta :

— Il faut que vous restiez avec la fille.

Susan serra son sac encore plus fort et regarda le bâtiment par la vitre. Le visage de Gretchen sur les affiches, la hache sur la vieille enseigne. Si Archie était là, il avait besoin d'aide. Pas le temps de discuter.

Elle se mordit la lèvre et hocha la tête.

Henry dégaina son revolver, lui adressa un dernier regard sévère et descendit de voiture.

Elle ne le quitta pas des yeux tandis qu'il s'approchait du bâtiment courbé en deux, l'arme pointée vers le sol devant lui. La porte d'un des quais de chargement était ouverte et elle le vit bondir dessus. Il cria quelque chose et, après un dernier regard en direction de la voiture, il se glissa à l'intérieur.

Elles étaient seules. Une onde de peur lui parcourut les bras et Susan fouilla dans son sac pour y prendre une de ses bombes.

Elle jeta un coup d'œil dans le rétroviseur espérant apercevoir les lumières bleues et rouges. D'une minute à l'autre, elle allait entendre les sirènes. Il y avait déjà des dizaines de flics qui fonçaient vers le carrefour.

Henry allait assurer le coup. On pouvait compter sur Henry pour assurer. Jeremy n'avait pas l'ombre d'une chance. Elle sourit en l'imaginant en train d'essayer de piercer Henry.

— Jeremy a un flingue, dit Pearl.

Susan se retourna d'un bond.

— Quoi ?

Pearl était affalée à l'arrière, bras croisés, ses lunettes de moto dans les cheveux comme des lunettes de soleil.

— Ça me revient. Il me l'a montré une fois. Il le tient de son père.

Susan porta une main à sa bouche et se recroquevilla sur son siège sans trop savoir quoi faire. Henry était à l'intérieur. Que faire ? Baisser la vitre et hurler ? Sortir de la voiture ? L'appeler sur son portable ? Trouver comment fonctionnait cette putain de radio ?

Elle se retourna et regarda par la lunette arrière. Où étaient les renforts ?

C'est alors qu'elle l'entendit.

Si elle était passée dans la rue, elle n'aurait pas su qu'il s'agissait d'un coup de feu. Un claquement sourd, le genre de truc qui fait penser à une voiture qui a des ratés, ou à un pétard.

Mais ce n'était ni un pétard ni une voiture.

Quelqu'un à l'intérieur du bâtiment avait tiré sur quelqu'un. Quelqu'un avait peut-être été touché.

— Merde !

— C'était un coup de feu ? demanda Pearl qui, soudain, parut son âge.

Il fallait qu'elle aille voir.

Elle n'avait plus le choix. Henry était peut-être blessé. Peut-être baignait-il dans son sang. Elle empoigna son sac et le lança à Pearl.

— Reste dans la voiture. Quand les renforts arriveront, explique-leur ce qui se passe. Il y a une bombe lacrymo dans mon sac en cas de besoin. Ne touche à rien d'autre.

— Entendu, dit Pearl, toute pâle.

Susan se dirigea vers la porte du quai de chargement. Elle marchait vite, la bombe à la main, prête à l'emploi. Elle avait les yeux fixés sur la porte. Va jusqu'à la porte. Entre. Ne te fais pas tirer dessus.

Quatre personnes sont tuées par balle toutes les heures aux États-Unis. Elle se sentit mieux. Quelle chance y avait-il qu'Henry soit l'une d'entre elles ? Ou Archie ? Enfin, *quatre personnes*, dans ce grand pays de plus de 300 millions d'habitants. À cette minute même, des gens se tiraient dessus dans des villes bien plus importantes : des amoureux éconduits, des lycéens frappés de folie, des pilleurs de banque, et combien d'autres.

Elle arriva à la porte. Elle était entrouverte, mais il faisait noir à l'intérieur et elle n'y voyait rien.

— Henry ? Ça va ?

Aucune réponse.

Elle brandit sa bombe et entra. Elle devenait experte dans l'art d'entrer dans des lieux crasseux et mal éclairés. Elle s'arrêta un instant pour permettre à ses yeux de s'habituer. Quelques vitres brisées laissaient filtrer des rais de lumière et, une fois ses pupilles dilatées, elle y vit un peu mieux. Le sol était jonché de débris de palettes en bois en train de pourrir. Quoi qu'on ait fabriqué ici, tout avait été stocké dans des caisses, chargé dans des camions sur le quai et expédié à des clients morts depuis longtemps.

Elle resta parfaitement immobile et écouta.

Quelqu'un toussa. Archie. Elle ne savait pas comment elle le savait, mais elle en était certaine, c'était Archie.

Elle chercha l'origine du bruit et aperçut une porte ouverte sur le mur opposé. Elle se rua, sans même chercher à éviter les morceaux de bois qui traînaient par terre.

Dehors, une sirène hurla, et soudain il lui sembla qu'il y en avait des centaines.

Elle avait déjà atteint la porte.

La pièce suivante était plus grande, l'ancien atelier. Au milieu une ampoule nue pendait au bout d'un fil. Archie était nu, à quatre pattes. Il essayait vainement de se mettre debout. Il leva les yeux et la vit. Elle se précipita vers lui.

En s'approchant, elle découvrit les pansements sur son dos, le blanc tout imprégné de sang. Il tenta de nouveau de se lever. Poussant sur ses genoux avec ses mains, il réussit à se mettre debout en équilibre instable. Ses jambes lacérées saignaient. Il était totalement nu, mais ce ne fut pas ce qui choqua Susan. Ce qui la choqua, ce furent ses cicatrices. Elle avait lu le dossier, les articles de presse, elle avait même lu *La Dernière Victime*. Elle savait ce que Gretchen lui avait fait. Elle connaissait la splénectomie dans le sous-sol. Elle n'ignorait pas qu'elle lui avait enfoncé des clous dans la poitrine, cassé plusieurs côtes, joué au docteur sur son corps avec un cutter et un scalpel et sculpté un cœur sur la poitrine.

Mais elle n'avait jamais vu le résultat. Il avait le torse ravagé, zébré de cicatrices. Des poils bruns repoussaient par touffes autour de la peau neuve, blanche et lisse. Il n'y avait pas un centimètre carré où Gretchen n'eût laissé sa marque. La plus grande cicatrice, une sorte d'épaisse tresse rose qui lui découpait la poitrine en deux ressemblait à un cordon ombilical. Mais celle qui attira son regard, celle dont elle ne put détacher les yeux, ce fut la cicatrice en forme de cœur sous sa clavicule gauche. Deux ans déjà et elle paraissait toujours à vif, comme s'il avait passé des mois à la gratter.

Elle se rapprocha encore, leva un des bras d'Archie et le passa autour de son épaule tout en glissant le sien autour de sa taille sans lâcher la bombe lacrymogène. Le contact le fit grimacer et elle vit la plaie violacée sur son flanc, là où le Taser l'avait brûlé. Elle déplaça sa main et la posa sur la hanche d'Archie. Il tangua, son poids passa d'une jambe sur l'autre, mais elle ne put en faire davantage pour le soutenir. En revanche, il avait le regard clair et décidé.

— J'ai entendu un coup de feu.

— Henry est entré le premier.

— Je ne l'ai pas vu.

Il hochait la tête comme s'il essayait de comprendre et regarda Susan.

— Mes jambes ne me portent pas encore très bien. Vous pouvez nous sortir d'ici ?

À l'extérieur, un mégaphone grésilla et Susan entendit quelqu'un hurler des ordres sans parvenir à distinguer lesquels.

Elle gardait les yeux fixés sur la porte. Archie pouvait à peine marcher et elle dut faire appel à toutes ses forces pour le guider pas à pas vers ce but.

— Est-ce qu'ils vont venir ?

— Ils doivent d'abord sécuriser le périmètre, savoir s'il y a des otages. Ils ne viendront pas, sauf s'ils entendent un nouveau coup de feu.

À leur gauche, à la limite du cercle de lumière, elle aperçut une énorme enclume criblée de coups. C'était le seul outil qu'on avait laissé, comme si, en débarrassant l'usine, on avait décidé qu'elle était trop lourde à emporter.

— Qu'est-ce qu'on fabriquait ici ?

— Des haches.

Elle vit l'éclat du métal avant de voir l'arme elle-même. La lame d'acier disparaissait sous une couche de rouille orangée et le gris du manche en bois semblait bien fané. Jeremy se déplaçait vite et brandissait haut la hache. Une masse indistincte se jeta sur eux. Susan crut l'entendre hurler, mais le cri résonna si fort dans sa tête qu'elle pouvait bien l'avoir poussé elle-même.

Elle dégagea son bras de la taille d'Archie et leva sa bombe. Elle ferma les yeux et appuya sur la valve.

Vaporiser. Reculer.

Elle était incapable de bouger. Elle essaya mais ses pieds restaient collés au sol. Elle se prépara à recevoir le coup. Le hurlement continuait de résonner dans sa tête.

Lizzie Borden prit une hache
En assena quarante coups à sa mère
Et quand elle vit le résultat
En assena quarante et un à son père[1].

Lizzie Borden avait tué sa belle-mère et non sa mère. Et dix-neuf coups lui avaient suffi.

Archie la jeta au sol. Comment il y parvint, alors qu'il pouvait à peine marcher, elle n'aurait su le dire. Peut-être avait-il renoncé à tenir debout et l'avait-il entraînée dans sa chute.

Elle ouvrit les yeux juste au moment où la lame frappait le béton en frôlant sa tête. Le sol trembla et une gerbe d'étincelles jaillit.

La hache remonta et elle se cacha la tête dans les mains.

Puis il y eut un autre coup de feu, beaucoup, beaucoup plus proche celui-là, suivi du bruit mat d'un corps tombant sur le sol et du claquement métallique de la lame sur le béton.

1. Accusée en 1892 du double meurtre de son père et de sa belle-mère, Lizzie Borden fut acquittée et devint un personnage du folklore américain.

Susan compta mentalement ses abattis. Pas de douleur. Sa tête semblait toujours attachée à son cou. Elle ouvrit les yeux et leva la tête. Elle haletait. Archie était sur elle, lui faisant un rempart de son corps. Il roula sur le côté et s'assit.

Henry s'approcha, le revolver toujours braqué sur Jeremy face contre terre sur le sol.

Des flics semblaient surgir de partout. C'était impressionnant, dans la mesure où il n'y avait que deux portes. Arme au poing, ils paraissaient crier tous en même temps, mais Susan, dont la tête tournait, ne parvenait pas à comprendre leurs paroles.

— Tout va bien, hurla Henry sans s'adresser à personne en particulier. Tout va bien.

Il rangea son arme et leva les bras. Son regard se posa sur Susan.

— Je vous avais dit d'attendre.

— Elle ne sait pas faire cela, dit Archie. Elle ne sait pas attendre.

Il se traîna jusqu'au corps de Jeremy.

— Jeremy est mort ? demanda Susan.

— Ce n'est pas Jeremy.

Claire surgit, bousculant quatre flics à l'air inquiet qui attendaient là, pistolet braqué, à la lisière du cercle de lumière. Elle s'arrêta net en voyant le spectacle qui s'offrait à elle et ordonna aux policiers de baisser leur arme.

Ensuite, elle se pencha vers le corps.

Susan s'approcha à quatre pattes, à côté d'Archie, pour mieux voir l'homme qui avait failli la couper en deux. Il avait la tête tordue sur le côté, les yeux ouverts, le regard vide. Sa bouche entrouverte découvrait une rangée de dents taillées en pointe. La balle l'avait atteint à la nuque. Aucun doute, il était mort et bien mort.

Archie leva les yeux vers Henry.

— Jeremy est parti, il y a une demi-heure environ. Je ne sais pas quand Sharky est arrivé.

Susan vit le visage d'Henry se défaire. Il regarda l'homme qu'il venait de tuer et se racla la gorge.

— C'est pas Jeremy ?

— Il brandissait une hache, dit Claire. Légitime défense.

Le visage d'Henry resta un moment sans expression, puis l'action reprit le dessus. Il se mit à aboyer des ordres.

— Le suspect court toujours. Sa voiture est toujours devant. Il se peut qu'il soit parti à pied. Déployez-vous. Il a une demi-heure d'avance sur nous.

Quelqu'un trouva un interrupteur et cinquante tubes au néon s'allumèrent au plafond, illuminant tout et tout le monde. Susan cligna des yeux. Archie leva la main pour essuyer une traînée de sang sur son front.

— Ça vous ennuierait de m'aider à retrouver mon pantalon ? dit-il.

58

Le bureau d'Archie à la Brigade spéciale était exactement dans l'état où il l'avait laissé deux mois plus tôt. Sur sa table en cerisier verni, héritage du directeur de la banque qui avait occupé les lieux avant lui, les dossiers s'entassaient toujours. Une fine couche de poussière recouvrait le clavier de l'ordinateur. La pièce, petite, ne pouvait accueillir que le bureau, des étagères derrière celui-ci et deux fauteuils miteux devant. Les stores étaient tirés devant la minuscule fenêtre donnant sur la rue. Henry, qui dirigeait la Brigade depuis le départ de son ami, avait fermé la pièce à clé et mené la chasse à Gretchen depuis son propre bureau.

Archie se laissa aller dans son fauteuil et les cicatrices dans son dos se rappelèrent aussitôt à son bon souvenir. Il grimaça et, lentement, s'installa plus confortablement. Il avait retrouvé ses vêtements, s'était lavé le visage, avait fait sa déposition et laissé l'urgentiste refaire ses pansements.

Une photo de Debbie et des enfants était toujours là, près de la lampe. Il fit courir un doigt sur le cadre, soulevant la poussière. Debbie, bouche ouverte, disait quelque chose, un bras autour du cou de chaque gosse.

Il pensa avec tristesse qu'il ne lui raconterait pas sa journée. Elle n'avait pas besoin de savoir. Jamais elle ne verrait ses nouvelles cicatrices.

En regardant la photo, il remarqua pour la première fois un banc de pique-nique à l'arrière-plan. Il prit le cadre et inspecta le cliché. *Ils s'étaient arrêtés sur une aire de repos en allant à Timberline Lodge.* La coïncidence lui arracha un rire forcé. Cette photo de son bonheur familial, la seule preuve des vacances qu'ils avaient passées ensemble cette année-là, elle avait été prise sur l'aire de repos où Jeremy Reynolds allait, plus tard, semer les fruits de sa folie meurtrière.

Putain de coïncidence.

Il ouvrit le tiroir de gauche de son bureau, glissa la main à l'intérieur et chercha le flacon de Vicodine qu'il y rangeait. Le flacon avait disparu.

Son bureau était *presque* exactement tel qu'il l'avait laissé.

Henry apparut sur le pas de la porte. Il avait passé deux heures dans la salle de conférences avec les Affaires Internes, et il avait l'air fatigué. Archie referma le tiroir.

— Tu sais que Frank n'a pas de sœur.

— Je m'en doutais un peu.

— Une femme a appelé le *Herald* prétendant être la propriétaire d'une boutique sur Hawthorne. Elle a dit que Pearl travaillait chez elle. Mais quand j'y suis allé avec Susan, elle a nié avoir jamais passé ce coup de fil. Malgré tout, elle nous a aidés à la trouver, et c'est comme ça qu'on t'a trouvé, toi.

Archie s'appuya sur le dossier de son fauteuil.

— Tu crois que Gretchen serait devenue mon ange gardien ?

Henry posa les mains à plat sur le bureau et parut une seconde vouloir l'enfoncer dans le plancher.

— Tu as un téléphone qu'elle t'a fait passer ?

Archie regarda son ami droit dans les yeux.

— Non.

Il ne mentait pas. À sa connaissance, le portable était toujours dans la voiture de Susan.

Henry fit un pas en arrière et se laissa tomber dans un des fauteuils.

— Claire dit que tu as refusé les soins médicaux.

— J'ai refusé d'aller à l'hosto, mais je me suis fait soigner sur place. Ne t'inquiète pas. J'ai un rendez-vous avec Rosenberg dans la matinée. Et j'ai le programme des Narcotiques Anonymes dans mon sac.

Henry croisa les mains et les posa sur ses genoux.

— Qu'est-ce qu'il t'a fait ? demanda-t-il d'une voix bourrue.

Archie avait été tenté d'omettre certains détails. Lorsqu'il avait assez récupéré pour pouvoir lever la tête, l'installation de suspension avait disparu. Il n'était pas certain de vouloir que tout le monde sache ce qui s'était passé entre Jeremy et lui. Mais il était fatigué de mentir et de garder des secrets.

— J'ai fait ma déposition à Claire. Vas-y, tu peux la lire. Mais je n'ai pas l'intention de porter plainte.

Henry leva les yeux au ciel, comme s'il en attendait des conseils.

— Qu'est-ce qu'il y a entre toi et les psychopathes ?

— Jeremy a avoué. Il est responsable, pour l'aire de repos, pour Fintan English et pour les trois autres. Tu peux lui coller quatre meurtres sur le dos, mais pas celui de Courtenay. T'as pas besoin de moi.

Il se redressa et posa les mains sur le bureau.

— Il se souvient du meurtre de sa sœur. Il m'a tout raconté.

— Et tu avales ça ?

— Il savait pour les triangles, les contusions. Il se souvient. Il a regardé Gretchen la tuer. Il a passé presque deux jours dans la voiture.

Archie voulait qu'Henry comprenne que tout avait changé.

— Elle l'a fait ce qu'il est devenu.

— Tu as connu pire et tu as réussi à ne pas arracher les yeux des gens.

— Je n'ai pas connu pire, dit Archie en secouant la tête. Juste une autre sorte de mal.

Jeremy avait vu Gretchen torturer sa sœur. Lui avait survécu à sa propre torture. Jeremy était innocent. Archie était responsable de ce qui lui était arrivé.

— Non, dit Henry, tu n'es pas comme lui.

Jeremy avait commis des meurtres. Archie avait seulement tué son mariage, son estime de soi et son boulot. Le tout sans tirer le moindre coup de feu. Il n'imaginait pas ce que ça faisait de tuer vraiment, de prendre la vie de quelqu'un, ce qui pouvait amener un homme à franchir cette ligne rouge.

Il ne pouvait l'imaginer. Henry, si.

— Et toi, ça va ?

Un léger sourire fleurit sur les lèvres d'Henry.

— Tu changes de sujet.

Sharky avait foncé sur Henry quand celui-ci était entré, et Henry avait tiré et l'avait poursuivi.

— Il allait nous tuer, dit Archie.

Henry regarda un moment dans le vide, puis fronça les sourcils.

— Je suis suspendu en attendant le non-lieu officiel, mais c'est une formalité, dit-il en se grattant la nuque. On l'a identifié. Il s'appelle Troy Lipton. 27 ans. Il a travaillé comme cuistot dans un boui-boui à Sherwood. Il a un casier. Vol. Agression.

Henry toussa et se leva.

— Tu devrais rentrer, te reposer un peu.

Archie regarda ses vêtements froissés, sa chemise constellée de taches de sang.

— Une douche ne me ferait pas de mal.

— Je te fais accompagner. Gretchen est toujours dans la nature, Jeremy aussi.

— D'accord.

Henry fit un pas et s'arrêta à la porte, dos tourné, tête baissée.

— J'avais déjà tué des gens auparavant, lâcha-t-il.

59

Archie était sous la douche et laissait l'eau chaude lui couler sur le dos. Le jet avait arraché les pansements qui s'accumulaient autour de la vidange du bac. Il régla l'eau plus chaude encore et resta ainsi quelques minutes, jusqu'à ce que sa peau le brûle et que la vapeur soit si épaisse qu'il pouvait à peine respirer. Il ouvrit les yeux et fit un pas de côté, puis il écarta le rideau de plastique pour faire entrer un peu d'air frais et examina ses blessures. Le Taser avait laissé une horrible marque brune sur sa peau. De la taille d'une main, dure et tendre au toucher, avec deux ronds rouge foncé, comme des empreintes de dents, là où le courant avait pénétré le corps.

Les trous laissés dans son dos et ses jambes par les crochets le piquaient encore, mais il ne saignait plus. Il posa le pied sur le bord du bac à douche pour regarder le triangle qu'il s'était tracé sur la cuisse. La peau découpée n'avait pas nécessité de points de suture. Il se savonna les mains et passa les doigts sur la blessure. Des triangles. Isabel avait été la seule victime sur laquelle Gretchen avait sculpté cette figure. Bizarre que ce détail ait attiré l'attention de Jeremy et qu'il l'ait reproduit autant de fois sur son propre corps. Il n'avait pas vu les blessures des autres victimes. Il ne pouvait pas savoir que celles-là étaient spéciales.

Archie arracha une croûte minuscule de l'une de ses plaies qui se mit à saigner. Une traînée rose pâle coula le long de sa cuisse et sur l'arrière de son genou.

Des triangles.

Il se laissa glisser dans la douche et s'assit. La salle de bains était pleine de vapeur, le miroir couvert de buée. Il tendit le bras et coupa l'eau. La blessure de sa jambe n'était pas très profonde, mais elle se mit à le lancer.

Il se releva, sortit de la douche, se sécha et enroula une serviette autour de ses reins. Ensuite il essuya la condensation sur le miroir afin de se voir. Son visage aux traits tirés lui donna un choc. Il posa les mains sur les bords du miroir et attendit une minute. Puis il ouvrit l'armoire à pharmacie et explora les étagères. Il ne vit pas ce qu'il cherchait. Il regarda sous le lavabo. Pas de comprimés ici non plus. Il se demanda si Henry n'avait vraiment pas d'antalgiques chez lui ou s'il les avait cachés.

Il sortait de la salle de bains pour aller fouiller dans le placard de la cuisine quand il entendit une voix :

— Je suis heureuse que tu ailles bien, mon chéri.

Il se retourna et découvrit Gretchen assise dans le fauteuil d'Henry, un de ses chats sur les genoux, un tabby gris qu'il avait récupéré sur une scène de crime. Elle avait les cheveux roux tirés en arrière et portait une robe noire en coton sans manches. Elle croisait ses jambes nues et paraissait bronzée. Il l'avait imaginée tant de fois dans sa tête qu'il lui fallut un moment pour comprendre que c'était bien elle.

Il aurait voulu isoler cette partie de lui qui se souvenait d'elle, qui était liée à elle. Cette partie de lui qui la désirait, il aurait voulu l'isoler, la couper et l'enterrer. Il rit.

— Je regrette de ne pas t'avoir tuée.

Le chat frotta sa tête contre la main de Gretchen et ronronna.

— J'imagine.

— Il n'y avait aucune raison. J'ai cherché pourquoi tu m'avais laissé la vie sauve. Un reste d'humanité au fond de toi ? Il n'y avait aucune raison.

Elle fronça les sourcils d'un air songeur.

— L'amour, peut-être.

Il sourit et de la main lui fit signe de s'approcher.

Elle n'hésita pas. Elle écarta le chat qui sauta par terre et s'avança vers Archie. Elle portait des talons hauts et ses hanches ondulaient à chaque pas. Quand elle arriva près de lui, il laissa tomber la serviette.

— Regarde, je ne bande pas.

Il vit le regard de Gretchen se poser sur son sexe flasque et se réjouit bruyamment.

— Tu sais depuis combien de temps je ne pouvais pas me trouver dans une pièce avec toi sans bander ? Mon Dieu, je ne pouvais même pas regarder ta photo ou penser à ton nom sans me payer une putain d'érection.

Il se toucha le sexe et le tripota un peu pour bien montrer qu'il était mou.

— Je pourrais remplir une baignoire avec le sperme que j'ai répandu en ton honneur.

Elle tendit le bras, mit une main derrière la tête d'Archie et colla ses lèvres aux siennes. Il la laissa faire, les bras le long du corps. Elle l'embrassa, fourrant la langue dans sa bouche. Il ne ressentait rien. Rien.

De nouveau, il rit.

Elle s'écarta, fit un pas en arrière et se lissa les cheveux.

— La thérapie a payé. Tu as été un bon patient. Je suis très contente.

— Cesse d'appeler Frank. Tu as réussi à lui faire croire que tu étais sa sœur.

Elle sourit et fronça un sourcil bien épilé.

— Et si c'était vrai ?

Henry et Claire étaient dans les bureaux de la Brigade, ils ne rentreraient pas avant des heures.

— Comment savais-tu que j'étais ici ?

Henry gardait un revolver dans une boîte dans un placard. Il lui faudrait trouver la boîte, l'ouvrir, charger l'arme.

Gretchen posa les coudes sur le buffet d'Henry.

— Où pouvais-tu aller ? À Vancouver ?

Elle le regarda des pieds à la tête et il se rendit compte qu'il était planté là, toujours nu.

— Je crois que Debbie en a assez de tes yeux baladeurs.

Elle passa un doigt sur le dessus du buffet sans cesser de le regarder.

— On voit l'influence de Claire, c'est beaucoup plus propre.

Elle se foutait de lui. Jamais elle n'était venue chez Henry. Il ramassa la serviette et l'enroula autour de sa taille.

— Pourquoi es-tu ici ?

— Je suis venue te sauver, dit-elle en lui décochant un sourire hollywoodien.

Il avait espéré que ce n'était pas vrai.

— C'est toi qui as appelé le *Herald* et donné le tuyau sur Pearl ?

— Comment va Jeremy Reynolds ? Je vois qu'il t'a fait goûter au plaisir de la suspension.

— Il est ce que tu en as fait.

— J'envisage de le poursuivre pour détournement de brevet. Je déteste qu'on me copie.

— Pourtant tu as incité George Hay à arracher les yeux de Courtenay Taggart.

— Je copiais Jeremy en train de me copier. Rien à voir avec les droits d'auteur.

Le revolver d'Henry serait sûrement chargé. Il n'avait pas de gosses. Il n'avait pas besoin de prendre ce genre de précautions. Dans sa boîte au fond du placard, le flingue serait chargé.

Gretchen jeta un coup d'œil en direction du couloir.

— Où est-il, le revolver auquel tu penses, là-bas ? Tu n'y arriveras jamais à temps.

Elle se planta devant lui, prit une de ses mains dans la sienne et la porta à son cou.

— Pourquoi ne pas te servir de tes mains ?

Elle la garda là un moment et il sentit son pouls battre sous ses doigts. Puis elle abaissa sa main et embrassa la paume.

— Tu es persuadée que je ne le ferai pas.

Elle sourit et s'écarta de lui.

— Tu es tout près, mon chéri. Ne te fais pas de soucis. Tu y arriveras. Mais d'abord, tu veux me poser des questions à propos d'Isabel Reynolds. Qu'est-ce qui t'intrigue ? Les triangles ?

Elle toucha la serviette à hauteur de sa cuisse, là où il s'était coupé devant Jeremy.

— D'accord, je joue le jeu. As-tu tué Isabel ?

Elle porta un doigt à son menton, l'air songeur. Comme si elle réfléchissait à la question.

— Non. Je ne tue pas les enfants.

— Va te faire foutre !

— Allons-y. C'est ça qu'il te faut. Une bonne colère. Tu as perdu de ton mordant à l'hôpital. Il faut remédier à ça.

— Tu crois que je ne te tuerai pas ? Même éveillé, je rêve de te tuer.

Elle s'éloigna du buffet.

— Vas-y, il est dans le tiroir. Je l'ai mis là pour toi.

Il ouvrit le tiroir. Sur une pile de serviettes de Noël en tissu, il découvrit le revolver d'Henry.

Il s'en empara et le braqua sur Gretchen.

Elle sourit.

— As-tu tué Isabel ?

— Je ne tue pas les enfants, dit-elle en le regardant droit dans les yeux.

Elle mentait. Il y avait trois enfants en plus d'Isabel Reynolds sur la liste des victimes de l'Artiste. Tous torturés et un cœur gravé sur la poitrine.

— J'ai vu les corps.

— J'avais un apprenti. Il s'appelait Ryan Motley. À la fin, je ne pouvais plus le contrôler. Il a quitté mon orbite et travaillé à son compte.

Archie ne la croyait pas. Parfois, il se demandait si tout ce qui sortait de sa bouche n'était pas que mensonges.

— Tu me dis qu'il a tué Isabel Reynolds ?

— Non. Il ne l'a pas tuée.

— Qui alors ?

En posant la question, il sentit ses tripes se nouer ; d'une certaine façon, au fond de lui-même, il connaissait la réponse.

— J'ai toujours supposé que c'était le frère.

Elle avait eu accès aux rapports confidentiels quand elle avait infiltré l'enquête en se faisant passer pour psychiatre. Elle avait pu lire tout ce qui concernait Jeremy, y compris les expertises psychiatriques.

— Il l'a tuée, il a sculpté un cœur sur sa poitrine, et ensuite il a hurlé à l'Artiste. En général, ça ne me dérange pas qu'on me crédite du travail d'un autre. Mais Jeremy Reynolds était une petite merde psychopathe qui a tué sa sœur et réussi à s'en tirer.

— Non, non !

Archie refusait cette idée. Il secoua la tête. Elle se foutait de lui. Elle le manipulait. Elle essayait d'éloigner Jeremy de lui.

— Pourquoi maintenant ? Tu nous as laissés croire que tu avais tué ces enfants. Pourquoi le nier à présent ? Tu voudrais que je puisse penser qu'il y a une espèce de ligne morale que tu refuses de franchir ? Que tu as des principes ?

— Tu sais que je dis la vérité. Parce que tu sais, au fond de toi, que si je tuais vraiment les enfants, j'aurais tué les tiens.

Archie pressa la détente. Le chien se rabattit et claqua dans le vide. Le revolver n'était pas chargé.

— C'était drôle, non ?

Archie craqua. Il se jeta sur elle, l'empoigna par les cheveux et la plaqua au mur. Elle rit et cela décupla sa colère. Il se servit du poids de son corps pour l'immobiliser. Puis il la prit à la gorge et serra. Elle ne se débattit pas, se contentant de le regarder. Son visage devint tout rouge et, le souffle coupé, elle se mit à haleter. Un filet de bave se forma aux coins de sa bouche. Ses yeux s'écarquillèrent.

Il la sentait. L'odeur âcre de leur sueur se mélangeait. Sa robe était déchirée à l'épaule, là où il l'avait agrippée. Elle avait les cheveux ébouriffés.

Il ne la trouvait plus aussi belle.

La poitrine d'Archie haletait, elle cambra les reins, pressant ses seins contre lui. Il la fit glisser contre le mur, la décollant du sol jusqu'à ce qu'ils soient face à face. Elle entrouvrit les lèvres, leva les bras, et ses mains se refermèrent sur les poignets d'Archie. Il connaissait ces mains.

Ce n'était pas Jeremy qui l'avait sauvé de l'étouffement, c'était Gretchen. Ses mains. Elle était là. Elle l'avait fait rouler sur le côté. Elle avait veillé sur lui. Jeremy l'aurait laissé mourir.

Pour cela, il la détesta et il s'appuya plus fort contre elle. Il sentait son corps lâcher prise, sa vie s'évaporer.

Et cela le fit bander.

La sensation de désir le surprit et le troubla au point qu'il faillit vomir.

Il la laissa tomber par terre et s'écarta en chancelant.

Elle porta une main à son cou et toussa. Le rouge quitta son visage. Il lut de la joie dans ses yeux bleus quand elle le regarda. Elle s'essuya la bouche d'un revers de main et rit.

— Ne t'en fais pas, lui lança-t-elle en jetant un regard amusé vers son sexe. Ça arrive à tout le monde.

Elle se lissa les cheveux et se leva. Elle fit un pas en titubant, se redressa et alla prendre son sac sur le canapé. Puis elle s'approcha de lui et le frappa avec un objet sous la cage thoracique.

Son corps se contracta, se raidit et il s'écroula sur le sol. Il manqua s'étouffer de rire tandis que ses muscles se crispaient. Putain, elle l'avait tasérisé.

— Je vais m'en aller maintenant, dit-elle en lui lançant un petit sac noir. Prends ça. Quelques cadeaux spéciaux. Plus une clé USB sur la table. J'y ai mis tout ce que je sais sur Ryan Motley. Peut-être que tu voudras t'en occuper ?

Elle se dirigea vers la porte, puis fit demi-tour.

— Tu croyais avoir un petit ami, n'est-ce pas, mon chéri ?

Elle s'agenouilla à côté de lui. Son odeur et sa chaleur envahirent ses sens.

— Pour t'aider à penser à lui, murmura-t-elle en glissant quelque chose de froid et gluant dans la main crispée d'Archie.

Son corps continuait de se contracter et de se tordre. Elle fit courir un ongle le long de son bras, de son épaule, puis de sa colonne vertébrale jusqu'au bas des reins, mais il ne sentait plus rien.

La porte de derrière s'ouvrit et se referma.

Il roula sur le dos et le chat s'approcha sans bruit pour venir lui lécher le visage. Il fallut plusieurs minutes avant qu'il parvienne à détendre ses muscles suffisamment pour pouvoir ouvrir la main et découvrir le cadeau d'adieu de Gretchen : deux globes blancs couleur de lait tourné, veinés de rouge et tout gluants de sang.

Par réflexe, il écarta la main. Les yeux de Jeremy roulèrent sur le sol.

Le chat inclina la tête.

Archie se leva avec peine et, contemplant sa main souillée de sang, alla à la fenêtre, écarta le rideau et chercha la voiture de police qu'Henry avait placée devant la maison. Elle était là, gyrophare allumé, le flic à l'intérieur. Vivant.

Il appuya le front contre la vitre pour reprendre son souffle, puis gagna en titubant la salle de bains. Il ouvrit l'eau chaude et mit sa main dessous.

Jeremy avait-il tué Isabel ?

Ou n'était-ce qu'un autre des mensonges de Gretchen ?

Il fallait qu'il sache. Il était calme à présent, les battements de son cœur s'étaient calmés. Deux morsures rouges apparaissaient sur sa peau là où elle avait appliqué le Taser. Bientôt, il aurait une marque brune assortie à celle qu'il avait de l'autre côté.

Il ferma l'eau chaude et se sécha les mains. Puis, avec des gestes lents et douloureux, il mit des vêtements propres. Le temps qu'il ait terminé, il avait cessé de trembler.

Il retourna dans le salon. Un des yeux avait disparu. Le chat aussi. Il prit les clés de la voiture de Claire sur le buffet, ramassa le revolver vide par terre et décrocha le téléphone fixe d'Henry.

— C'est moi. Il faut qu'on se voie.

Il entendait le boum-boum de la musique.

— Tu sais où me trouver, répondit Leo Reynolds.

Archie raccrocha et appela Henry. Il emporta le téléphone dans la chambre et ouvrit le placard.

— Jeremy est mort.

— Où es-tu ? demanda Henry.

Archie chercha sur l'étagère la boîte où aurait dû se trouver le revolver.

— Chez toi. Gretchen vient de partir. Tu trouveras les yeux de Jeremy par terre dans le salon. Ou peut-être sous le canapé, ajouta-t-il en repensant au chat.

Il vit une boîte et en vida le contenu sur le lit. Des photos.

— Où mets-tu les balles de ton flingue ?

— Ne bouge pas. J'arrive.

Archie s'approcha de la commode et entreprit d'ouvrir tous les tiroirs. Il fallait qu'il s'en aille avant qu'Henry ne lui envoie le flic qui attendait dehors.

— Merde ! Où tu ranges tes putains de balles ?

— Table de nuit, répondit calmement Henry, tiroir du haut.

— Merci.

Il raccrocha, jeta le téléphone sur le lit et alla vers le tiroir. Les balles étaient dans une boîte, à côté d'une paire de lunettes. Il chargea le revolver et mit une poignée de balles dans sa poche. Il lui fallait quelque chose pour les ranger. Il retourna dans la salle de bains, récupéra sa boîte à pilules dans son sac de voyage. Elle lui avait manqué.

Il y glissa les balles et sortit par-derrière.

Pas question de laisser encore une fois Gretchen le surprendre désarmé.

60

Le videur du *Dancing Bare* avait le nez plongé dans un bouquin. Derrière lui, au mur, une affiche annonçait un concours de strip-tease entre sosies de Gretchen Lowell.

— Je cherche Leo.

— Chambre 3.

Le club lui parut plus animé et plus bruyant que dans son souvenir. Il essayait de se tenir droit pour ne pas appuyer sur l'endroit où la blessure du Taser continuait de le brûler. L'air était saturé de fumée de cigarette. À la fin de l'année, Portland allait promulguer une loi interdisant de fumer dans les bars. On aurait dit que tout le monde s'efforçait d'avaler le plus de nicotine possible avant la date fatidique.

Archie avançait comme un bossu, mais personne ne faisait attention à lui. Une douzaine d'hommes étaient agglutinés autour de la première scène sur laquelle une effeuilleuse à demi dévêtue se démenait pour enlever ce qui lui restait de son uniforme d'infirmière. Derrière la scène il aperçut sur une affiche la mascotte du club, un ours en train de danser[1] au-dessus d'une femme nue, allongée jambes écartées.

À côté de l'affiche, une flèche sur une pancarte indiquait un couloir partant sur la droite avec ce mot : *FILLES*.

Archie s'y engagea. Il y avait quatre portes capitonnées de faux cuir marron fixé par de gros clous de tapissier en cuivre.

Il frappa sur la porte numéro 3.

— C'est moi, dit-il.

Si Leo se trouvait à l'intérieur, il n'était pas certain qu'il puisse l'entendre derrière les haut-parleurs du club.

Il essaya d'ouvrir la porte.

Elle n'était pas fermée à clé.

Il l'entrouvrit et examina l'intérieur.

La pièce était couverte de miroirs. Aux murs. Au plafond. S'ils avaient trouvé le moyen d'en mettre au sol, ils l'auraient fait. Une banquette en skaï rouge vif en faisait le tour.

Leo leva les yeux et lui fit signe d'entrer. Il était assis sur la banquette, genoux écartés, mains sur les cuisses. Pantalon gris, chemise blanche déboutonnée jusqu'au plexus. Un verre d'un liquide sombre à portée de la main.

Une fille bien bronzée, une étoile tatouée sur le ventre, dansait autour d'une barre au milieu de la pièce.

La strip-teaseuse leva les yeux quand Archie entra. Elle avait une jambe enroulée autour de la barre, le

1. *Dancing bear*. Jeu sur les mots *bare* (nu ou nue) et *bear* (ours) qui se prononcent de la même façon.

pied de l'autre, chaussé d'un escarpin à talon aiguille, posé sur le plancher. Elle se penchait en arrière, seins dressés au garde-à-vous, au point que ses longs cheveux, blonds et brillants, balayaient le sol.

— Salut, dit-elle.

— Je te présente Star, dit Leo.

— Salut, Star.

Il y avait de la musique ici aussi. Archie n'aurait su dire quoi, un truc électronique et sirupeux. Il s'assit sur la banquette à côté de Leo. Quel soulagement de s'asseoir.

— Un moment qu'on n'avait pas fait ça, dit Leo.

Il avait vingt et un ans quand Archie l'avait rencontré après le meurtre de sa sœur, déjà plus vieux que son âge et déjà le fils de son père. Il avait tous les atouts de Jack : son allure, sa confiance en soi, son intelligence. Il était programmé pour prendre la tête de l'entreprise familiale, pourtant il souhaitait s'en détacher.

Alors Archie lui avait présenté Raul Sanchez, son contact au FBI. Il n'avait pas imaginé que les Fédéraux le convaincraient de faire exactement ce que son père voulait qu'il fasse. Au bout du compte, les choses avaient mieux tourné pour Jack que pour Leo. Il avait connaissance de toutes les opérations de trafic de drogue dans le monde entier, et tant que le FBI et la DEA étaient au courant des tenants et aboutissants des affaires de Jack, tout allait pour le mieux.

Il fallait bien que les gens trouvent leur héroïne quelque part.

C'était une des raisons pour lesquelles Archie avait gardé des rapports étroits avec la famille Reynolds. Leo possédait toute sorte de contacts dans les milieux criminels et Archie y avait eu recours plus d'une fois dans le cadre de ses enquêtes à la tête de la Brigade spéciale.

Star accrocha un genou derrière la barre et se mit à tourner. La pièce était petite et Archie sentait son odeur, la sueur sur son corps, la laque sur ses cheveux.

Leo porta son verre à ses lèvres et but une gorgée. Il avait les yeux injectés de sang et les pupilles dilatées.

— Désolé pour mon frère.

— Depuis combien de temps es-tu ici ?

— Quelques heures.

Plutôt tout l'après-midi.

— T'es défoncé.

— Ouais.

Star virevoltait d'avant en arrière devant eux en se titillant la pointe des seins du bout des doigts.

— Elle est belle, non ?

— Elle est bien foutue.

— Tu ne l'aimes pas ? demanda Leo en riant.

— Elle ressemble à Gretchen.

Leo assena une claque sur la cuisse d'Archie.

— Parfois une blonde est juste une blonde.

Archie tenta de déchiffrer le visage de Leo.

— Tu savais ?

— Laisse-nous une minute, Star.

L'effeuilleuse cessa de virevolter, ramassa son peignoir en soie qui traînait par terre et sortit sans un mot. Leo fronça les sourcils.

— Les triangles m'ont troublé.

Il but une autre gorgée, gardant le liquide un bon moment en bouche avant de l'avaler.

— Jeremy avait toujours été jaloux de sa sœur. Il pensait que Jack l'aimait plus que lui. Quand il a baptisé le bateau *Isabel*, le petit a disjoncté. Il a essayé de le couler, il a déchiré les voiles, coupé les haubans. Je me suis toujours demandé si les triangles sculptés sur le corps d'Isabel n'étaient pas… n'étaient pas des bateaux.

Peut-être Jeremy s'était-il convaincu que Gretchen avait vraiment tué sa sœur. Ou peut-être avait-il menti du début à la fin.

— Quand as-tu su de manière certaine ?

— Enfant, il était fasciné par les yeux. Il arrachait ceux des poupées de sa sœur et se promenait avec dans ses poches. Les yeux. C'est à ce moment-là que j'en ai été sûr.

— Gretchen est venue me voir tout à l'heure.

Leo leva les yeux de son verre.

— Jeremy est mort. Elle l'a tué. Elle m'a apporté ses yeux.

Leo resta un long moment silencieux, puis il vida son verre d'un trait et le posa sur la banquette.

— Seulement ses yeux ?

— Mon Dieu ! s'exclama Archie. Il est toujours vivant.

61

La mère de Susan donnait un cours de yoga à l'Arlington et Susan essayait de trouver comment ouvrir *Project Runaway* sur son portable quand, en levant les yeux, elle aperçut Archie à la porte. Il portait un pantalon de survêtement noir, un tee-shirt rapé de l'université de l'Oregon, comme celui qu'elle mettait pour dormir, et une paire de Uggs. Pas exactement la tenue dans laquelle elle l'imaginait débarquant chez elle la nuit.

Elle ferma le portable et gagna la porte sur la pointe des pieds.

Elle n'avait plus ses pansements, mais les deux blessures sur son visage avaient bleui et gonflé, et un œil au beurre noir s'annonçait. En ouvrant la porte, elle aperçut son reflet dans la vitre et frémit.

La lumière était allumée sur la terrasse et des moucherons voletaient autour de l'ampoule. Août était le seul mois de l'année où elle se sentait à l'aise sans veste dehors la nuit à Portland.

— Que se passe-t-il ? demanda-t-elle.

Elle avait fait brûler de l'encens. Du patchouli. Un nuage de fumée l'accompagna quand elle sortit sur la terrasse. Elle espéra qu'il ne remarquerait pas.

— J'ai besoin du téléphone.

Elle savait de quel téléphone il s'agissait, mais elle fut surprise qu'il paraisse aussi sûr qu'elle l'eût en sa possession et qu'il ne fût pas resté au fond de la boîte à gants.

Il ne pouvait le savoir que s'il avait connaissance qu'elle s'en était servie pour tenter de contacter Gretchen. Et cela signifiait qu'il avait été lui-même en contact avec elle.

— Bien sûr.

Elle le laissa sur la terrasse et alla récupérer son sac accroché au dossier d'une chaise dans la salle à manger. Puis elle sortit le portable et le lui tendit.

Il le prit et leurs doigts se frôlèrent un instant. Il fit défiler les messages et cligna des yeux, l'air de ne pas y croire.

— Vous lui avez envoyé un texto ?

Elle haussa les épaules, détourna les yeux et essaya de se rattraper.

— Vous étiez en danger. Je l'ai branché, j'ai le même chargeur.

Il finit de consulter les messages.

— Rien de neuf.

Il s'éloigna de quelques pas pour composer un numéro, et porta l'appareil à son oreille. Susan vit ses épaules s'affaisser et il se retourna vers elle.

— Le numéro d'où elle appelait n'est plus attribué. On n'a aucun moyen de la retrouver.

— Qu'est-ce qui s'est passé ?

Il s'appuya contre le chambranle de la porte.

— Jeremy est aux mains de Gretchen.

Susan avait vu ses blessures, il devait souffrir. Il devait délirer.

— Vous voulez entrer vous asseoir ?

— Pas le temps. C'est pas Gretchen qui a tué Isabel Reynolds, c'est Jeremy.

Un réflexe lui fit porter une main à sa joue. Elle eut un flash : Isabel torturée pendant deux jours avant de mourir. Ça ne pouvait pas être vrai. Comment un gamin de treize ans pourrait-il faire une chose pareille ?

— Comment le savez-vous ?

Il appuya le front contre le chambranle.

— Elle va le tuer, s'il n'est pas déjà mort.

Il leva la tête et la frappa contre le bois.

— Il s'est moqué de moi. Il m'a raconté qu'il se souvenait de tout, que Gretchen avait tué Isabel dans une forêt, mais elle était bâillonnée. Où qu'il l'ait emmenée, ce n'était pas dans les bois…

Il se frappa de nouveau la tête contre le chambranle, comme s'il voulait qu'une idée surgisse.

— … Dans une forêt, il n'aurait pas eu besoin de la bâillonner. Il a fallu qu'il aille dans un lieu privé, un endroit où il pouvait cacher la voiture. Un endroit où les gens l'auraient entendue crier si elle n'avait pas été bâillonnée.

Et soudain Susan comprit.

— Derek dit que la maison de Fargo est vide depuis quinze ans. La Roseraie. Pittock Mansion. L'ancien entrepôt. Tous ces endroits étaient des scènes de crime de l'Artiste.

Archie leva la tête et la regarda.

— Il y a les fondations d'un garage. Il y a douze ans, le garage existait peut-être encore.

— Il a descendu la voiture dans l'ancien garage et torturé sa sœur pendant deux jours avant de la tuer, dit lentement Archie en fermant les yeux. 397. Il nous a pratiquement pris par la main pour nous y conduire.

— Vous pensez que Gretchen est là-bas en ce moment ? Avec Jeremy ? Appelez la SWAT. Appelez la cavalerie. Écrasez cette putain de baraque sous les bombes.

Archie se contenta de la dévisager sans répondre.

— Mon Dieu ! Vous voulez y aller tout seul, c'est ça ?

Il fit demi-tour et commença à descendre les marches, une main sur ses côtes, l'autre sur la rampe.

La terreur envahit soudain Susan. Terreur de Gretchen, terreur de ne jamais revoir Archie.

Elle empoigna son sac et se précipita à sa poursuite.

— Je viens avec vous. J'y suis allée. Je connais la maison.

Elle lui prit le bras et il s'appuya sur elle.

— Je ne vous laisserai pas l'affronter seul.

62

Quand Archie entre dans la salle d'interrogatoire du pénitencier de l'Oregon, Gretchen est déjà là, vêtue de l'uniforme bleu des détenues, menottée à la table.

Un mois dans le coma artificiel, un mois de rééducation, et il ne peut toujours pas traverser une pièce en se tenant droit.

Elle sourit en le voyant et il a le souffle coupé. L'oxygène s'échappe de la pièce, comme si elle l'avait aspiré.

Il est incapable de la regarder. Il jette un coup d'œil à la glace sans tain devant laquelle Henry l'attend, mais il n'y voit que l'image de Gretchen et la sienne.

La lourde porte métallique se referme derrière lui et se verrouille. Elle est équipée d'une serrure électronique contrôlée par une série de boutons et un pupitre de commande dans la pièce adjacente. Deux gardes armés sont postés dans le couloir à l'extérieur. Mais à l'intérieur, dans la pièce, il n'y a qu'eux deux. Telles étaient les conditions de Gretchen.

— Tu m'as manqué, mon chéri.

L'odeur rappelle à Archie celle du sous-sol où elle l'a enfermé : béton et détergents.

— Qu'est-ce qui t'a manqué, exactement ? demande-t-il d'une voix encore rauque à cause de la soude qu'elle lui a fait avaler. L'odeur de mon sang ?

Elle croise les mains sur la table.

— Je t'ai fait de la peine.

Il la regarde, troublé. Il ne sait que répondre.

— Tu m'as fait boire de la soude caustique, tu m'as enlevé la rate…

Elle a l'air sincèrement désolée, c'en est troublant.

— Comment se passe la cicatrisation ? Bien ?

Elle est toujours aussi belle. Même dans cet environnement, même avec cette tenue, sans maquillage, elle continue de troubler ses sens. Il déteste sa faiblesse.

— Tu planes, dit-elle.

— Je suis sous antalgiques.

Elle l'avait gavé de comprimés dans son sous-sol. Pour le récompenser d'avoir avalé la soude en manquant s'étouffer, elle les glissait au fond de sa gorge quand il n'avait plus la force de se relever pour déglutir.

À présent, il ne les prend plus pour lutter contre la douleur.

Elle lève ses mains menottées et lui montre la chaise en face d'elle, de l'autre côté de la table.

— Tu ne veux pas t'asseoir ?

Ses côtes brisées ne sont pas encore guéries, s'asseoir lui est pénible. Le coton de sa chemise irrite ses cicatrices à vif. Celle en forme de cœur continue de saigner de temps à autre.

— Non, je vais rester debout.

Elle hoche la tête, elle comprend.

— Bien sûr.

Il fait chaud dans la pièce et il tire sur le col de sa chemise. C'est pour les victimes qu'il est là. C'est ce qu'il se dit, ce qu'il dit à Henry, à Debbie. Personne ne s'attendait à ce qu'il cède à la demande folle de Gretchen. Elle l'avait quasiment tué. Pourtant, il s'est traîné jusqu'ici pour faire avancer le projet d'identification, pour les victimes.

Les victimes.

Deux mois se sont écoulés depuis son arrestation et il s'est lassé d'attendre qu'elle lâche un nom. Elle n'a parlé à personne de leur liaison. Il était prêt à tout nier. Il peut expliquer le temps qu'ils ont passé ensemble par les nécessités de l'enquête. Mais il se demande pourquoi elle a gardé le silence. Ça le tue.

— Qu'attends-tu de moi ?

— Tu as lu le compromis. Je vais avouer. Je vais tout te dire, le nom de toutes les personnes que j'ai tuées. Tu vas pouvoir boucler toutes les enquêtes.

— Comme ça ?

— Tu vas devoir le mériter.

Archie sent le poids des sous-entendus envahir la pièce.

— Pourquoi as-tu fait ça ?

Il ne parle pas des meurtres. Il parle de leur liaison.

— Pour le plaisir.

Il ne sait pas trop à quelle question elle répond.

Il s'appuie contre la porte. Il se sent faible.

— Assieds-toi, je t'en prie.

Il accepte cette fois. Il va jusqu'à la table et s'assied péniblement sur la chaise.

— Ne sois pas triste. Tu m'as arrêtée. Tu es un héros. Tu as eu ce que tu voulais.

Un héros ! Il a été manipulé depuis le début. Mené par la concupiscence. Il se demande s'il n'a pas rêvé.

— Donne-moi un nom. Une enquête qui compte pour toi, une enquête que tu veux boucler.

Il penche la tête en arrière et contemple le plafond. Son crâne le démange, la Vicodine. Il veut juste rentrer chez lui. Implorer qu'on lui pardonne. *Tout va bien*, c'est ce qu'elle avait dit alors qu'il mourait dans ses bras. Et il l'avait crue. Il lève la tête et jette un coup d'œil au miroir sans tain. Quelque chose de bien pourrait peut-être émerger de tout cela.

— Isabel Reynolds.

Quelque chose change sur le visage de Gretchen, un imperceptible mouvement agite ses sourcils, un minuscule sillon se creuse sur son front, sa bouche se crispe.

— Elle est spéciale. Ce sera ta récompense. Je t'en parlerai quand tu seras prêt, mon chéri.

Il se redresse un peu. Le visage de Gretchen a retrouvé son masque convivial, mais, l'espace d'une seconde, il l'a percée à jour.

Elle l'avait manipulé, l'avait torturé, s'était jouée de lui, mais, ce faisant, elle s'était découverte. Il la connaissait. Du moins en partie. Et cette connaissance pourrait bien un jour se retourner contre elle.

— Matthew Fowler.

Elle sourit, lève une main et agite un doigt dans l'air.

— Tu as parlé d'une tige en verre. Je lui ai enfilé une tige en verre dans l'urètre…

Son regard se perd au loin, un léger sourire éclaire son visage, comme si elle revivait un moment de plaisir.

— Ça m'a pris presque une demi-heure. C'était très délicat, très précis. Une fois la tige entièrement rentrée, j'ai empoigné son sexe et j'ai serré. Je l'ai brisée à l'intérieur…

Elle ferme la main et serre le poing.

— J'ai continué à serrer, j'entendais le verre craquer sous mes doigts…

Elle ouvre la main et son sourire s'élargit.

— Et soudain un jet de sang chargé de minuscules débris de verre a jailli au bout de sa verge.

Archie plonge la main dans sa poche, s'empare de sa boîte à pilules et avale trois comprimés de Vicodine.

Elle le regarde.

— Tu veux que je continue ?

— Je t'écoute.

63

La maison de North Fargo est plongée dans le noir. Deux lampadaires jettent une lueur blafarde sur le pâté de maisons. La baraque abandonnée se trouve coincée entre deux terrains vagues. On a installé une pancarte *À VENDRE* dans le jardin, sur le devant. Un publiciste entreprenant a dressé un panneau sur le terrain de gauche, près de la sortie de l'autoroute. On y voit une énorme photo de femme en train de faire son footing. *COURIR PEUT VOUS SAUVER LA VIE* proclame le slogan.

— Douze cents personnes meurent chaque mois en faisant du jogging, dit Susan.

Une rubalise fixée à des poteaux de bois entoure la maison et en interdit l'accès. Ils risquent aussi de trouver des scellés sur la porte, Archie ne la voit pas, il fait trop noir. Il tient le pistolet d'Henry sur ses genoux.

— Comment êtes-vous entrée la dernière fois ?

— Par une fenêtre cassée au sous-sol.

Archie fronce les sourcils.

— Ce n'est pas moi qui l'ai cassée.

— Montrez-moi.

Ils descendent de voiture. La Saab est le seul véhicule garé dans la rue. Archie garde son arme baissée, cran de sûreté enlevé. Gretchen est à l'intérieur. Il sent sa présence.

Susan grimpe les marches en béton couvertes de mousse, traverse le jardin envahi de mauvaises herbes et contourne la maison.

Ils arrivent à la fenêtre. On l'a murée avec des plaques de contreplaqué. Archie se met à genoux.

Les planches sont vissées à fond, pas moyen de les arracher. Toutes les fenêtres ont sans doute été renforcées. La porte d'entrée doit être équipée d'un verrou.

— Attendez, dit Susan.

Elle s'agenouille à côté de lui et fouille dans son sac. Elle en extrait un couteau suisse. D'un mouvement du poignet, elle sort le tournevis et s'attaque aux vis qui maintiennent le contreplaqué.

Stupéfait, il la regarde enlever les vis et écarter les planches.

Soudain le visage de Susan est baigné de lumière et ses cheveux violets semblent s'embraser. Il y a de la lumière dans le sous-sol. Archie la pousse vers la gauche, hors de vue, et remet les planches en place.

— Elle est là, murmure la jeune femme.

Il tend la main et lui met un doigt sur les lèvres pour la faire taire.

Il attend un moment que les battements de son cœur se calment. Puis il écarte de nouveau le contreplaqué et regarde par la fenêtre. Il aperçoit des débris de verre sur le sol. La lumière ne vient pas de cette pièce, il y en a une autre, derrière l'escalier du sous-sol. La chaufferie.

Il coince le pistolet dans son pantalon, pose les mains sur l'embrasure de la fenêtre et se glisse à l'intérieur. Le verre craque sous ses pieds. Il se retourne vers

Susan dont le visage inquiet se découpe dans le noir et lui fait signe de ne pas bouger. Il dégaine son arme et se dirige vers la source de lumière.

La porte de l'ancienne chaufferie est ouverte et la lumière qui en sort dessine un rectangle irrégulier sur le sol. La pièce est vaste, peut-être un quart de la surface totale du sous-sol. La vieille chaudière est partie depuis longtemps, remplacée par un poêle couvert de poussière. Il y a des branchements pour machine à laver et sèche-linge, ainsi qu'un ballon d'eau chaude. Une corde à linge court d'un coin à l'autre, parsemée de pinces en bois.

Nu, suspendu à ses propres crochets au milieu de la pièce, Archie découvre Jeremy. Les crochets lui transpercent la poitrine, le torse et les jambes, si bien qu'il est accroché à plat, visage tourné vers le haut, à hauteur d'homme, comme un spécimen prêt à être disséqué. Il a les poignets attachés dans le dos.

La position du *Coma*.

Les crochets tendent la chair, étirant la peau qui forme d'étranges petits triangles prêts à craquer à tout moment sous son poids. Il redresse la tête en arrière, cou tendu, pomme d'Adam saillante. La seule orbite qu'Archie peut voir n'est qu'un trou sanguinolent. Une balle en caoutchouc enfoncée dans sa bouche sert de bâillon mais, dans le silence du sous-sol, Archie perçoit ses gémissements pitoyables.

Gretchen se tient de l'autre côté, face à Archie. Coudes écartés, front plissé, un scalpel à la main, ses bras nus mouchetés de sang. En pleine action. La poitrine de Jeremy n'est qu'une plaie à vif. Elle lui a arraché la peau du torse, le sang dégouline le long de ses côtes et tombe sur le béton, goutte-à-goutte sinistre.

Archie cale le pistolet derrière son dos et s'avance sur le seuil de la porte.

Elle enfonce le scalpel dans la poitrine de Jeremy et le ramène vers elle. Le jeune homme s'étouffe sur son bâillon. La prise palmaire.

Durant toutes ces années, Archie et ses hommes l'ont traquée, toujours en retard d'une étape. Il a étudié tant de scènes de crime, vu tant de cadavres, assisté à tant d'autopsies, essayant chaque fois de se représenter la terreur et la souffrance de la victime. Avant de les expérimenter lui-même.

— Bonjour, mon chéri. Tu es venu me voir travailler ?

Elle n'a pas levé les yeux. Elle sait qu'il est là.

— Je t'ai vue travailler. Tu ne t'en souviens pas ?

Il entend le discret craquement du verre sous les pieds de Susan.

— Cette fois, c'est différent, dit-elle en lui souriant. Approche, viens voir de plus près.

Il veut capter l'attention de Gretchen afin qu'elle ne remarque pas Susan, alors il s'avance vers elle. Jeremy, en l'entendant, tourne la tête et se débat. Son corps se met à se balancer, mais elle tend la main et stabilise les suspentes. Le sang coule des orbites vides du supplicié comme des larmes.

Archie s'arrête en face d'elle, le corps du jeune homme suspendu entre eux. La pièce empeste l'urine, une flaque sombre stagne sur le béton, il a fait sous lui. Gretchen se penche et se remet au travail, enfonçant le scalpel dans la chair. Il a le torse en lambeaux. La profondeur des blessures semble variable. Certaines ne sont que de simples écorchures rouges, d'autres des plaies béantes ouvertes dans le gras, d'autres des gargouillis sanglants.

— Toi, c'était spécial, mon chéri. Tu as eu droit à un traitement de faveur. Là, il n'y a presque pas de plaisir, ajoute-t-elle en regardant la chair ravagée de Jeremy. Mais le travail ne peut pas toujours être un plaisir, sinon ce ne serait plus du travail.

D'un revers du poignet, elle écarte une mèche de cheveux roux qui lui tombe dans les yeux, et soudain Archie comprend ce qu'elle est en train de faire. Elle excise les cicatrices des blessures que Jeremy s'est infligées, les médailles qu'il n'a pas méritées.

— Tu t'imagines que Jack Reynolds l'aurait laissé passer en justice ? Il l'aurait fait tuer. Dans la rue. En prison. Il aurait trouvé un moyen. Jeremy jugé pour plusieurs meurtres, ç'aurait été mauvais pour les affaires de son père.

Elle lève le scalpel et le fait courir le long du cœur qu'il s'est gravé sur la poitrine.

— Jeremy serait mort, d'une façon ou d'une autre. Tu le sais bien.

— Vas-y, tue-le. Je ne suis pas venu ici pour le sauver. Je suis venu ici pour toi.

Jeremy se met à sangloter. La balle en caoutchouc roule dans sa bouche, gluante de salive.

— Tu vas encore essayer de m'étrangler ? demande Gretchen en fixant l'entrejambe d'Archie.

Il pourrait tirer, mais elle tient le scalpel et elle essaierait d'achever Jeremy si elle le pouvait. Et puis Susan se trouve quelque part derrière lui. Il ne veut pas courir le risque qu'elle soit blessée par une balle qui ricocherait.

Il caresse les cheveux collés par la sueur et le sang du jeune homme.

— Il m'a raconté ses fantasmes. Il imaginait que nous étions amants. Il aime imaginer que je te fais mal.

— Que veux-tu, c'est un vrai psychopathe.

Elle tranche dans la cicatrice en forme de cœur et, avec les doigts, arrache un morceau de chair qu'elle jette par terre.

Archie s'accroupit, le visage à hauteur de celui de Jeremy.

— En fait, tu as eu une bonne intuition, dit-il.

Le jeune homme tourne la tête pour lui faire face, une balle noire en guise de bouche, deux cratères rouges en guise d'yeux.

— On a eu une liaison. Avant que je sache qui elle était.

Quel soulagement de pouvoir enfin le dire à quelqu'un !

— Deux semaines. C'est le temps qu'il m'a fallu. Elle est arrivée avec son faux diplôme de psychiatre et nous a proposé de nous aider dans notre enquête. Quinze ans de fidélité conjugale et j'ai tenu quinze jours avant de tomber dans les bras de Gretchen Lowell, la langue pendante.

— Je suis le meilleur coup que tu aies jamais eu, mon chéri, non ?

— Indiscutablement.

Il se demande où se trouve Susan et si elle peut l'entendre.

Jeremy mord son bâillon et tend la tête vers Archie, implorant de l'aide. Est-ce qu'Isabel avait imploré de l'aide ? Est-ce qu'elle avait supplié son frère d'avoir pitié ?

— Bref, reprit Archie, un mois après le début de notre liaison, elle me drogue, m'emporte dans un sous-sol comme celui-ci et me torture.

Il imagine Susan en train de l'écouter quelque part dans l'ombre derrière lui.

— Je l'avais mérité. J'avais trahi ma famille. Et même après ma sortie de l'hôpital, alors qu'elle était en prison, je n'avais qu'elle en tête, je ne pensais qu'à elle…

Il se penche en avant, la bouche tout contre l'oreille de Jeremy.

— Au lit, je ne pensais qu'à la baiser, la baiser encore. Je ne cessais de me demander pourquoi elle avait fait ça. Pourquoi à ce moment-là ? Quel plan elle avait pour moi ?

Il lève les yeux vers Gretchen. Elle écoute, immobile, le scalpel à la main.

Il rit. Comme s'il avait perdu la tête. Peut-être a-t-il perdu la tête.

Il approche de nouveau la bouche de l'oreille de Jeremy.

— Le truc, vois-tu, dit-il dans un murmure, c'est que je crois qu'elle n'avait pas de plan. Je crois qu'elle a infiltré l'enquête pour le plaisir. Je crois que notre liaison n'est arrivée que par hasard. Pendant longtemps, j'ai cru qu'elle m'avait torturé parce que je commandais la Brigade spéciale, pour montrer au monde entier sa toute-puissance. Mais je ne pense pas que ce soit ça. Je pense qu'elle m'a torturé parce que nous avions une liaison et qu'elle a cru que je voulais rompre.

L'expression de Gretchen change. Personne d'autre que lui n'aurait pu le remarquer, mais c'est son don. Il la connaît mieux que quiconque. Il se redresse.

— Je n'ai pas raison, mon cœur ?

Elle plonge le scalpel dans la poitrine de Jeremy, coupe et arrache le reste de la cicatrice.

— Je ne fais jamais rien sans plan, lance-t-elle avant de jeter le morceau de chair sanguinolente sur le béton.

— Tu sais ce qui est drôle, dit Archie le plus sérieusement du monde. Je n'avais pas l'intention de te quitter…

Il se tait et la regarde, la regarde vraiment, s'efforçant de la voir comme il la voyait avant de savoir qui elle était.

— J'avais l'intention de quitter Debbie.

Jeremy émet un gémissement étouffé. Archie sent son pistolet lui rentrer dans les reins. Il n'entend plus Susan. Il espère qu'elle est ressortie du sous-sol.

— Pourquoi es-tu venu ici ?

— Pour te tuer.

— Tu en as vraiment envie ?

— Très envie.

Elle plante sa lame dans l'aine de Jeremy. Celui-ci pousse un hurlement étouffé par le bâillon et Gretchen s'empare de la main droite d'Archie et lui enfonce les doigts dans la blessure chaude et palpitante. Elle lui place le pouce et l'index autour de l'artère fémorale.

— L'artère fémorale est la deuxième plus grosse artère du corps. Si tu enlèves ta main, il se videra de son sang en moins d'une minute.

Chaque battement du cœur de Jeremy fait jaillir un jet de sang rouge et brillant entre les doigts d'Archie. Tous les flics reçoivent des cours de secourisme.

Manœuvre d'Heimlich, massage cardiaque, comment traiter une personne en état de choc. Mais le geste auquel ils sont particulièrement sensibilisés consiste à juguler une hémorragie en cas de blessure par balle lors d'une intervention. Ce geste peut leur sauver la vie. Il ne peut pas abandonner Jeremy. S'il enlève sa main, le jeune homme va mourir. Il pose la main gauche sur la droite et appuie pour exercer un maximum de pression et ralentir le flot de sang.

Gretchen se recule.

— Tu peux encore le sauver. Il vivra. Tu peux le traîner au tribunal…

Elle contourne le corps de Jeremy et vient poser le scalpel par terre aux pieds d'Archie.

— … Ou tu peux venir me chercher.

Le pouls bat plus fort entre les doigts d'Archie au fur et à mesure que le cœur de Jeremy bat plus vite. Il a la moitié de la main dans le corps du jeune homme. Il sent sa chaleur et sa vie.

Il pense à Isabel Reynolds, aux trois SDF, à Fintan English mort dans cette maison même. Il regarde Gretchen, puis le scalpel par terre à ses pieds entre elle et lui. Il relâche l'artère de Jeremy et lève les mains.

— Non, tente d'articuler le jeune homme.

Il fait deux pas en direction de Gretchen et ramasse le scalpel d'une main rouge de sang. Elle se raidit et recule contre le mur. En une seconde, il est sur elle, leurs corps à quelques centimètres l'un de l'autre. Il pose une paume à plat sur le mur à côté de sa tête.

Il entend Jeremy lutter contre ses cordes, il entend ses cris étranglés.

Le scalpel est léger dans sa main, un bel instrument, le même que celui dont elle s'est servie pour le charcuter.

— Qu'est-ce qui t'a fait croire que je suis contre la peine de mort ?

Il lui plante le scalpel dans le ventre, sous la cage thoracique.

Il l'enfonce jusqu'à la garde et le maintient là, le poing collé contre l'abdomen de Gretchen. Il baisse les yeux et voit le sang couler entre eux. Il tente d'ignorer les gémissements de Jeremy.

— Regarde-moi, ordonne-t-il.

Elle lève vers lui ses yeux bleus si parfaits. Il a voulu y lire la surprise. Il a voulu faire la seule chose, l'unique chose, qu'elle n'avait ni prévue ni orchestrée.

Elle écarte les lèvres. Elle essaie de parler.

Jeremy pousse un dernier cri étouffé, puis plus rien.

— Tourne-le.

Il tourne le scalpel. Elle ouvre la bouche et hurle, les joues en feu. Puis elle lui prend le visage entre ses mains humides du sang de Jeremy. Archie sent l'odeur douceâtre.

— Les hommes sont tellement simples, dit-elle.

Ses mains sont chaudes et douces.

— Avec Jeremy, j'en ai pris un un peu plus jeune. Je voulais savoir si je pouvais transformer un enfant en monstre. Alors je les ai enlevés, sa sœur et lui, et je les ai amenés ici. Et j'ai assassiné Isabel sous ses yeux.

Elle lui adresse un sourire rayonnant. Archie ne parvient plus à réfléchir. Elle ment de nouveau. Jeremy était un psychopathe. Il était né ainsi. Il avait tué sa sœur. Il raffermit sa prise sur le scalpel et crie :

— Non !

Les mains de Gretchen tremblent sur le visage d'Archie tandis qu'il enfonce la lame plus profond encore. Il sent la chaleur du sang qui se répand entre eux.

— C'était une expérience, dit-elle en faisant glisser ses mains sur son cou, puis sa poitrine. Je voulais voir si je pouvais créer un être mauvais. N'importe qui, placé dans les bonnes conditions, peut devenir un assassin. Je crois que j'avais raison.

Mon Dieu, non, pense Archie, *non !*

Elle le pousse légèrement et il fait un pas en arrière. Le scalpel qu'il tient toujours dans sa main crispée ressort du corps de Gretchen.

— Jeremy n'a pas tué sa sœur. Il n'a tué personne. Ce n'était qu'un pauvre gosse que j'ai manipulé. Je l'ai persuadé de former son petit club et de pratiquer une splénectomie. Je t'ai suspendu aux crochets. J'étais là tout le temps. Jeremy était innocent. Et tu viens de le laisser mourir.

Le sourire de Gretchen s'élargit, comme si elle se réjouissait de sa victoire.

Archie ouvre la main et lâche le scalpel qui rebondit sur le béton avec un bruit métallique. Elle baisse les yeux. Il glisse la main dans son dos et dégaine. Le temps qu'elle relève les yeux, le canon du pistolet s'enfonce dans son front. La main d'Archie tremble, il doit appuyer fort pour stabiliser son arme. Jamais il n'a désiré quelque chose autant, en cet instant, que lui brûler la cervelle.

— Tu avais raison. Je voulais te quitter. Ce soir-là, quand je suis venu chez toi, c'était pour rompre. J'avais décidé de tout avouer à Debbie.

Il fait glisser le canon du pistolet entre ses yeux, le long de son nez et vient l'appuyer contre ses lèvres serrées.

— Mange, dit-il. Mange-le.

Il voit le pouls battre dans son cou tandis qu'elle ouvre la bouche pour le laisser glisser l'acier froid entre ses dents.

Il suffit de presser la détente pour lui faire exploser le crâne.

Qui le lui reprocherait ?

Mais alors il deviendrait un assassin, tout comme elle.

Il ne veut pas la laisser gagner.

Il ressort lentement l'arme de sa bouche et la ramène contre son front. À cet instant, il éprouve un sentiment oublié. Il se sent redevenir lui-même.

— Tu es en état d'arrestation.

Il aperçoit un mouvement quasi imperceptible sur sa gauche avant de sentir le canon de l'arme derrière son oreille.

— Je ne suis pas venue seule.

Alors il comprend. Des effluves musqués. Du patchouli.

— Moi non plus.

— Si tu bouges, dit Susan, je te tranche la gorge.

Elle s'avance dans le champ de vision d'Archie. Elle a sorti la lame de son couteau suisse et l'applique contre le cou de Frank.

— Salut, Frank.

Frank penche la tête, le regard fixe, son visage mou congestionné et couvert de sueur. Archie l'a déjà vu dans cet état. En général, il finit par balancer une chaise contre le mur.

— Salut, Archie.

— Ce n'est pas ta sœur, tu le sais, non ?

— Tire, ordonne Gretchen. Tue-le.

Susan assure son équilibre et appuie la lame plus fort contre la gorge de Frank.

— N'y pense même pas.

— Tu es toujours fâché contre moi ?

— Non, je ne suis pas fâché.

— Tire, répète Gretchen. Vise la tête.

— D'accord, dit Frank. D'accord.

Archie se crispe, il attend la balle. Soudain, il entend la détonation. On ne lui a jamais tiré dessus. On lui a enfoncé des clous dans les côtes. On l'a obligé à boire de la soude caustique. On l'a poignardé, ouvert, découpé. Mais tiré dessus, jamais.

Ça ne fait pas mal. C'est ce qu'on dit. Certaines personnes ont mis plusieurs minutes avant de se rendre compte qu'on leur avait tiré dessus. Certains parlent d'une sensation de chaleur, d'autres d'une douleur atroce.

Une balle dans la tête, on ne devrait rien sentir. On devrait juste mourir.

Pourtant il n'est pas mort.

Frank, lui, est mort.

Les hommes de la SWAT, deux par deux, tout de noir vêtus, envahissent la chaufferie. Leurs lampes frontales illuminent la pièce. Ils ont dû entrer par la fenêtre brisée. La détonation qu'Archie a entendue ne lui était pas destinée, un sniper a fait mouche sur

Frank. Il entend la cavalcade des renforts qui se ruent dans la maison.

Comme dans un brouillard.

Il ne bouge pas, ne relâche pas la pression du pistolet sur le front de Gretchen, jusqu'à ce que cinq hommes braquent leur arme sur elle.

Alors il s'approche tout contre elle et lui murmure à l'oreille :

— Je te quitte.

Ensuite seulement il abaisse son arme.

64

Depuis la terrasse de la maison de Fargo, Archie voyait Vénus. L'astre le plus brillant dans le ciel. Vénus, déesse de la beauté et de l'amour. L'attrape-mouches. Si souvent peinte avec des cheveux roux.

— On ne saura peut-être jamais ce qui est arrivé à Isabel, dit Henry. Ni aux autres.

Jeremy était mort. Sharky était mort. Pearl était partie retrouver ses parents. Les deux autres mecs de la chaufferie avaient disparu, sans doute pour toujours.

— Je sais, répondit Archie.

Henry était arrivé sur les talons de la SWAT, sans arme puisqu'il était officiellement suspendu du service actif. Claire avait pris les choses en main et les avait exilés sur la terrasse où Henry avait pris la déposition de son ami.

Les véhicules de presse bloquaient la rue, orientant leurs paraboles pour capter le meilleur signal possible. Les deux terrains vagues grouillaient d'envoyés spéciaux des télévisions intervenant en direct. Les lampes des caméras brillaient comme des étoiles.

Gretchen était partie, emportée sur une civière par quatre infirmiers à l'air inquiet et escortée par six flics. Ils avaient dû se frayer un passage au milieu des hordes de journalistes qui avaient fondu sur l'Artiste comme sur une star de cinéma.

— Gretchen pourrait nous fournir des preuves, d'une manière ou d'une autre, lâcha Archie qui réfléchissait à haute voix.

— Non, pas question, s'écria Henry en secouant la tête. On ne remet pas en route le programme d'identification des victimes. Ça ne vaut pas le coup. Aucun des renseignements qu'elle pourrait nous donner ne mérite que tu sois obligé de retourner la voir.

Archie plongea la main dans sa poche et en ressortit la clé USB que Gretchen lui avait donnée.

— Elle m'a laissé ça. Un dossier sur un type du nom de Ryan Motley.

Il ignorait si le type existait vraiment, s'il devait la croire, ou s'il s'agissait encore d'un autre jeu.

— Elle prétend l'avoir formé. Ce serait un tueur d'enfants. Tiens.

Il tendit la clé à Henry.

— Putain !

Archie se leva et lui tapa sur l'épaule. Tous deux savaient que Gretchen n'en avait pas fini avec eux mais, pour l'instant du moins, Archie en avait fini avec elle.

Il n'y avait en vérité qu'une seule personne qu'il avait envie de voir.

Il trouva Susan appuyée contre le mur de la maison en train de fumer une cigarette. La lumière provenant de l'ancien salon lui éclairait un côté du visage.

La SWAT avait surgi juste à temps. Et il n'y avait qu'une façon d'expliquer comment ils avaient pu arriver si vite.

— Vous avez appelé Henry ?

— Vous étiez mal parti.

Il s'appuya contre le mur à côté d'elle. Gretchen était en garde à vue. Ils étaient sains et saufs. Il était vivant.

— Merci, dit-il.

Elle tira sur sa cigarette.

— Quatre cent quarante mille.

— Quoi ?

— Le nombre de personnes qui meurent chaque année aux États-Unis de maladies liées au tabac. Je vais arrêter.

Elle ne fit toutefois rien pour éteindre sa cigarette.

L'hélicoptère d'une chaîne d'infos survola un moment la maison et ils se turent en attendant qu'il reparte vers l'est.

— Vous aviez l'intention de quitter votre femme pour elle, c'est vrai ?

— Absolument.

Il ne savait pas ce qu'elle avait entendu là-bas dans le sous-sol, ce qu'elle savait de ce qu'il avait fait.

— Le TASER tient son nom d'un livre de Tom Swift, dit-il. *Tom Swift et son fusil électrique*. On a ajouté le *A*.

Elle coinça une mèche violette rebelle derrière son oreille.

— Et pourquoi vous me dites ça ?

— Parce que j'ai envie de vous dire des choses.

Elle hocha la tête et parut réfléchir.

— Vous savez quelle est la réplique la plus courante au cinéma ? *Partons d'ici*. Sans blague. Faites-y attention, c'est dans tous les films, peu importe le genre. Vous seriez étonné.

Les blessures sur son visage avaient bleui et sa paupière était d'un beau violet brillant.

— Vous avez un œil au beurre noir, dit Archie.

Elle tira sur sa cigarette et lui souffla la fumée au visage.

— Et vous, vous avez des trous dans le dos, à cause des crochets.

Un long klaxon retentit et il se tourna pour voir. Un bus tout entier recouvert d'un décor coloré essayait de forcer le passage entre les véhicules de secours pour s'approcher plus près de la maison. Il ne parvenait pas à tout distinguer, mais, à la lumière des phares, il aperçut le visage de Gretchen sur les flancs du bus, et, sur le capot, sous le pare-brise, un scalpel.

— Putain, qu'est-ce que c'est que ce truc ?

— Ça, c'est le Gretchen Lowell City Tour. Trente-cinq dollars. Vingt scènes de crime. Bar payant. Ce soir, ils en auront eu pour leur argent.

Le bus grimpa sur le trottoir de l'autre côté de la rue et les passagers se mirent à descendre et à s'égailler dans la rue. Des gens normaux. Des gens qui avaient lu *La Dernière Victime* et vu un article dans *Vanity Fair*. Des gens qui voulaient participer à la fête. Ils braillaient et lançaient leurs poings en l'air.

— Libérez Gretchen, hurla l'un d'eux.

Archie recula dans l'ombre.

— Vous avez faim ? J'ai des chips dans ma voiture.

Soudain il était incapable de se souvenir quand il avait mangé pour la dernière fois. Il offrit son bras à Susan et elle le prit.

— Partons d'ici, dit-il.

REMERCIEMENTS

Je remercie tout spécialement Karissa Cain pour son aide inestimable, et surtout pour m'avoir supportée. Mon éditrice, Kelley Ragland, est la plus maligne de toutes. J'ai beaucoup de chance de travailler avec St. Martin's Press. Tous méritent de chouettes cadeaux et un verre du meilleur vin. Tout particulièrement Andrew Martin, George Witte, Sally Richardson, Matthew Shear, Hector DeJean, Tara Cibelli, Nancy Trypuc, Matthew Baldacci et Matt Martz.

Plusieurs amis ont consacré du temps à lire le livre au fil de son écriture. Parmi eux Lidia Yuknavitch, Andy Mingo, Chuck Palahniuk, Monica Drake, Mary Wysong, Diana Jordan, Erin Leonard, Jim Frost, Suzy Vitello, Cheryl Strayed, et, bien sûr, mon mari Marc Mohan. Chacun d'eux a aidé à rendre ce livre meilleur.

Je ne serais arrivée à rien sans Joy Harris et Adam Reed de l'Agence littéraire Joy Harris. Je veux aussi remercier le personnel, hommes et femmes, du centre pénitentiaire de Multnomah, parce que je leur ai promis de le faire, et aussi parce qu'on ne les remercie pas assez.

Merci à mon groupe de lecture, ou plutôt au groupe de Tracey Massey, qui m'a permis de ne venir que lorsque mes propres livres étaient sur la sellette. Caroline Schiller et Claus-Martin Carlsberg, c'est vous qui avez la meilleure histoire. J'ai utilisé de nombreux détails sur des morts originales tirés de *Final exits : Une Encyclopédie illustrée des différentes façons de mourir* de Michael Largo, et j'en recommande chaudement la lecture aux paranos, ou simplement aux esprits curieux.

Pour finir je veux remercier Nancy Eris Hebert, lectrice et hôtesse de l'air, qui a emmené mon nom dans les étoiles et qui est morte avant que j'aie pu la remercier.

Parce qu'on n'échappe pas au cœur du mal...

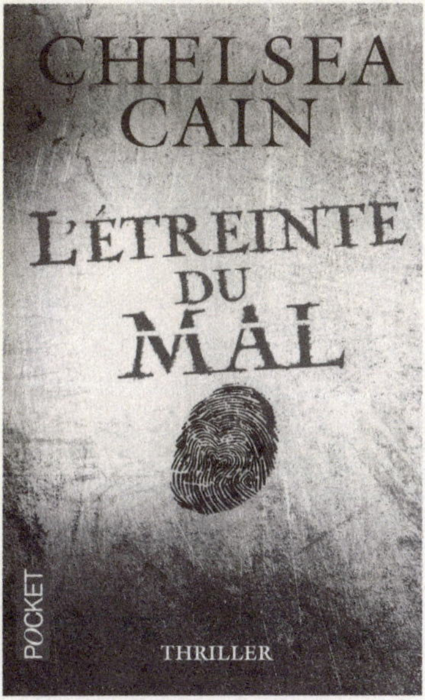

(Pocket n° 14138)

Même derrière les barreaux, Gretchen Lowell continue à tuer et trouve le moyen de mener la danse en mettant au point un redoutable scénario pour que revienne sa dernière victime, la seule à qui elle ait laissé la vie sauve : l'inspecteur Archie Sheridan. Et lorsque la nouvelle de l'évasion de Gretchen se répand, Archie n'a qu'une envie : retrouver celle qui n'a jamais cessé de le hanter. Parce qu'il sait qu'elle peut frapper à chaque instant, mais surtout parce qu'il ne peut résister au désir qui le tenaille de s'abandonner, une dernière fois, à l'étreinte du mal...

Il y a toujours un Pocket à découvrir

Composé par Nord Compo Multimédia
7, rue de Fives, 59650 Villeneuve-d'Ascq

Imprimé en France par

MAURY-IMPRIMEUR
à Malesherbes (Loiret)
en janvier 2011

POCKET – 12, avenue d'Italie - 75627 Paris cedex 13

N° d'impression : 161833
Dépôt légal : février 2011
S20694/01